Staread
星文化

孤单袜子的梦想生活

[法]玛丽·瓦雷尔 著　王萍 译

北京日报出版社

图书在版编目（CIP）数据

孤单袜子的梦想生活 /（法）玛丽·瓦雷尔著；王萍译 . -- 北京：北京日报出版社，2024.4
ISBN 978-7-5477-4656-1

Ⅰ.①孤… Ⅱ.①玛…②王… Ⅲ.①长篇小说—法国—现代 Ⅳ.① I565.45

中国国家版本馆 CIP 数据核字 (2023) 第 137910 号

© 2019 Charleston. une marque des Éditions Leduc,
76 boulevard Pasteur 75015–Paris

著作权合同登记图字：01-2023-5948

孤单袜子的梦想生活

出 品 人：	柯　伟
选题策划：	刘思懿
责任编辑：	曹　云
特约编辑：	刘思懿
封面设计：	尬　木
版式设计：	修靖雯
出版发行：	北京日报出版社
地　　址：	北京市东城区东单三条 8-16 号东方广场东配楼四层
邮　　编：	100005
电　　话：	发行部：（010）65255876
	总编室：（010）65252135
印　　刷：	三河市嘉科万达彩色印刷有限公司
经　　销：	各地新华书店
版　　次：	2024 年 4 月第 1 版
	2024 年 4 月第 1 次印刷
开　　本：	880 毫米 ×1230 毫米　1/32
印　　张：	10.5
字　　数：	254 千字
定　　价：	49.80 元

版权所有，侵权必究，未经许可，不得转载

献给文森，

我平凡一生中的挚爱！

一切偶然,都是冥冥中的必然。

——保尔·艾吕雅①

成功就是不断失败,却不丧失热情。

——温斯顿·丘吉尔②

---

① 保尔·艾吕雅:法国当代杰出诗人。——本书注释除特别标注外,均为译者注。
② 温斯顿·丘吉尔:英国政治家、历史学家、作家,曾任英国首相。

contents 目 录

2018年秋 …………………………… 003

2018年冬 …………………………… 149

2019年春 …………………………… 247

2019年夏 …………………………… 277

五年后 ……………………………… 321

金曲歌单 …………………………… 325

爱丽丝日记

2011年8月20日，伦敦

今早，我第一次约了心理医生。看诊的心情堪比跳泰晤士河。我有些紧张，在心理诊所所在的诺丁山豪华大楼前抽了支烟。这是我18个月以来抽的第一支烟！之后，我扔掉了剩余的香烟，回家时往身上喷满了香水——毕竟我不希望被奥利弗发现。

奥利弗刚下班回来。我听见他在门口脱大衣。光凭气味，我就知道他在楼下酒吧买了炸鱼和薯条。他十分在意自己是否能融入伦敦。自从我们搬到伦敦，他就决定把旅游指南里的各种老套推荐都尝试一遍——喝黑啤、每周吃三次炸鱼薯条、早餐吃红豆、每天下午5：00喝杯加奶的茶。我随时都能想象出他穿着皇家卫队制服突然出现，为我表演白金汉宫换岗的画面。

而我，想念着美国。我虽未和他说，但却渴望回国。

说到底，这次看诊也没那么可怕。必须说明的是，我并不是真的需要治疗，只是想到这么做可以让奥利弗开心……心理医生没怎么说话，只是问了几个关于我的问题，奇怪的是，最后她建议我写作。

"写什么？"我瞪大眼睛问，"我不懂写作……"

"爱丽丝，不是让您写小说，您写写日记、讲讲您的生活就好。"

"为什么要写？"

"因为写作可以舒缓身心，还能帮助人们厘清一些隐藏的或是被压抑的情感。"

"我没什么可写的，我再正常不过了。"

"爱丽丝，您说的'正常'是什么意思？"

"我身上从来没发生过什么事。"

"那您试试'无意识写作'[①]吧！不要去思考，直接把您脑海中的东西都吐露出来。为下次的看诊写两页吧，爱丽丝！"

为此，我买了这个本子，倒不是因为真的对自己有信心，而是觉得绿松色的封面配上黄色波点十分可爱。此外，我很喜欢封面上的一句话：一切偶然，都是冥冥中的必然。

简言之，这一切并不会改变我无话可说的事实，毕竟我身上从未发生过任何趣事。

[①] 无意识写作：一种跟随潜意识随心创作的写作手法。

2018
- 年 -

秋

我厌倦了假装和善、为别人开门、礼貌待人，
　　　　我不是他们理想中的甜美女孩，
　　　　宝贝，对不起！但我需要解脱。

　　　　　　　　　　　《放我自由》（*Set Me Free*）
　　　　　　　　　　——斯嘉丽·史密斯·里维埃/蓝凤凰乐队

　　床头柜上，闹钟的指针正从5：44走向5：45。我没有开灯，从床上坐了起来，伸了伸懒腰（3秒），拔下手机（4秒），关闭飞行模式（2秒），然后将手机重新放回床头柜，置于安眠药瓶和水杯正中间，与柜边完美对齐，距离护手霜刚好10厘米。我伸手去拿杯子，然而……

　　扑了个空。一次、两次、三次。既没够着水杯，也没够着护手霜。

　　没有对齐！

　　没有摆好！

　　一团乱麻！

吸气！爱丽丝！

开关不在原位。我一通乱摸，打开了灯。这不是我的床，不是我的床头柜，不是我的卧室。我的手心开始冒汗。我一时呆愣住，无法思考。没有时间深呼吸了，我迟到了。要想在7：00到达办公室，就必须在6：53到达华尔街地铁站，这意味着最迟要在6：32上地铁，6：24从家里出发。前提是威廉街和松树街街角的红绿灯只需要等待不到一分钟。

要想让一切顺利进行，就必须在5：46起床。

然而，现在是5：47。

我的记忆深处传来了安吉拉的声音，柔和且令人心安。

吸气！爱丽丝！

5：48，安眠药的余效一下子被吓得烟消云散。我从不迟到。从不！四年六个月两周零四天以来，我可能第一次无法在早上7：00准时上班。或许得7：04，甚至更晚——7：13。

我的左手无意识地握紧了右手手腕。手链上铜绿色坠饰的触感让我立即想起纳拉甘塞特海滩上海浪抚摸湿沙的簌簌声和微风中的咸味——从我童年中消失的幸福味道。我听见了大海的声音、被海鸥鸣叫声不时打断的风语声、开往布洛克岛渡轮的汽笛声。我数着四个数字，慢慢地、深深地吸气。

耳边再一次响起了安吉拉那令人平静的声音。

"吸气！爱丽丝！会好起来的！"

一！我吸了口气。

二！我想起来了，我在酒店。

三！我距离纽约3623英里。

不对，这里说的是公里。

我距离家乡大约 5831 公里——我人在巴黎。

四！我上班没有迟到。我失业了。

胸口的重压变轻，空气重新回到我的肺部。我睁开眼睛。屋子一尘不染，一切都那么干净、洁白、整齐、井然有序。桌前的椅子、客房服务清单、记事本以及削好的铅笔摆放得整齐划一。

诸事皆顺。

我没有迟到。我 10：00 才有约。世界不会在今天坍塌。

我的焦虑症三周没复发。安吉拉说得对，仓皇出发十分危险，毕竟情绪会百变，新事物也会层出不穷，难以掌控。但我别无选择，必须离开。

我仔细地整理着床铺，检查了好几次，确保没有留下任何褶皱。我将靠垫摆放得十分完美，乳白色的毯子也清理得一尘不染，连女佣都望尘莫及。她会觉得我不是疯就是傻。不过，她这么想也是对的。

爱丽丝，你没必要这么循规蹈矩。

我必须控制我的焦虑症。我必须克制才能使自己看起来像个正常人。

我用尽全力才挪走了靠垫、掀开了羽绒被、弄乱了床单。我不让自己去看那些褶皱以及完美方形床上羽绒被大开大敞的凌乱模样。我必须重建我的生活，这也正是我飞越大西洋的原因。在这里，我可以做一个正常女孩，一个身上从未发生过任何事情的正常女孩。

10：04。我迟到了 4 分钟。我生命中的 240 秒飞走了，逝去了，消失在天地虚无间。1 小时有 60 分钟，1 分钟有 60 秒。

我第 10 次扎紧马尾辫。理论上，我与他人所处的时空并无不同，要想准时到达，只需准时出发即可。但是很显然，我是世上唯一一个洞悉人间惊天玄机的人，而大多数人还未成功参透。

行程时间 = 交通时间 + 步行时间 + 安全边际。

有时，我感觉自己是唯一知晓"逝者如斯"这一可怕事实的人。我想警示那些浪费了上苍给予我们最宝贵之物——时间的碌碌无为之辈。我不知道你是否知晓，终有一天，我们都将逝去。人生苦短，不能长久，每分每秒都无比重要。时光消逝，一切无法重来，留下的只有遗憾和退潮时搁浅在沙滩上的断贝残壳。

Stop（停止）！

吸气！

想点别的！

天色阴暗，细雨如新娘头纱般飘落而下，但我却敞开了大衣。虽然巴黎的天空阴沉低落，但气温至少有 50 华氏度。多少摄氏度呢？我必须学会用摄氏度来表达。

一群男男女女从贝尔维尔地铁站蜂拥而出，他们纷纷撑开的雨伞如同一朵朵盛开的灰色鲜花。一位行色匆匆的女人在我面前险些跌倒，我堪堪抓住了她的胳膊。她是一位孕妇。

我担心地询问："您受伤了吗？"

"没有，没事，谢谢！"

很明显，惊慌失措的她快迟到了。她手提包里的物品散落在沥青马路上，她俯身去捡。我急忙上前。

"您站着吧！我来！"

我捡起了她的随身物品：电话、一包纸巾、一支笔和几枚硬币。

"哦，谢谢！"她松了口气，对我说，"我的背真疼啊……"

我们相视一笑，刹那间，她热情洋溢的表情让我备感欣慰。我克制住自己的本能欲望，不让自己的手去触摸她圆滚滚的肚子，她的肚子被里面孕育的小生命撑得鼓鼓的。她和我说了声再见便消失在人潮中，我再次孤身一人。我感觉到地铁在我脚下震动。220万人口的巴黎熙来攘往，热火朝天，翻江倒海。我来这里真是来对了！这个地方非常适合我在"无脸"人群中隐匿、消失，遗忘世界并被世界遗忘。

"爱丽丝·史密斯？"

一位身着米色雨衣、身材矮小的女性站在我面前。她约莫50岁，非常精致，花白的头发被发胶固定成了一个卷筒形发髻。我握住她的手。

"您好！"

"Marvelous（太棒了）！我是菲尔德·汤普森房产中介的简·汤普森。"她用一口标准的英语对我说，"我们通过电话的。"

"很高兴认识您！"

"跟我来！"她在我头顶上撑开了一把格纹雨伞，用命令的口吻接着我的话说，"如您所见，房子离贝尔维尔地铁站就两步路。"

我清了清嗓子，这不是我之前让她找的房子。

"不过我之前考虑的应该是玛黑和蒙马特①……"

她猛地停住脚步，放声大笑。

"您去迪士尼的时候，为什么只是玩一趟而不想住在那儿呢？我知道美国人很喜欢玛黑和蒙马特，但那里遍地游客。周末的时候，玛黑寸步难行，人行道上挤得满满当当。蒙马特呢，不仅偏僻，还全都是游客和扒手。另外，老实说，考虑到您的预算，真的没必要去

---

① 玛黑和蒙马特是巴黎的两个街区。

那里……"

"哦,好吧。"

我尴尬地笑了笑,以掩饰我的失落。我曾天真地设想自己住在一间横梁外露的公寓里,可以望见圣心大教堂,但现在却为此前如此荒唐刻板的想法而感到窘迫。

我们经过了一家中餐馆、一家自助洗衣店和一家希腊餐馆——希腊餐馆橱窗里旋转的铁钎上串着一块滴油的肉。我想起了法语课堂上提到的奥赛博物馆灯火璀璨的外墙和两侧尽是拱廊的皇家宫殿花园。我学会了一个词——"奥斯曼"。我回想着美国教科书上关于这一术语的定义:始于19世纪中叶奥斯曼省长策划的系列改造工程。书中配图是一栋建有窄长形铁艺阳台的豪华大楼。

然而,鉴于我的银行账户处于后末日状态,我可以将里沃利街、蒙马特和玛黑抛诸脑后,因此,我决定信任简·汤普森。

她在落客门廊①前停了下来。这栋大楼油漆剥落,两侧毗邻着一间东方甜品店和一所小学。她输入密码,为我开门。

"那一层以前是用人住的,您一会儿可以看到,光线很好,又很安静。"

她用力地将雨伞朝着大厅龟裂的石板甩了甩。我们乘坐电梯来到了顶楼——七楼,走进了一间家具齐全的小房子。起居室正对着设备齐全的厨房,按照她的说法,称为"美式厨房",这样我就不会有背井离乡的感觉了。上一任租户走后,一切都翻新过。家具都很实用,橱柜也都是整体式的,还有一张长沙发、一部高保真音响和两个

---

① 落客门廊:建筑物出入口的一种有屋顶的门廊式结构,可以容纳车辆通过,为乘坐车辆抵达的客人提供有遮挡的通道。

扬声器……尽管现在天气不佳,光线依然透过天窗照亮了卧室。浴室虽只有三平方米,却也完成了装配浴缸这一壮举。这个地方虽然很小,平平无奇,但洁白、干净。

我走到主卧,打开了仅有的窗户,向外望去。从公寓这里可以俯瞰隔壁小学,听见城市的喧嚣声以及淹没在雨珠滴答声中的几声喇叭声。我又想起了曼哈顿那几乎亘古不变的汽笛声以及夏天空调的轰隆声。我不清楚自己是否喜欢这个地方,它的朴实无华让我既放心,又从心底透出一股寒冷。

一阵刺耳的铃声响起,一群孩子涌入楼下操场。他们穿着五颜六色的连帽雨衣,在雨中嬉戏。听着这首由欢乐的尖叫声组成的交响曲,我不由得笑了笑。这是我来到巴黎之后的第一个笑容。忽然间,这间公寓散发出一种强烈的吸引力——也许是操场上孩子们银铃般的笑声,但我感觉更像是热巧克力的味道。

我再次在两个房间里穿梭往返,简·汤普森则偷偷地审视着我。我一丝不苟的黑色套装和无可挑剔的马尾辫似乎让她十分放心。

"到目前为止,您一共看了几套公寓?"

"这是第一套。客厅里的高保真音响和扬声器可以拆走吗?太占地方了。"

"可以的,我和房东谈一谈,我觉得她会同意的。"

"另外,我有一只小猫,能接受吧?"

"哦,没问题。"她笑着说,"房东很喜欢动物,我也喜欢!您的猫叫什么名字?"

"大卫。"我一边说着,一边将窗户关上。

她瞪大了眼睛,想必是觉得美国人的癖好就是给宠物取人名。

"好的，我租了，越快交房越好，房租多少钱？"

"1100欧元，水电全包……我知道这超出了您的预算，但巴黎本来就很贵，而且……"

"没问题。"

我在说谎。太贵了！我必须尽快找到工作，我可以应付的。我必须往前走。不管怎样，继续住酒店花得会更多，而且由于酒店不允许带猫入住，我昨天不得已将大卫送去了寄养之家，我必须尽快将它接回来。

"很好。如果您随身携带了护照的话，我可以拿去公司复印，离这儿就五分钟的路程。这样，合同明天就可以准备好。"

"好的。"

"不过，法国的租赁合同很严格，需要证明材料，比如您最近的工资单、税单、银行对账单，而且我还想和您的前几任房东联系一下……"

在表现出一副恍然大悟的样子之前，我正想着三朵雪绒花、一杯羊驼奶和教皇的祝福……

"没问题，我可以把他们在纽约的联系方式给您……"

"好。如果您住过好几个地方，请尽量把所有房东的联系方式都给我，我掌握的材料越多，您的档案就越站得住脚。"

我思索了几秒钟。

"我几年前在伦敦住过，我可以把上一任房东的联系方式给您。"

"啊！好的。伦敦啊！Marvelous！咱们就这么说定了！"

她看起来如释重负，仿佛地缘上更近的英国能让我的证明材料更加有力。于我而言，只要回想起伦敦我就会撕心裂肺，但我也只能咬紧牙关、礼貌微笑。

爱丽丝日记

2011 年 8 月 22 日，伦敦

晚上 7：05。

好吧！

如果心理医生希望我写一篇日记，那我就只能写。只需要接连写下去即可，没什么办不到的。希望不要有人说我不做力所能及的事。

难题：我是必须开启"亲爱的日记"模式去写日记呢，还是虚构一个假朋友给她写信呢？如果是后者，我就需要寻找一个灵感型的对话人。谁呢？哎呀，为什么不找"最最亲爱的麦格教授[①]"？

哈哈！太难为情了。

找个超级帅气的小伙子？"亲爱的瑞恩·高斯林[②]……"？还是

[①] 麦格教授：英国作家 J.K. 罗琳作品《哈利·波特》系列中的人物。——编者注

[②] 瑞恩·高斯林：加拿大演员、导演、歌手。

找一个面善守信的知名演员?"亲爱的布鲁斯·威利斯①……"?

我可以将我的人生讲给布鲁斯·威利斯听吗?那总比讲给麦格教授听强吧。

我刚才回看了前面几行。奥利弗送我去看诊真的是明智之举,很显然,我需要精神分析治疗。

本篇毕。

晚上8:20。

亲爱的布鲁斯·威利斯。

别紧张,我又来了。

我现在正躺在我和奥利弗的床上,他如往常般在电脑前工作,我则给自己泡了一壶茶。

其间,我在维基百科上搜索了"无意识写作"——"无意识写作"是一种既不受意识又不受意志控制的写作手法。

因此,从理论上来说,写作内容和写作方式均不受限,这完全在我力所能及的范围内。

因此,在无意识写作中,无须思考、无须意识、无须意志。布鲁斯(我可以叫你布鲁斯吗?),下面便是我的人生:

我的备孕开销要比避孕的开销大。我在冰箱上贴了一张日历,用红色记号笔在每个排卵日上都画了爱心。我羞愧无比,但却必须让奥利弗知道我们的做爱日。不对,是造人日。现如今,我们不做爱,只造人。性爱也成了一件苦差事,一项徒劳无功的艰苦运动。布鲁斯,

---

① 布鲁斯·威利斯:美国演员、制片人、歌手。

就连你的好兄弟克里夫·欧文①那炙热的目光也无法激起我丝毫的欲望。

我的时间主要分给两项活动：要么等排卵，要么等例假。由于我不断地在所有可用的移动应用程序上记录我的种种症状，所以我可以在几分钟内预测出这两项活动中任何一项的到来。

顺便说一句，这份天赋毫无用途。

第一阶段：性交结束之后的那几天十分漫长、痛苦，我作为第三者感受到了精子朝着我的子宫飞奔而去。我就像一个有点疯的啦啦队女孩，在心里一边歇斯底里地为精子加油打气，一边想象着它身披"1号"号码布，左摇右摆、身姿敏捷地弯道超车，越过它的同期校友。与此同时，我那蠢笨的卵子带着傻笑，沿着我的输卵管上蹿下跳，寻找着那颗似乎永远无法成功交配的精子。

第二阶段：我觉得自己恶心想吐、容易疲倦、韧带疼痛，并且半夜想吃表皮满是掼奶油的熔岩巧克力蛋糕。（我承认，最后这点并不能强有力地证明我怀孕了。哪个正常人不会或多或少地想吃表皮满是掼奶油的熔岩巧克力蛋糕呢？）

第三阶段：我坚信自己怀孕了，变得再也无法忍受奥利弗（荷尔蒙造成的）。我开始吃四人份（以防怀的是三胞胎）食物，并且不再买卫生棉条（未来9个月里我可能都不需要了）。这些行为一直持续到早孕测试那一天，也就是例假前一天（天哪！我没有卫生棉条）。

第四阶段：生理周期的最后一天，天一亮，我便会起床，在不吵醒奥利弗的情况下，将自己反锁在厕所。我先是礼貌性地对包装盒上

---

① 克里夫·欧文：英国演员、制片人。——编者注

印着的"希望杀手微笑"和"婴儿连环杀手微笑"进行了回应,接着再向验孕棒道歉,因为我不得不朝它身上撒尿。我试图去迷惑它,因为早孕测试总在和人唱反调。当我们希望"未孕"的时候,它显示的是"怀孕";当我们希望"怀孕"的时候,它显示的则是"未孕"。我验完之后会等待3分钟,仿若两个半世纪左右的3分钟(而且还不是最快乐的那几个世纪,而是"权游"①模式下的10世纪和12世纪)。

我坐在马桶上,连内裤都懒得提起来。我一秒一秒地数着时间,眼睛盯着小小的白色显示窗口,向全宇宙诸神祷告,祈求出现"+"。无论深浅,我要的只是一个小小的"+"。

没有"+"。

我再次数到10,一想到世界上同一时间进行的早孕测试让人阳哭阴笑(阳性结果让人哭泣,阴性结果让人高兴),就非常愤怒。生活十分不公平,甚至荒谬至极。

奥利弗在门口等我,我无须告知他结果,毕竟一般遇到这种情况,我早就号啕大哭起来。他抱住我,和我说他不在乎,我们还年轻,有的是时间……毕竟26岁就要孩子还为时尚早。但问题是他比我大10岁。

有时,我会从垃圾桶里将香蕉皮下的验孕棒捡回来,万一结果有变呢?

还是没有"+"。

又重新回到第一阶段。

为了安慰自己,我会允许自己抽一支烟,仅一支而已(偶尔两

---

① 权游:美国奇幻题材电视剧《权力的游戏》的简称。——编者注

支,但从来都不到三支)。之后,我又开始了新一轮的周期。每天早上测排卵、补充叶酸、练习助孕瑜伽、在冰箱上画红心。

激素测试、超声波和其他宫腔镜检查(布鲁斯,检查细节我就不和你说了)都未显示异常。奥利弗比我幸运多了——他的检查就是看着20世纪80年代的色情DVD自慰一次。

这次经历的收获是(奥利弗鼓励我在每次经历中看到积极的一面)我拿到了我子宫的全景影像,10年后,可以和家人一起观看。

我戒酒、(几乎)戒烟、戒咖啡、戒红茶、戒快餐,晚上10:00睡觉,练习冥想。我狂补月见草油、叶酸、铁、水果以及各种籽。我看过许多体疗师、整骨师,以及一位磁疗师,甚至还看过一位自称阿兹特克祭司转世的卵巢保养教练。我祈祷过,也哭过,却毫不管用。我尝试了17个月,却还是怀不上。

公寓申请下来了。我一只手拎着装有大卫的托运箱,另一只手拎着我的行李箱。我又一次坐上地铁,又一次在贝尔维尔站下车。纽约的街道无论横平还是竖直,都有编号,井然有序。但这里的路没有一条是直的,错综复杂的街道显得凌乱无章。我终于找到了路,来到了房产中介公司——我只差在租约上签字了。

简·汤普森带着大大的微笑接待了我。

"爱丽丝,我一直在等您!拿着,护照还给您!我都不知道原来您的全姓是史密斯·里维埃……和斯嘉丽·史密斯·里维埃有关吗?"

我不自在地挪开了视线。

"您知道的,光美国就有200多万个'史密斯','里维埃'在法语中也同样常见,所以,从统计学的角度来说,美国有好几千人姓

'史密斯·里维埃'……"

"啊,没错。不管怎么说,很感谢您给了我您在伦敦的前任房东的联系方式,他那个人真的很 marvelous!我把您的新地址给了他,他有信件要寄给您。"

一想到我不打算在公寓里搞不法活动,简·汤普森以后便可放宽心了。她真是太可爱了!在我检查并签署租约的时候,简·汤普森则痴痴地看着高兴得喵喵叫的大卫。之后,她给了我三把新家的钥匙。

一到公寓,我便迅速打开行李。我只带了生活必需品,大部分东西还躺在大西洋上的某个集装箱里。我将大卫的窝放在了卧室,就在我的床脚,它的砂盆则放在客厅窗户下。大卫神情警惕,迈着古典舞步在这间一居室里晃来晃去,最后蜷缩在沙发上。我挠了挠它的脑袋,看着它心满意足的表情,我松了口气。

"希望你喜欢这里,小猫咪。"

之后,我下楼去超市买了一盒冷冻千层面,塞进了微波炉。等我洗完澡裹着浴巾、披着梳好的湿发出来时,千层面已经热好了。我套上睡衣,坐在电脑前,开始看邮件。

发件人:索菲·亨利
收件人:爱丽丝·史密斯
日期:2018年9月5日
主题:您的应聘申请
亲爱的爱丽丝,
虽然您的资质很好,但非常遗憾地通知您,您的条件和我司"英国金融"招聘的岗位不符。

望您再接再厉!

索菲·亨利

人力资源经理

英国金融

  这封邮件我读了四次,我尝试着驱散随之而来的压力。这只是其中一封回信。我还参加了其他面试,我还有其他应聘反馈没收到。没有谁可以一蹴而就。我继续浏览邮件。我将每一封广告邮件、垃圾邮件,甚至是自动回复邮件都从头到尾读了个遍。我不禁看到了安吉拉的白眼。一只东京的蝴蝶扇动翅膀似乎就可以引发得克萨斯州的一场龙卷风,所以如果有人给我发邮件,我就必须得读读看。如果我错过了关键信息,一连串的后果可能会让世界某个角落发生一起可怕的悲剧。等我觉得自己的确没有漏读任何重要信息时,我开始退订新闻简报,之后便准备上床睡觉。我将床头柜上的护手霜、安眠药瓶和水杯小心翼翼地摆成一列。

  雨停了,我打开通风窗并吃了一粒药。迷迷糊糊中,楼里的回声从院子里飘至我耳中,家家户户的吃饭声、争吵声、浓情蜜语声以及悲伤都向我侵袭而来。大卫仿佛感受到我的孤独在这个阁楼小房间里弥漫散开,于是,它将自己缩成一团,倚靠着我,还用鼻子蹭了蹭我的脸颊。心存感激的我将它拥入怀中,并为它轻轻哼唱了一首摇篮曲。安眠药终于起效,我进入了无梦之眠。

  我将身后的公寓门关上,长叹了一口气。我在法国会永远找不到工作了。我将鞋靠墙摆放整齐,接着瘫坐在沙发上,将哼哼唧唧的毛毛球抱到腿上聊以慰藉。

我在纽约时就已经投了数十封简历，并获得了一些面试机会。就在刚才，我结束了最后一场面试回来。他们甚至都没有接待我，人事专员对我施以抱歉的微笑，并解释说他们已经招到人了，却忘了取消我的面试。我咽下了我的骄傲和失望的泪水，任其撑肿我的喉咙。我告诉他们没关系，若有新岗位的话请记得致电。我一直等走到了街上才大哭起来。

我来巴黎十天了，收到的都是被拒的通知。这次面试是我最后的希望。我把脸埋进大卫毛茸茸的脖子里，叹了口气。

"小猫咪，你觉得会有人要我吗？"

过去几周积攒的倦意朝我袭来。我必须集聚所有的力气才能将衣服脱下，钻进热水中沐浴。我用指尖把玩着香喷喷的泡沫，试图厘清头绪。一想到纽约以及我遗留在那里的人生，还有在我离开前就已化为乌有的积蓄——四年里在金融界攒下的一笔小小财富，我就心头一紧。一身疲惫让我心情低落，一丝残存的乐观情绪也在肥皂水中溶解殆尽。

我裹着浴袍回到卧室，电脑传来一声响动，告知我收到了一条新消息。头越来越痛，眉间的痛楚也蔓延到了太阳穴。我知道我越是任由自己这么疲累，越容易焦虑，但是收到的邮件不能不看。这就是规则。既然是规则就必须得遵守，一直都得遵守。我的领英账号上有一条新消息，一条来自陌生人的新消息。

发件人：克里斯多夫·勒莫因
收件人：爱丽丝·史密斯

日期：2018 年 9 月 10 日

主题：招聘

您好，爱丽丝。

我在领英上看到您正在巴黎找工作。我创办了一家初创公司，潜力无限，公司的目标和商业模式暂时保密，所以无法向您解释这两点内容。您的资质很适合我们的后续项目，因此我们对您很感兴趣。

如果您还有空的话，请于明日上午 9：30 来巴黎邮街 67 号（邮编 75002）的空间（The Space）共享办公室面试。

祝好！

克里斯多夫·勒莫因

这封邮件我读了四次。没有找到任何有关公司或岗位的信息。我的在线简历显示的是我曾在一家著名的投资银行从事并购工作。这意味着我在企业融资，尤其是初创公司运作方面毫无经验。我不明白为什么我的个人资料会吸引像克里斯多夫·勒莫因这样的企业家。

但是他已经安排好了面试。

时间定好了！

地点也定好了！

如果我拒绝，就会打乱他的日程安排。如果他重新安排自己的日程，就必定会改变其他人的日程安排。打乱既定的秩序会引发混乱。例如，一位父亲本可以早点从家出发，正好躲开路过的出租车，但仅仅因为我调整了面试时间，他可能会被撞到，如果他推着婴儿车的话，后果会更加不堪设想……

Stop（停止）！

打住!

我觉得有点恶心,偏头痛也蔓延至颈部。

我在胡思乱想,我不能屈服于此。

停止负面想法!

我紧握自己的手腕。手链不见了。洗澡的时候取下来了呀。我将头埋入颤抖的双手中。我无权扰乱宇宙建立的秩序,必须尊重既定事实,始终遵守。"错!生活中充满了意外。"安吉拉的声音从远方传来,在我耳边轻声响起。我一边吸气,一边数数,慢慢地数着。

一、二、三、四。

吸气。

我需要一份工作,无论什么工作都行。不然的话,我就得找安吉拉借钱,她会担心我的。我最不想做的事就是让她再一次为我担惊受怕,再一次让我的问题毁了她的生活。

发件人:爱丽丝·史密斯

收件人:克里斯多夫·勒莫因

日期:2018 年 9 月 10 日

主题:回复:招聘

您好,克里斯多夫。

感谢您的来信。很高兴能与您相见!

明天见!

爱丽丝·史密斯

现在才下午 1:17,但我已经累到两腿发抖。我眼前是一片亮闪闪的黑点,仿佛身处夜店。我拉上了面朝操场的窗帘,课间铃马上就会响起。我仔细地叠着衣服,连续叠了四次才不见任何褶皱。我将椅子重新靠墙摆放整齐,一次、两次……停!我钻进被窝,吞下一片安眠药,大卫蜷缩在我身旁。

醒来时,天已黑,焦虑感消失了。虽然这次的焦虑很轻微,但在危险程度方面和上次相当。我登录"户户送"①平台,点了一个培根芝士汉堡和一份浇有切达奶酪的薯条。我想起了安吉拉,她在过去四年里一直试图让我优化饮食,却无果。但我从昨天开始就没吃过东西,我希望用餐的时候可以假装自己依旧在美国。

这位克里斯多夫·勒莫因在我快要泄气的时候向我发来面试邀约,难道不奇怪吗?这巧合真有意思,如果我们相信巧合的话。但我不信巧合,我也不信偶然,不信运气。我相信上天给事物之间预设了前因后果,相信世间的秩序无法更改,每一个迷你齿轮在世间都拥有属于自己的位置和角色,哪怕一粒微尘也能将这一机制破坏掉。东京的蝴蝶扇动翅膀便能引发世界另一头的灾难。仅此而已!

我给自己泡了杯茶,然后在领英上研究克里斯多夫·勒莫因。真奇怪!他花了8年时间才从蒙特利尔的一所名校获得本科学位,之后,他创办了19家初创公司。这份公司名单让我叹为观止到挑眉。我用谷歌逐一搜索了一番。

克里斯多夫·勒莫因明显是个发明家,他的发明中包括可折叠式旅行大汤勺、可回收床单和一个可以讲解云朵形状的应用程序。他似乎也是一个失败高手——19家公司都栽了。不是技术问题,就是财

---

① 户户送:总部在英国的送餐平台。——编者注

务问题、商业模式问题、法律问题、黑客问题……唯一一家在正经报刊上有宣传报道的公司，提供的是一种信息安全解决服务，该服务就是将本应受保护的机密数据伪装成当日广告新闻，并误发到上万人的邮箱，从而将其全部公开。那些宣传报道肯定不会有恭维之辞，这点我多说无益。这位企业家的一腔热血和顽强拼搏的精神让我不禁露出了笑容。我一向偏爱那些永不言弃的人。

门铃响了。我打开门去取我那装在纸袋里的汉堡，谢过送餐员后，我给了他一笔小费，他非常真挚地向我表示感谢。之后，我回到屏幕前坐下。我一边认真地吃着盘子里的食物，直到把最后一根薯条吃完，一边在大卫好奇的目光下浏览着这位面带笑容的年轻企业家的照片。我问大卫："你觉得他好相处吗？"

作为回应，大卫在我腿上缩成了一团。我叹了口气。我无路可选，仅剩的那点钱已经用来交房租了，不管这份工作如何，我都得拿下。

空间共享办公室是巴黎一个全新的办公空间，位置设在一家热气球的旧工厂里。工厂的木梁被重新粉刷成白色，支撑着一块巨大的玻璃天窗。简约的装修，再配上绿植和现代美学沙发，这让我感觉自己仿佛置身于 Instagram 动态中，只不过是低配版的动态。

一位年约 25 岁的女接待员——如果刚才从我面前经过的滑板车女孩和运动装男孩都在这里上班的话，那这位接待员的年龄简直就破纪录了——微笑着递给我一张荧光橙的胸卡。作为交换，我将我的美国驾照交由她保管，以防我荒唐地将访客卡偷走，再转售到易贝①上。

我重新扎紧马尾辫,整理了一下我的黑色西装外套,并试图端正坐姿——这个银色坐垫让我极其不舒服!

"爱丽丝?"

我转过头。一个男人正站在我面前,嘴角挂着灿烂的笑容。

"是的,我就是。"我握着他的手说。

"很高兴认识你!我叫克里斯多夫,克里斯多夫·勒莫因。"

他热情地和我握了握手。他棕色的头发凌乱无序,但却绝非偶然之象。他一身装扮潮味十足——蓝牙耳机像两根小小的白色天线插在耳中,运动鞋的价格肯定堪比"鲁布托②",牛仔裤大概也是由一位尼泊尔的佛教僧侣水洗制成。他厚框眼镜后的棕色眼睛在我看来十分诚实、友善,他的笑容和我在网上看到的一样吸引人。我想他一定有着某种魅力,但即便如此,鉴于他迟到了11分钟,所以我对他的魅力完全无感。

"跟我来!你喝咖啡,绿茶,零度可乐,还是荔枝味的甜辣柠檬水?"

"水,谢谢!"

他在智能手机上打字,而我则寸步不离地跟着他。我感觉自己的手正紧紧地攥着手提包的带子,真后悔刚刚没吃镇静剂!我搞砸过所有面试,因为我非常惧怕这类活动,恐惧让我表现得十分冷淡。人力资源部门给我的反馈都是:面试我的招聘官说我的性格令人难以捉

---

① 易贝:eBay,一个允许用户线上买卖物品的网站。

② 鲁布托:全称为克里斯提·鲁布托(Christian Louboutin),法国著名的高跟鞋品牌,红底鞋是该品牌的招牌标志。

摸。冷漠和克制是我所能找到的唯一可以掩饰焦虑的方法。

"感谢你这么快就能抽出时间来,爱丽丝。我们三个星期前刚搬到这里,这里还不错,对吧?"

一部透明电梯将我们带到了顶楼,映入眼帘的是一片宽敞的开放空间。透过巨大的观景窗,可以一览无余地看到远至圣心大教堂——我一直对这栋建筑神思着迷——的景色。我兴奋得就像一个从未离开过自家农场的美国游客。尽管我试图去掩饰这份情感,却不禁放慢了欣赏美景的脚步。虽然大部分办公室空无一人,但却凌乱到无法形容。纸箱、文件夹、七零八落的纸张、一副乒乓球拍、一张瑜伽垫,甚至还有一只袜子……我就不明白了,为什么不能归整一下?只需要在使用之后复归原位就行啊!一点都不难!面对如此乱象,我选择挪开视线,将注意力集中到窗户的金属边框上。一扇扇窗户是如此笔挺、平行、整齐,令人安心。

"欢迎来到'永恒之梦'!"克里斯多夫一边说着,一边打开了一间名为"史蒂夫·乔布斯厅"的会议室。

我走进会议室,里面四张大沙发将一张茶几围在中间。平板电视下,一名男子坐在一张沙发上,双眼紧盯着电脑屏幕,飞速地敲打着键盘。我的注意力不由自主地被他的双手吸引,它们自身所散发出的阳刚之气与拂过键盘时的优雅气质——仿若钢琴家的双手拂过琴键——形成反差,令我赞叹不已。坐下时,我不禁瞥了一眼他的屏幕,绿字代码在黑色背景上一行接一行地串在一起,如同乐曲一般流畅、有规律。

"我的合伙人——杰瑞米·米勒。"克里斯多夫坐下时说。

"您好!"

"您好，您迟到了！"他回答道，连眼皮都不抬一下。

很显然，这是我这么久以来受到过的最不公平的指责。我感到喉头一紧，然后听到自己冷冷地回答："我从不迟到。"

他停止打字，终于抬起头来，诧异地看着我。他敏锐的目光让我感到不自在。他深棕色的头发剪得很短，留了几天的青色胡楂映衬出他眼眸中的蔚蓝清澈。他身穿一件牛仔衬衣和一条米色长裤——衣着比他的合伙人朴素许多。

"这完全是我的错。"克里斯多夫插话道，并递给我一瓶水，"是我让爱丽丝久等了。创造家总是姗姗来迟，你懂的。"他冲我眨了眨眼，继续说。

我背部的肌肉放松下来，我将一缕头发重新别到耳后，然后坐到了沙发上。

"对了，爱丽丝！"克里斯多夫突然惊呼，"我忘了告诉你最重要的一件事，就是这里有一个海洋球池。"

他开心地看着我，显然是在等待我的反应。由于我完全不知道该怎么回答，于是他又补充着说了一句："就像在宜家一样。"

我喝了一口水以掩饰尴尬。我通过不了这次面试了，我需要他询问我有关简历、个人优点（严谨、精准、工作能力出众、抗压）、缺点（固执、内向，以及……啊！对了！轻度焦虑和偶尔的轻微强迫症……）以及常规问题，总之是我准备过的问题。我无法应对意料之外的事情。我将手指塞进手链，抚摸着坠饰。我想起海浪的声音。我吸气，尽可能轻轻地吸气。

我拧紧瓶盖，将矿泉水瓶放在茶几上。克里斯多夫现在正在看我的简历，我趁机将两支摆放凌乱的水笔复归于平行状态。我感觉这个讨厌的合伙人——杰瑞米·米勒撞见了我这一举动，我害怕起来。我必须控制自己。我需要这份工作，这样我就不必再向安吉拉寻求帮助，就能有份工作可做，就能被人遗忘。我必须让自己看起来像个正常人。我本来就很正常。

"你在伦敦的摩根大通工作过几年，接着在纽约的高盛工作了……"

他的话还未说完，我就下意识地补充说："四年六个月两周零四天。"

他瞪大眼睛，仿佛我刚刚在说唱美国国歌。他的合伙人又一次停止了打字，好奇地打量着我。我咬了咬嘴唇。

"我开玩笑的。"我说得很快，"是四年。"

我的手指再次寻找着手链那令人心安的触感。杰瑞米·米勒的探究目光顺着我的手势停在了我那只紧握手腕的手上。我松开了我的宝贝护身符，试图掩饰紧张，却未果。

真该死！我决定放手一搏。

"勒莫因先生，虽然您和我说过要保密，但我还是想知道贵公司是做什么的。"

"爱丽丝，请叫我'克里斯多夫'，这里不喊'先生'，我们很新潮的。"他继续说，"保密这回事是用来吸引那些敢于冒险的好奇者的一种技巧。我想招一些与众不同的人、一些'永不言弃的梦想家'。爱丽丝，你需要记住的就是'永恒之梦'拥有雄心壮志、青云之志！我们不甘于平庸。你甘于平庸吗？爱丽丝！"

"呃……不甘于……"

"那太好了！因为我们有一个大项目，一个可以彻底改变人类生活的独一无二的项目！我们目前正在开发一种秘密的数字服务，它将有助于解决一个世界性难题，从而改善数百万人的日常生活！"

我震惊于他说话时的慷慨激昂，小心翼翼地问道："听起来很有趣，那解决的是什么难题呢？"

我以为他找到了治愈癌症、恢复世界和平或是消除饥饿的方法。他非常兴奋，眼睛熠熠发光，高涨的情绪极具感染力，我很是喜欢。在我诧异的目光下，他登上茶几，深吸一口气，挥舞着夸张的手势大喊："'永恒之梦'的使命就是收集孤袜，世界各地的孤袜！"

目前还很难确定克里斯多夫·勒莫因到底是疯了、嗑药了还是真的才华横溢。我一时语塞。他定是把我的错愕误认为疑惑，于是继续得意扬扬地笑着解释说："就是洗涤烘干后只能找到一只的袜子。在这个回收再利用、反对浪费的年代，该有人想办法去解决孤袜的问题了，这对于生态而言至关重要。设想一下，你可以用'永恒之梦'给你的孤袜拍照，输入它的尺寸、品牌名称和颜色，然后这款应用程序就会为你寻找拥有同款孤袜的用户，袜子就可以这样收集齐全。这样就不会再有孤袜了！我们的客户群呢，就是全人类，独脚的人除外！当然，他们人数也不少！"

刹那间，我觉得他在恶作剧，我寻找着隐藏相机，等待着解释。这番演说结束后，随之而来的是一片寂静，只剩杰瑞米·米勒手指敲击键盘的声音。克里斯多夫依旧站在茶几上，他交叉双臂，抱在胸前，脸上挂着大大的笑容。

"爱丽丝，你准备好迎接这场大冒险了吗？你能接受创业的挑战吗？你拒绝平庸吗？"

我张了张嘴，却不知从何说起。比如，我可以说，"永恒之梦"

这个名字毫无意义，大多数人根本不在乎袜子是丢了还是要回收，也不要再嗑地毯①胡说八道了，即使是办公室通过公平贸易买来的有机地毯也不行。但是，一个小小的声音提醒我，我需要这份工作。于是我清了清嗓子，说："听起来很有趣……这种商业模式非常……独特。但是我对互联网领域、应用程序、生态和……孤袜一无所知，您知道的吧？"

"我知道。但你是美国人，美国可是'永恒之梦'的未来！从春天起，我们就会迈向国际！另外，你的简历让人印象深刻，双语流利，毕业于布朗大学，在伦敦摩根大通和纽约高盛工作过……等我们融资的时候，很快就会融资的，就需要你这样的人才……"

"您具体希望我做什么？"

"所有和会计、金融相关的事情以及……一些行政事务。"

"行政？"

"是的。我负责创作，杰瑞米负责代码，也有人负责市场营销、社区管理之类的了。但是还没人去做一些……"

他打住了。我猜他在犹豫要不要把"破事"说出口，于是便好心打圆场。

"琐事？"

"对，是的，琐事。爱丽丝，你法语真好，几乎没有口音。"

"我是双重国籍，我母亲是法国人，父亲是美国人。"

"太棒了！我喜欢！"

---

① 嗑地毯：法语中，嗑地毯（fumer la moquette）代指"嗑药"。这一表达方式用于嘲讽那些丧失理智的瘾君子，他们在找不到大麻的情况下，会用自家地毯上的毛绒成分代替。

他问了我两三个荒唐的问题,甚至问了我最喜欢什么颜色。他向我展示了他平板电脑上的墨渍,并问我觉得它像什么,海鸥,吉他,还是飞机?最后说:"我问完了。杰瑞米,你有什么要问的吗?"

我希望杰瑞米·米勒回答"不",但他却将头从屏幕前抬起,问:"你的简历中没有提到 2013 年的事,就是你结束伦敦旅居生活之后到开始纽约新工作之前的那段时间。"

我轻吸了一口气。我知道我得撒谎了!尽管过去几年我撒了无数个谎,但每当想到要隐瞒事实时,我内心的一角依然十分抗拒。

"2013 年,我去环游世界了。"我承受着那审视我的冰蓝色目光,轻声答道。

好奇的火焰瞬间点亮了他的眼睛,我有种不好的预感——他不相信我。

"太酷了!"克里斯多夫惊呼,"这正是我们'永恒之梦'招募的人才所需要的精神!爱丽丝,我看你明白对抗平庸意味着什么。"

"你为什么离开纽约?"杰瑞米继续问,"你为什么突然想从金融领域转到互联网领域?"

"我一直梦想着来巴黎见识一下……我在金融领域已经待够了,想尝试一些更加创新的东西。"

我想象着他冷漠表情背后争先恐后要提出的问题。那你是一个人搬过来的吗?你还没结婚?离婚了?单身?有孩子吗?有家人在巴黎吗?有朋友在巴黎吗?

"太好了,爱丽丝!"克里斯多夫一边从口袋里掏出振动的手机,一边说,"我们很快就会告知你结果,我现在要和投资人通电话。"

有那么一瞬间，我以为自己有机会被录取，但这种突然打发人走的方式却并不是一个好兆头。我来不及反应，机械式地握住了他伸过来的手，低声说："感谢你们的约见。"

杰瑞米·米勒起身送我下楼。他懒得和我说话，我拼命寻找理由，想让他改变对我的看法。但是他已经看到过我惊慌失措的样子、拨弄手链的样子、摆齐水笔的样子。我能理解他，说到底，没什么理由要雇用这么一个怪人。

他让女接待员将我刚才用来置换访客卡的身份证件还给我，于是她就将我的驾照递给了他。他朝我转身时，我嘴里突然冒出一句话，一句薄弱到无法真正令人信服的话。

"我一直梦想开公司，我真的被'永恒之梦'激励到了，我真的希望您能给我一次机会，让我从事这项工作。"

他被这突然冒出来的一句话吓了一跳。他拿着要还给我的驾照，一边无意识地在指间转动把玩，一边仔细地打量我，然后回答：

"说实话，我不懂你为什么要给克里斯多夫回邮件。这是个行政助理岗，工作内容远远低于你的能力水平和经验水平。工资方面，我们连你以前收入的零头都给不了你，你可能需要负责结算账单、关注荧光笔和打印纸的库存情况。至于克里斯多夫提到的会计方面，他根本分不清金融和会计，我也不觉得你了解法国的会计准则……"

我咽了咽口水，用力扎紧马尾辫。为了掩饰我声音深处的失落，我强装热情地回答："我学东西很快，我知道刚开始可能会有一些吃力不讨好的任务，但我更看重长期积累的机会……"

"抱歉，雇用你太大材小用了，我不喜欢浪费人才。"

我的驾照还一直捏在他指间。他瞥了一眼，脸上掠过一丝诧异。

"你的全姓是史密斯·里维埃?"

"是的,我母亲是法国人,但我只用史密斯这一个姓,我得把证件换一换了。"

"但是史密斯·里维埃……"他眉头微蹙,说,"是斯嘉丽·史密斯·里维埃那个姓吗?"

"是的……"我苦笑了一下,"但是没有任何关联。光是在美国就有两百多万个'史密斯','里维埃'在法语中也同样常见。所以,从统计学的角度来说,美国有好几千人姓'史密斯·里维埃'……但是大家对所有的概率法则都视而不见,我从幼儿园开始就被问这个问题了。"

他沉默了片刻,用那蓝色的眼眸审视着我,他的目光对我来说太过敏锐。我试着慢慢吸气,以掩饰这个问题所带来的焦虑不安。

"数字、统计,那就是你的专业,不是吗?这有点类似于把笔摆放整齐?"

我耸了耸肩。虽然我知道他已经撞见了我摆笔的行为,但我还是希望他不要提及此事。

"我喜欢数字,因为数字不会含糊不清。数学公式也不会让偶然、运气或是意外有机可乘。我们不会有失落感,有的只是唯一可能的结果。事实上,数字从不会说谎。"

"不像人类,对吧?"

"没错。"

他将驾照递给我,他的眼神再次变得令人捉摸不透。

"真有意思,你居然操心数字会不会说谎。毕竟我既不相信你真的对这份工作充满干劲,也不相信你环游过世界,更不相信你突然想换行业。"

他的语气非常平静,但他对我的看法却令我如坠冰窖。我愣了几秒后心生挫败。他以为他是谁?凭什么可以在对我人生一无所知的情况下评判我的行为?所有的这些面试都是作秀,呈现的是一种说谎的艺术——一种以更优角度展示自我的艺术。早知道要在这里浪费一个上午,倒不如发发新的求职申请。我将驾照塞进钱包,抬起头,直直地看着他。

"您想听真话?很好!我觉得贵公司的理念十分荒谬,公司名字在英文中毫无意义,很明显,我的能力超出了这个岗位要求的十倍,但是很不幸,我在上一份工作中被炒了鱿鱼,连赔偿金都没拿到,所以为了不流落街头,我需要尽快找到工作,仅此而已!但我不觉得如果之前就把这样的真相告诉您,您就一定会雇用我。我是一个聪明认真的女孩。即使我焦虑的时候会摆弄水笔,将它们放整齐,但我学东西很快,我既不需要极其夸张的高薪,也不在乎工作时长。如果您给我机会的话,肯定不会失望的。啊,对了!最后一件事,2013年的时候,我确实没有去环游世界,我也没上班,因为我得了抑郁症。说完了,祝您今天愉快!"

没等他回答,我便心满意足地转身离开了。虽然我的面试失败了,但我怼得他哑口无言。

爱丽丝日记

2011 年 9 月 1 日，伦敦

你好，布鲁斯。

我今天早上看了心理医生。我给她翻译了我日记的前几页，她听完后笑了。

"写完这些之后，您感觉如何？"

"我觉得很蠢……我的意思是写关于自己的事很蠢。我觉得我很害怕别人看完之后会议论纷纷。"

"是的，写日记是一件非常私密的事。"

"另外，我还是不明白，写日记怎么就能帮助我怀孕呢？"

"写作疗法有助于宣泄负面情绪。写烦心事的时候，那些摧残您的负面想法会从您脑中消失，可以说是被驱逐到了纸上，到了您的体外。您不觉得这段关于早孕测试的情绪被您发泄出来了吗？"

我耸了耸肩。

"有一点吧……我不知道……"

她点点头，然后总结说："除非您愿意，不然我不会再让您给我读这本日记了。所以，您之后完全可以写您所想写的了。每天继续写个十分钟或二十分钟，尽量写写您的童年。"

我耸了耸肩。

"没什么好写的，我的童年再正常不过了……"

"人们在孕期或备孕期很容易多思多虑，这往往会让童年的某些事重浮水面。"

"我甚至不知道该从哪儿写起……"

"爱丽丝，就和其他大多数故事一样，从头开始写就好了。您看，这就像拉一根绳子，一旦开始，就再也停不下来了。"

我的童年，好吧！

从头开始写。

好的。首先，先写我的父母。

1973年，我母亲弗朗索瓦丝·里维埃，一名在罗得岛大学交换的法国年轻人，她在机缘巧合之下，在一家影迷俱乐部认识了马修·史密斯。他们在一场有关20世纪30年代名作的激烈辩论中，差点因为《乱世佳人》（Gone with the Wind）而大打出手。弗朗索瓦丝表示这部电影无疑是电影史上最伟大的作品，而马修则认为这是种族主义者和保守派在胡说八道。他们的分歧如此之大，以至于必须得喝杯奶昔再继续聊。

我母亲本该只在美国待三个月，但她再也没有用上那张回程机票，因为一年后，21岁的他们结婚了。

接下来的11年中，我父母一直努力想要个孩子（也就是我）。

经过多次检查，一位妇科医生兼统计学家评估了弗朗索瓦丝·史密斯·里维埃（她将自己的婚前姓氏与我父亲的姓氏结合在了一起，这样既能反抗父权制的压迫，又可以追赶拥有美国姓氏的潮流大势）受孕的可能性——不到3%。1981年，他们在美国进行了第一次体外受精。三年后，我在试管中被培育，并于1985年1月上旬出生。我父母本来没钱进行体外受精（我的父亲是一名机械师，母亲则是一名自由译者），但他们很幸运，参与了由一家大型制药公司赞助的研究项目。

我很想回忆我生命最初的那几个月。我想象着我的父母在历经了十余年的等待之后，俯身在摇篮旁，心满意足地看着我第一次牙牙学语、第一次微笑、第一次大笑……

不久后，我母亲诧异地发现自己的例假还未复潮，于是去看妇科。她自然受孕了——妇科医生和受孕概率居然失灵了。

我妹妹于同年12月出生。随着时间的推移，我父亲的政治信仰日渐削弱，但我母亲却依旧是《乱世佳人》的粉丝。

于是，他们给我妹妹取名斯嘉丽。

"永恒之梦"的面试失败后，我又申请了其他岗位。这三天以来我一直沮丧地等待着回信。我十分难过，不仅是因为找工作屡屡碰壁，还因为巴黎让我备感失望。这座法国首都远非儿时明信片上让我向往的巴黎。真实的巴黎是林荫大道旁的人行道上遍地狗屎，污秽不堪；流浪汉彻夜睡在地铁通风口的格栅板上，被冻得瑟瑟发抖；老鼠则在铁轨上奔跑。巴黎的树木就和笑容一样稀有罕见，一杯意式浓缩咖啡的价格赶得上一只手提包。

出乎意料的是,当我躺在床上和大卫玩耍时,收到了克里斯多夫·勒莫因打来的电话。我没接,电话被转到了语音信箱,然后我听见了他的留言。

"你好,爱丽丝,我是克里斯多夫·勒莫因。我既荣幸又开心地通知你,欢迎你加入'永恒之梦'。如果可以的话,请于下周一来报到,毕竟时不待人!请尽快回复我,我们谈谈合同。回见!"

我目瞪口呆地将这通留言又听了三遍。这位总经理对我的印象必定非常好,足以抵消他合伙人对我的负面看法。或者除了我,没有其他人应聘他们这个奇葩项目。我决定了,与其苦思冥想,不如给他回个电话。克里斯多夫·勒莫因的确决定雇用我。我差点想询问他原因,但又忍住了,我害怕前功尽弃。我有工作了,这就够了。

几小时之后,我的家当从美国运来了,这仿佛预示着我从此要在这里生活了。我卖掉了所有家具和大部分物件。因此,搬运工只给我送来了二十多个纸箱。

接下来的日子,我忙着擦洗、打扫、除尘,并尝试了通过各种方法去整理收纳。大部分纸箱都启封了,但还有一些我不想去碰,尤其是那些写着"伦敦",或是我当时用黑色记号笔愤怒地写了个"P"的箱子。我先拔下高保真音响和扬声器——房产中介还没来取——的插头,将其推至墙角,然后把那些纸箱整整齐齐地靠墙堆放在客厅一侧。接着,我用一块大大的非洲黄色花布将纸箱遮住,并在这个简易餐桌上放了一盏灯。效果相当不错。但我也知道一块花布并不足以掩盖真实的过去。

无所事事的我犹豫着要不要打电话给"永恒之梦",问问是否可以立即去上班,但我最终还是套上了运动鞋去跑步。

虽然天气阴沉，但秋日的色彩和这座城市正相宜。我在谷歌地图上发现了一条刚好 5 英里的路线（我必须学会用公里计数了），我一路跟跑到了肖蒙山丘公园。沿途，我看到了一群鸽子和一位老妇人。老妇人坐在长凳上朝鸽子撒下面包屑，并冲我笑了笑。我则向她挥了挥手。如果我胆子够大的话，我就会坐到她身旁。

脚下橘黄色的落叶让我想起了小时候很喜欢在秋天罗得岛枫树被染成红色、金黄色的时候去散步。那时，风吹红了我的脸颊，我坐在从 9 月底开始便空荡无人的纳拉甘塞特海滩上看海。我停了下来，突然无法呼吸——不知不觉中，我加快了速度，喘不过气来。我整个青春期都在奋起反抗，想离开迷雾笼罩的海边，但如今的我却愿意不惜一切代价重返那里。一想到这一切都不可能了，尤其是发生了之后的事、发生了关于我的事后，就更不可能了，我便喉头一紧。

爱丽丝日记

2011 年 9 月 10 日，伦敦

亲爱的布鲁斯·威利斯。

近来可好？我又来了。心理会诊结束后，我又开始写这本日记，因为我没有什么更具创造性的事情要做。

我发现我下意识地在用法语写作。也许对我来说，我母亲的母语——法语会比我父亲的母语——英语更适合开诚布公。还有一点非常荒谬可笑，就是如果这本写给你的日记落到了你手里，那你大概什么都看不懂。

布鲁斯，我还没怎么和你说过我的事。我叫爱丽丝·史密斯·里维埃，今年 26 岁，结婚两年。（如果我们在现实生活中相遇，请记住我其实是如空气一般自由的单身人士，而且我一直认为头发是个完全多余的东西。）

我会说两门语言，这就是我可以用法语写作的原因。即使奥利弗发现了这本日记，他也无法看懂我脑海中闪过的各种蠢话，这点令我很是欣慰。或者我只是想念法语了。说到这儿,我想起我写完这篇日记后,得给我妈妈打个电话,告诉她达科塔怀孕了。

简言之,最新消息就是我还没怀孕。我经常和奥利弗吵架。我受不了他整天和别人一样,让我"不要去想怀孕这件事",就好像我不懂这个道理似的。但是,越不让我去想怀孕这件事,我就越会去想。所以,谢谢,谢谢您的建议,尤达大师①。

很显然,我的键盘缺少一个表情包,一个记录排卵日期记录到疯狂扯头发的表情包。(插一句,肯定有些人的工作就是发明表情包。)

对了,昨天达科塔在 Skype② 上告诉我她怀孕了。

"是个意外。我们就那一次没做保护措施,然后你懂的,事情就这么直接发生了。最开始的时候,我烦死了。你知道的,我从来没想过要孩子,不过现在我们觉得特别幸福。"

"恭喜恭喜,真替你们高兴。"我笑着说,我的笑容就像政治家在竞选前夕那般真诚。

言外之意——达科塔,我当然替你高兴。真的!虽然你抽的烟比煤电厂还多,更不用说你上次照看侄女的时候,把她忘在苹果商店一整个下午,但你却依旧和转基因荨麻田一样肥沃。

布鲁斯,我知道这样不对。我目前大概是世上唯一一个未孕女性,但这并不能成为我刻薄、批评闺密的理由。最糟糕的是,我十分懊悔自己如此愤世嫉俗。其实,我真的替她感到高兴。我只是希望这件好事也能落在我头上,最好是在我 73 岁前。

---

① 尤达大师:《星球大战》(*Star Wars*)中的角色。每当发现有些事情没有说破时,尤达大师都会直言不讳地说出来,他是智慧导师的代名词。

② Skype:一款即时通信软件。

如果我听从奥利弗那些正确的建议——他喜欢说教胜过生孩子,就必须从这次经历中看到积极的一面,即我可以喝更多的酒、吃更多的奶酪和熟猪肉了。

似乎大多数人是在工作日中期盼着周末,而我却是在周末中期待周一。工作可以填满我的大脑,让我做什么都可以,总好过胡思乱想。我还未找到更为有效的方法来治疗我的焦虑症。克里斯多夫让我早上9:00报到,但我8:20就已经无精打采地来到了办公室,仿佛我从去年圣诞节过后就没睡过觉一般。我决定不吃安眠药,后果就是直到凌晨3:00才睡着,5:45又醒了。真舒爽啊!于是我就有时间给安吉拉写信了(为了告诉她我好得不得了,千万不要担心我)、跑步、去共和国广场的星巴克买一杯卡布奇诺和一份苹果山核桃松饼,然后回家洗澡、给大卫清理猫砂盆、给房子吸尘。我天真地告诉自己,越累,今晚就越容易睡着。

前台女孩莎拉没有认出我,这不是她的错,毕竟没人能认出我,这也正合我意。我的外表可以用"普通"或"平平无奇"来形容。总有一些面孔会被人注意到,总有一些眼神令人难以忘记。有些人会笃定地和我说很高兴认识我,然而,他们才见过我两三次而已,对于这些人,我并不会去统计他们的数量。我今年33岁,容貌和实际年龄差不多,可能气色好的时候会看起来年轻一岁。我的声音貌似非常动听,至于其他方面?眼睛是棕色的,深栗色的细软中长发总是会扎成一个特别紧的马尾辫,让我整个人看起来毫无吸引力。有一段时间,大家都说我笑起来像朱莉娅·罗伯茨,但我现在却不怎么笑了。我也不怎么化妆了,非常普通。有一次,我曾听到同事这么说我:"爱丽丝可以更漂亮。""更漂亮"?也就是说我不漂亮——既不美,也不丑,介于美丑之间。另一位同事说得更直白(很显然,他们两个人都没有注意到我的存在,毕竟我就在迷你汉堡冷餐台旁边):"她都不怎么打扮自己。"或者他说的是"她都不上心",我已经不记得了。由此可见,他们大概是在责怪我没有为了取悦公司圣诞晚会上两位脑袋半秃、大腹便便的男同事,获得其口中"更漂亮"的称赞而平均每天花上45分钟(几乎相当于一年的12个整天,也就是说,如果我有幸活到80岁,那便是我一生中的3个整年)涂抹大量的粉底液和睫毛膏来改造自己这平平无奇的容貌……

事实上,我不想取悦任何人,我只想消失在人群中,不被任何人认出。我想待在路边、待在黑暗中,看着实至名归之人熠熠发光。我给自己设计了工作制服——一件黑色或灰色的西装、一件白色或蓝色的衬衣。周末的时候,放松下来的我会穿一条牛仔裤和一双匡威鞋。我的装扮和足足三分之一的人类一样。好处就是,如果我被国际刑警通缉,我甚至都不用换发型,就能从他们眼皮子底下溜走——鉴于我目前的负债情况,这方法似乎很有用。

莎拉将我带至顶楼一间为今天而准备的会议室。

"你是第一个到的。"她告诉我。

我这才意识到我不是唯一一个今天报到的人。一块纸板上写着"欢迎来到'永恒之梦'",桌上四周的小水瓶旁边放着一些写有人名的纸箱。我坐到了写有我名字的那个纸箱的对面。

8:55,24岁的维克托瓦·埃尔南德斯来了,腋下夹着她的滑板车。她是混血儿,皮肤呈小麦色,头发被梳成一股股黑色和荧光粉相间的小辫,右耳上挂着一串金色小耳圈。她穿着一条紧身的水洗牛仔裤和一件刚好露出显眼脐环的破洞上衣,可以看出她花了好一番功夫让自己看起来风轻云淡。顺便说一句,她完全没必要这么折腾,因为她是那种即使穿着巨大的培根芝士汉堡人偶服推广街角的麦当劳,也依然魅力十足的女孩。

"我叫维克托瓦。"她向我解释,"我是网站管理实习生兼程序开发员。"

"我叫爱丽丝。"

"嗨!爱丽丝。我敢打赌,你正在思考我为什么会取这么一个老掉牙的、凡尔赛时期的中产阶级名字?"

这根本就不是我在思考的事情,但她的自来熟让我不由得笑了笑。她一边从带有"Tipex"字样的工装包中掏出一支被咬过的无盖水笔和一个已经破损的线圈本,一边接着说:"那是因为我妈妈在怀我的时候得了弓形虫病,医生告诉她我可能会成为植物人。"

"啊?是吗?"

"我不知道两者之间有没有联系,但我事先声明一下,我虽然智商138,但说话不过脑子,要么是因为我感染了弓形虫病,要么是因为我没怎么上过学。我喜欢事先提醒和我共事的人,因为如果他们曲解了我的意思,就会阻碍我和身边的人建立正常的社交和情感联系。"

我看着她,她的直白坦率让我感到既惊讶又好笑。

"不过脑子?什么意思?"

"意思就是理论上,我知道从社交层面而言,有些事情不能讲给别人听,但实际上,我从来就不知道那些事情是哪些。社会规则的逻辑荒谬至极,完全不是我的高级智慧所能掌握的。比如说,我现在知道我之前不应该和前任公司的技术总监说他更适合搞他那没用的新纳粹法西斯事业,结果弄得他再也不和我说话了。"

她非常认真地看着我,眼睛周围都盯得起褶了,最后说:"多亏了我的神经语言学编程课,让我能读懂人类的肢体语言。看你的表情,我意识到我也许也不应该和你说这件事。"

她看起来真的很担心,于是我再次对她笑了笑。

"至少你说出了你的心里话。"

"从来没人这么想过。"她思考片刻后说,"我很喜欢你看待事物的方式。"

8∶58,克里斯多夫突然出现,这一点证明他比看起来要专业。不得不说,要连续弄垮19家初创企业也是需要最基本的敬业和投入的。

"嗨……"他迟疑了。

"爱丽丝。"我指着眼前的纸箱提醒他。

"没错,爱丽丝!你还好吗?周末过得好吗?最近天气烂透了,你秋天才来巴黎,估计很快就要想念美国了。维克托瓦,你呢?你周末过得怎么样?"

他径直把话接上,给我们讲起了他的周末。我喜欢健谈的人。他们总是会替你扛起聊天这项令人筋疲力尽的任务。

9∶27,当克里斯多夫在会议室玻璃茶几上方的平板电视上介绍完"永恒之梦"时,28岁的平面设计师、网站设计师兼社区经理——瑞达·查比推门而入。他微微佝偻着背——仿佛是为了让人忘记他那足足一米九的身高和瘦弱笨拙的四肢——头戴洋基队棒球帽,可怜兮兮地道歉,不停地说着闹钟坏了、地铁出问题了、忘带交通卡了、拿错室友钥匙了。

克里斯多夫被这一连串的借口搞得不知所措,向其保证说没关系,并请他将自己的电脑打开。

"我忘带了。"瑞达坦言,"另外,我们什么时候可以申请休假?"

无奈之下,克里斯多夫给我们讲起了他的职业生涯,非常坦诚地分享了他屡屡失败的经历。

"我敢肯定你们很疑惑为什么应用程序还没创建好,我就把你们招了进来。那是因为我们从一开始就必须志存高远。计较细枝末节,就意味着甘于平庸!请相信我,'永恒之梦'很快就会成为一家跨国企业,我们也都将成为百万富翁!"

他亢奋了几分钟,然后问我们是否有问题。瑞达举起了手。

"这里会发餐票吗?"

11点整,杰瑞米·米勒突然闯入会议室,冷冷地和大家打了个招呼,接着,双手插入牛仔裤的口袋中,简短地介绍了自己,并提及最终被扔进垃圾桶而造成浪费的孤袜数量以及它们作为纺织品被回收的可能性。

"有问题吗?"

他冰川蓝的眼睛扫视着这间小小的会议室,并在我身上停留了片刻。他看到我出现在这里是不是很诧异?克里斯多夫是不是都没知会他就录用了我?维克托瓦忍不住打了个大大的哈欠。

"我们什么时候开始干活?我觉得吧,唠叨这些没什么用。"

"今天下午开始。"杰瑞米回答,"我希望你像简历上说的那样精通 Python[①]。"

维克托瓦双臂抱胸，往椅子里坐了坐，满脸自信。

"Python 可是我的母语，我精通 Java、JavaScript、C++ 和 PHP 四种语言。郑重声明一下，我的简历中只写了不到一半的技能。"

出乎意料的是，她的傲慢无礼居然让杰瑞米短暂地笑了笑，他似乎十分清楚她在说什么。不像我，一个字都没听懂。

之后的时间过得很快。克里斯多夫单独约见了我们每一个人，以解答大家的疑惑。瑞达想知道他是否可以担任员工代表，并询问员工可以获得多长的积存工时假[②]。下班时，克里斯多夫建议我们找一天大家都有空的时候，举办他所谓的"'永恒之梦'惊喜迎新之夜"。我绝对得找个借口逃过这一出。回到家时，我被这一天的强度弄得有点晕头转向。虽然我不是为了交朋友才去的那里，但我觉得同事们都还挺友善的。我躺在床上思前想后。说到底，凭什么不能收集孤袜？我在这个近似疯狂的项目中看到了一丝诗意。

发件人：安吉拉·斯瑞尼瓦桑
收件人：爱丽丝·史密斯
日期：2018 年 9 月 10 日
主题：消息

[①] Python：一种计算机编程语言，下文中提到的 Java、JavaScript、C++ 和 PHP 都是计算机编程语言。

[②] 积存工时假：亦称 RTT 假。法国执行每周 35 小时工作制，超过的时长可以兑换成相应的假期，用来弥补额外的工时。RTT 假的时长因企业规定而异，一般在每年 10 天左右。员工可以自由支配这个假期，工资与正常工作日相同。

你好！仙境中的爱丽丝！

近来可好？很高兴你能在你喜欢的街区找到理想的公寓，并找到一份热爱的工作。你在巴黎的生活让我心生向往。你真幸运啊！不管怎样，我还是得再和你说一遍，如果你在领到第一份工资前需要我给你寄钱的话，千万不要犹豫！

给我发一些你新家的照片……这样我就可以想象你和你的新闺密一起喝着非素食奶昔，却把我像一只旧的公平棉袜①那样遗忘在脏衣篓的深处。

好了！我这里的树都变红、变黄了。你知道的，我十分喜欢布鲁克林的秋天，但你不在的时候就是另一番景象了。我的婆婆没有寻医问药就判断自己得了水痘，艾比去康涅狄格照顾她了。我并没有疑神疑鬼。她总是不停地给我们发一些有关成人水痘危害的文章。我很了解她，她大概也只是被蚊子叮了三下而已……

简言之，我又要送儿子们上学，又要忙于工作，这简直就是一场人间炼狱。但愿我能赶紧找到保姆！西奥上幼儿园了，我发现他很善于社交。不得不说，能在布鲁克林蒙台梭利学校里拥有两位超级炫酷的保育老师，就好比20世纪80年代带着随身听去上幼儿园。

至于银行那边就更没什么新鲜事了。安德鲁表现得就像你从未存在过一样。我烦死他了。我正在认真考虑放弃一切去当一名自由职业营养师或瑜伽教练，但说实话，我不太确定如果我们两个人都没有了固定收入，该怎么去解决学费、房贷之类的费用。

我之前说过，要给你我巴黎表姐的邮箱地址，是 saranya.

---

① 公平棉袜：是指用纯天然物质生产的棉袜，但同时必须在生产和贸易过程中，遵守社会劳动准则和保护环境等规定。

godhwani@kmail.com。我事先和她说了你会联系她。(如果你碰见她父母的话,不要和他们过多地聊起我,我相信巴黎的印度群体在同性婚姻方面的开放程度依旧低于纽约。)

附件里是几张我儿子的照片和一份洛林派的食谱。你绝对不能因为你远在法国,我又不在你身边而重拾恶习。你总是把奶油和鸡蛋换成豆浆,把烟熏猪胸肉丁换成豆干,把奶酪换成香料。虽然我儿子和艾比一直在拆台,但你到时候就会知道,这样做出来的洛林派有多美味,口感有多清爽。

希望你能来和我们一起过圣诞节。如果你不在,孩子们会非常失望,这将成为他们人生中第一个没有你的圣诞节。

想你!

安吉拉

另外,附件里有一位定居巴黎的美国心理学家的联系方式,她是艾比同事的小姨子。你可以联系她。希望你不要对我这个建议心生怨言。你知道的,我很爱你。

"爱丽丝·史密斯?"

安吉拉推荐的心理医生是一位身材矮小的丰满女人。她脸上的妆容让人一言难尽,亲切的微笑只为孩童和我这样的人而留。她的微笑几乎可以让你相信她能够让你燃烧成灰烬的心重生复位。

"您好!"

"我是勒鲁瓦医生,很高兴见到您!"

她和我握了握手,带着我穿过等候室。等候室的地板打过蜡,里面的一切都是为了给人们营造一种舒适感而设计的——有绿植、轻音乐和香草味香薰。

"请坐!"

我在长沙发上坐了下来。茶几上放着几本精美的旅游读物——大概率是出于装饰的目的,毕竟按理来说,没有人会花45分钟90欧元来这里欣赏安达卢西亚的美景和一个东倒西歪的纸巾盒。我很想知道是否真的会有人在这间办公室里对着一张完全陌生的面孔哭泣。我条件反射般地将这摞书最上面的那一本重新摆放整齐,并将纸巾盒与茶几边缘对齐。等我抬起头时,我撞见了心理医生那双棕色的眼睛。她冲我温柔一笑。她看见了!我真是不应该!

"我可以叫您爱丽丝吗?"

"可以的。"

"您今天为什么来我这儿?爱丽丝。"

"我能说实话吗?"

"请说!"

"我刚搬到法国。我在美国的时候开了许多处方药,现在想在法国找替代药品。但全科医生不愿给我开,所以我来了这里。不过我不需要治疗,我很好!"

为了证明我的真情实意,我将特意带来的美国处方递给她。她一言不发地看着这张药物清单,之后将其放在玻璃茶几上,滑给了我。

"爱丽丝,如果您不接受治疗的话,我是不会给您开这些药的。"

"我已经接受过治疗了,我现在很好。我不想重新接受治疗。"

"如果您没事的话,为什么要我给您开溴西泮和地西泮①?"

"我只是偶尔失眠焦虑,没那么严重。我没事的。"

"爱丽丝,这是您第三次说自己没事了。"她温柔地说,"但这张处方上的剂量并不是没事的人应该服用的剂量。"

她再次给了我一个宽慰的笑容,我的手指紧紧地抓着手腕上的链子。

"请听我说,我没那么多空闲时间,而且我刚到巴黎。"

"正是因为您现在处在一个巨大的转折期,所以才更加需要接受追踪治疗。您进入新环境后,焦虑症没有加重吗?"

我咬着嘴唇,内心十分恼火。她在步步紧逼——我从她那会心却直白的眼神和平静而坚定的轻声细语中看到了这一点。

"既然您都来了,那我建议我们谈一谈,好吗?然后,我们再看看怎么办。"

我没有回答。我不想和她说话。我不想将我的悲伤和遗憾挖出来,摊开在玻璃茶几上,摊开在讲述安达卢西亚的书籍和歪七扭八的盆景中间。我做不到!我学会了如何让自己一切安好,只需要管好自己就行。我和上天有过约定——我尊重它,它则不插手我的事。只要我不提过去,一切都好。只要我保持沉默,就什么都没发生过。

"不弄清楚您为什么要用药的话,我是不能给您开处方的,爱丽丝。这对我来说是一种不负责任的行为。"

"……"

"不管您是现在就走,还是这45分钟内都不开口,这次看诊也

---

① 溴西泮和地西泮均属抗焦虑药物,常用于镇静安眠。

都是要付费的，您知道吧？"

我拿回处方，小心翼翼地将其折好，然后放进包里。之后，我从手提包中掏出钱包，嘟囔着："来这儿就是个错误，我要走了。我该付您多少钱？"

她犹豫了一下，静静地看着我。她看起来既不惊慌，也不惊讶、恼火，只是心事重重。

"不用了。"

"要的。您说得对，您为我预留了这个档期，我必须付您钱，我一定要付您钱。"

"那我也一定要帮助到我这里来的人。"

我赶忙起身，害怕自己会仅仅因为这个完全陌生的人面善而妥协让步，将自己的人生讲给她听。她将我送至门口，亲切地笑着，并朝我伸出了手。

"等您准备好了，并且觉得需要倾诉的话，请再给我打电话！"

爱丽丝日记

2011 年 9 月 29 日，伦敦

我的情绪十分低落，甚至更差，仿佛我的情绪被掩埋在海底两万里之下、五吨粪水之下。我不会再在日记里写我没有怀孕。布鲁斯，我们假定一下，只要我不和你说我怀孕了，那我就是没有怀孕。

奥利弗出差了。两天前，我投了三份简历。我再也受不了整天原地打转的生活了。今天早上，有家银行给我打电话了，态度十分热情。我明天得去面试了。我还没和奥利弗说，我也不清楚为什么不说。这个不想生孩子的人总是不在家，以至于我感觉我们之间都不说话了。布鲁斯·威利斯，我觉得我现在和你都比和他更亲近。我不知道你是否意识到了这种局面的荒唐可笑。我觉得我有罪。每个人都能怀孕，有人甚至不是故意而为之的都怀上了，但我为什么就是不行？

我在今天早上看了心理医生。

"这是您第一次和我说起您妹妹。为什么现在才说？"

我耸了耸肩。

"我觉得斯嘉丽和我们要解决的问题,也就是我怀不了孕这件事没什么关系……您认为这很重要吗?"

"我不清楚,但如果您觉得有必要写写她的话,那就写吧!"

我不知道"自己是否有必要"写斯嘉丽。事实上,斯嘉丽是我人生中以及童年时期不可或缺的一部分。只写我自己却对她闭口不谈,似乎也很荒谬。另外,仅用26个字母来解释斯嘉丽是谁以及我们之间的关系实非易事。

我妹妹属于那种人们常说的"是个人物"的人,那种口碑两极分化、让人或爱或恨的人,那种能够和美国总统选举或下一季《权力的游戏》一样引起更多话题的人。

该从哪里开始写起呢?

我经常听到有些父母将意外到来的婴儿定性为"意外"。

字典里,关于"意外"有两种定义:

1. 非必需的、附带的东西。
2. 会造成损害或危害的、未预见到的突发事件。

同义词:事故、不幸、灾祸、霉运、麻烦、变故、灾难、灾害。

对妈妈而言,斯嘉丽就是一场意外。

一场"意外",就好比有人在从皇后镇市中心去往沃尔玛的路上,遭遇道路结冰,因车祸去世。

我对这些意外出生的孩子有着一种特殊的情感,因为无论我在哪里遇到他们,都会想起我的妹妹。每当我听到某位父母用"意外"这个词去形容自己孩子的时候,我就忍不住想将这个小可怜抱在怀里,在他耳边轻声地说,不要听大人胡说八道,没有谁的出生是个意外,就像斯嘉丽小的时候,问我是否确定她不是领养的,我也是这么对她说的。

我相信妈妈甚至在这个孩子出生之前,就已经下意识地将她判定为捣乱分子。或许事实上,斯嘉丽别无他选,只能承担起这个角色,适应从第一次超声检查开始便贴在她额头上的"讨厌鬼"标签。同样地,也许我应该全身心地尊重分配给我的角色——父母期待多年的完美女儿。

在父亲离开我们之前,我父母晚上偶尔会在家组织聚餐。只要斯嘉丽和我将妈妈做的香肠卷或是父亲撒了小块橙皮奶酪的薄脆饼干端上桌,我们就可以一直待到他们喝完开胃酒。(妈妈这个地地道道的法国人讨厌所有非法国产的奶酪,但我父亲却很喜欢切达奶酪。)我又看见了斯嘉丽。她穿着波点睡衣,模样并不起眼,刚洗完澡,头发还是湿漉漉的。每到这种晚宴,妈妈首先会提起那首海鸥被困在燃油中的诗——这首诗令我备受校长的夸赞,然后是我拯救溺水小猫的事……她总是不停地说我的事,我一个人的事。她如痴如醉地说着,我的才华横溢甚至让她忘记将手中正在慢慢变凉的水递到嘴边。斯嘉丽手里捧着一盘小点心,一脸恬静、崇拜地聆听着我的丰功伟绩。我相信幼小的她一定以我这个出色的家人为傲。她露出了洋溢着喜悦和真诚的灿烂笑容——这是遗传我父亲基因的唯一证据,因为在其他地方我们俩都和妈妈一模一样。

有时,斯嘉丽手捧盘子从父亲身边经过时,父亲似乎会突然想起她的存在。他拍拍她的脑袋,想说点什么,之后嘀嘀咕咕地插了一句:"斯嘉丽吧,她数学很好。"

接着便咽下了薄脆饼干,他那微弱到听不见的声音也淹没在妈妈滔滔不绝的独白中。

在所有人都忘却的那段短暂时光中——鉴于之后发生的事，这段时光只能称为短暂时光——斯嘉丽甘于在我们的家庭结构中充当配角。我是姐姐，我到哪儿她都会跟着。她会模仿我的一举一动，眼神中带着孩童对偶像的那种虔诚崇拜。有时，我会想把她甩掉，觉得她像块狗皮膏药，但我们不会欺骗对方。这种高高在上的感觉让我觉得十分受用，我有时甚至会加以利用——我可以让她把圣诞节收到的唯一玩具让给我、在我懒得起床的时候去厨房给我拿曲奇、在我的口述下帮我完成作业，或是听从我的命令对妈妈撒谎。

我在一本讲述法国海盗的小说中看到了"吹响冲锋号"这个表达方式，并让母亲解释给我听，之后，便决定让斯嘉丽在我每次吃饭前为我吹响冲锋号。她照做了，而且始终面带微笑。她站在门框下，身姿挺拔如松，模仿军号的声音夸张地吹着环球影城的开头曲，预告着我即将登场。每当我像碧昂丝登上麦迪逊广场花园舞台那般走进小厨房时，她却总是在被妈妈冷冷呵斥，妈妈让她不许胡闹、去洗手吃饭。布鲁斯，我承认有那么一段时间我非常地专横跋扈、狂妄自大，但那段时间并没有持续太久。

我8岁那年，局势发生了逆转。最初的时候，是斯嘉丽一次小小的思考让我惊惶不安。她坐在自己的床上，栗色的头发遮住了苍白的小脸。她抬头看着我，若有所思。之后，她神色凄凉地问："我呢？为什么从来没有人为我吹冲锋号？"

"因为你不是姐姐。"我回答，仿佛一切不言自明。

不久后，我父亲别出心裁地想了一招。他背着我母亲卖掉了自己的汽车修理厂，带着我们所有的钱和每天早上送我们去上学的黄色校车的女司机跑了。他在厨房的桌上留下了一封信，向妈妈解释说他不适合这种循规蹈矩、庸俗不堪、捉襟见肘的生活，他一直都觉得自己是个做大事的人，他不允许自己辜负生活。他慷慨大方地（他总是投票给民主党）将房子（还需还债15年）和孩子留给了妈妈。

斯嘉丽和我先于妈妈发现了这封信，并且我们都看过了。多年以后，我这个妹妹和我聊起这件事时，说她还记得信中提到的每一个字。而我呢？我只记得她当时的反应。

"我希望爸爸留下，妈妈和校车司机一起走。"

妈妈再也没有提起过我父亲，我们也再没有过他的消息。我们有一周无法去上学（需要重新找一位校车司机），在我看来，这是此番境遇中不容忽视的积极一面。而这也证明我以前比现在更乐观。

我相信我当时已经意识到父亲的离开对斯嘉丽的影响远甚于我。我吧，我有妈妈。她从早到晚不停地抱我、亲我、夸我，让我喘不过气。但斯嘉丽呢？只有父亲每天晚上回家时会拍拍她的头。这点温情对于一个如此幼小的女孩来说太少了，父亲离开之后，她就更是什么都没有了。

接下来的几个星期，每当我听到斯嘉丽将头埋在枕头中哭泣时，我便会躺在她身旁，在黑暗中轻抚她的头发，直到她睡去。

某天晚上，我们在厨房吃番茄肉酱意面，妈妈则在和她的一位女性朋友通电话，突然，她惊呼："你疯了，两个孩子之间至少要间隔四年！二胎不仅会让你的经济状况变得更复杂，也会让你的日子更难过，还有可能会破坏你们的夫妻感情。你看看我！斯嘉丽意外出生，结果马修就跑了。"

斯嘉丽僵住了，她刚才正往嘴里吸的意面沾在了下巴上。她圆嘟嘟的脸蛋上全是番茄酱，或者是她涨红了脸。她那双因长睫毛而倍加显大的棕色眼睛里充满了惊讶。然后,她一言不发地吃完了盘中的食物,回到楼上房间。妈妈回到餐桌前,却并没有注意到斯嘉丽不在。

那天晚上,斯嘉丽没有闷头哭泣。但熄灯之后过了很久,她依旧没睡着(如果你和同一个人一起睡了八年,你就能够分辨出她的呼吸节奏)。我溜到她床上,抱住她,紧紧地抱着。之后,在她耳边轻声说:"如果你愿意的话,我明天给你吹冲锋号。"

我相信就是在那一天,我们之间的角色互换了。我明白从那一刻开始,我必须照顾她,因为她在这个世上只有我了。

我在"永恒之梦"工作三周了。我的日常生活再次回到正轨,井然有序,这让我受益颇多。正如杰瑞米·米勒所预料的,我的工作是纯行政类。克里斯多夫交给我一些简单的工作,如为员工办理医疗互助保险①、开通电话线路或采购物资。我负责安排他的日程和各种预约活动、管理公司财务账户、接听电话以及支付账单。我没有时间胡思乱想,我很忙,而这正是我想要的。

我将镇静剂保存起来,以备不时之需。我每三天会吃一片安眠药,剩余两天只能睡着一两个小时。到目前为止,我虽然很累,但还能坚持。我支付了一大笔钱,成功地让我在纽约的全科医生提前给我寄来了少量备用药。在找到解决办法之前,我要像松鼠准备过冬一样精打细算地节省我的药片。

我每天早上9:00到岗,我总是第一个到岗。我依旧保留着金融生涯时的装扮——西服套装、衬衣、马尾辫。下午1:00,我出去买

---

① 医疗互助保险:法国为低收入人群、无收入人群准备的一种医疗补充险。

三明治，之后会对着电脑屏幕吃掉它。克里斯多夫每天都会邀请我和他、维克托瓦以及瑞达一起吃午饭——杰瑞米偶尔也会一起，他似乎和我一样不爱社交——但我每次都会礼貌地拒绝。

每周六，我会去自助洗衣店，会打扫卫生、购物，会用Skype打电话给安吉拉，会整理房间、照顾大卫。每周日，我会利用圣米歇尔大道上那家吉贝尔-约瑟夫书店推荐的四本书籍来学习法国的会计知识。

另外，不幸的是，我没能躲过"永恒之梦"的迎新之夜。虽然我一直谎称自己不是约了医生，就是要参加生日派对或乔迁之宴，但克里斯多夫每次都会将时间推后。面对我这再明显不过的不情不愿，他那时髦眼镜后面笑眯眯的双眼从未表现出半分恼怒。害怕聚会因自己而无限期推迟的我终于屈服了。

我正专心地读着公司的合伙协议，克里斯多夫从他的办公室走了出来。他穿着一条牛仔裤和一件亮黄色运动衫，运动衫上面用黑色字母写着"与其畅想生活，不如体验梦想"。

"一起出发去迎新之夜吧！'永恒之梦'的家人们。"他在办公室里兴奋地大喊。

"我待会儿和你们碰头，我先把公司章程看完。"我说。

"好吧，那你不要拖太久，我们先去楼下喝点东西等你。"

"要给你点杯喝的吗？爱丽丝。"瑞达整了整他那从未摘下的洋基队棒球帽，问道。

"不用，谢谢，太客气了！等我到了再说。"

他们走远了，回荡在这栋玻璃大楼里的欢声笑语也越来越弱。

我继续埋头看协议。公司的财务结构和我想象中的不太一样。杰瑞米几乎持有"永恒之梦"的所有股份，而克里斯多夫仅占19%。我在网上搜索了一番，发现杰瑞米·米勒曾是谷歌高级程序员，近几年开始自己创业，开发了多个项目、投资了多家备受欢迎的初创企业。据科技博客①上的一篇报道称，他开发过一款旨在帮助自闭症儿童沟通交流的移动应用程序，小赚了一笔。我完全不明白，杰瑞米这么优秀的一位程序员为什么会和克里斯多夫这个互联网的大输家合伙，更不明白他为什么要参与"永恒之梦"这类在我看来不大可能盈利的项目。此外，如果没有可观的收益或是新的融资，公司的流动资金撑不过六七个月。我曾在克里斯多夫面前提过这件事，但他却向我表示我们以后都会成为百万富翁，没什么可担心的……

一想到今晚的聚会不知道什么时候才能结束、克里斯多夫承诺的惊喜活动又是什么，以及一切潜在的未知数，我就十分焦虑不安。

我不知道该如何去应对那些未知数，更不用说惊喜了。

我关掉电脑，然后看了看寂静无声的办公室。每个人都将自己办公桌上的一角打造成了私人空间。维克托瓦将她男朋友的照片放在护手霜、手机充电器和一堆特趣②零食中间。瑞达放了一个印有"我爱纽约"的马克杯、一整套库斯米③茶和一个魔力斯奇那④记事本，本子上还贴着一张印有"法国总工会"字样的红色贴纸。他们虽然走

---

① 科技博客：TechCrunch，美国科技类博客，主要报道新兴互联网公司、评论互联网新产品、发布重大突发新闻。
② 特趣：原名 Twix，玛氏公司旗下的品牌，涵盖巧克力、曲奇饼干等零食。
③ 库斯米：原名 Kusmi Tea，法国茶叶品牌。
④ 魔力斯奇那：原名 Moleskine，意大利手工笔记本品牌。

了,但却留下了自己来过的痕迹。我心头一紧,想到自己曾经也是个目标明确、生活明朗、邋邋遢遢、偶尔迟到、激情满满、创意无限、会忘记赴约的女孩。

我又想起了安吉拉的邮件。她说了多少次让我去看心理医生?我本想和她解释,我需要的不是心理医生,而是神父,甚至是上帝的化身,我需要他们宽恕我。但即使是安吉拉,我也只能对她说出部分真相。她最终自己去看了心理医生,想弄清楚我为什么焦虑、我的神经症叫什么名字。她约了三次,并且每次都去了。她是我见过的最稳重的女孩,她只是想知道要怎么做才能帮到我。正是她告诉我,我每次紧张的时候,都会有一些固定动作,我必须慢慢摆脱这些动作。她建议我选取一件我珍视的物品,一件在我感觉焦虑即将袭来时能够唤起我舒心记忆、帮助我冷静下来的物品。我选择了手链。在往事重浮水面,逼得我不得不逃到地球另一端之前,幸亏有安吉拉,我在纽约才过得舒服点。安吉拉敞开怀抱接纳了我,她能把我失去的东西——家庭归属感——找回并给我。

"我要锁门了,你结束了吗?"

我被吓了一跳,杰瑞米·米勒手里拿着办公室钥匙,就站在我面前。没想到他居然没有和其他人一起走。面试那天之后我们就再也没说过话。他已经朝门口走去,我一边将大衣扣上,一边赶忙追上他。他将办公室上锁的时候,我尴尬地清了清嗓子。

"我想和你说……面试那天,很抱歉惹你不开心了。我那会儿有些私人问题,心情不好……简言之,我感觉克里斯多夫录用我的时候肯定没和你商量,不过既然我们在同一间办公室工作,所以我还是想道个歉。"

"好。"

他将钥匙塞进口袋,然后朝电梯走去。我茫然不知所措。

"'好'的意思是'我们和好了'?"

"'好'的意思是'即使人们的想法是错的,我也不会怪他们说出来'。"

我更加能够理解他是怎么做到和说话不过脑子的维克托瓦共事的了。我好奇地问他:"所以你呢?你从不说谎?"

他按下电梯按钮,耸了耸肩。

"我从不骗人,我说的一切都是我的真实想法。"

他清澈、冷漠的目光掠过我的脸庞,我的每个毛孔都感知到他知道我和他截然不同,我会骗人,也会说谎。

我们一路沉默不语,直至来到办公楼正对面的酒吧。空气很潮湿,人们在露台上喝着开胃酒,露台上摆满了小圆桌,桌子的上方则是户外取暖器。室内,一行人正围坐在一份装在木质餐盘中的熟猪肉、奶酪以及一瓶放在红白格纹桌布上的葡萄酒面前,等待着我们。多么法式啊!我拍了一张照,随机加了一个滤镜,然后发到 Instagram 上。这样的话,在大西洋另一头的安吉拉就可以由此断定我过得不错,我融入了当地的生活。她就不会再认为我需要看心理医生了。

"爱丽丝,坐!"克里斯多夫拉出一张高脚圆凳,对我说。

我竖起了耳朵,正在播放的这首歌我十分熟悉。青春期的我熟记于心,但现在却想不起乐队的名字。

"爱丽丝?"

我猛地回过神,意识到维克托瓦给我递了一杯酒。我躲闪了一下,手碰倒了杯子,酒洒在了奶酪盘上。

"对不起……我从来不喝酒，我……"

我意识到自己的反应过激了，同事们向我投来了好奇的目光。

"从来都不喝？"维克托瓦诧异地问。我一言不发，摇了摇头。瑞达和杰瑞米正试着用纸巾将酒擦干。我应该搭把手，但我无能为力，因为我的手指正在桌子底下像抓救生圈一样死死地抓着手腕上的细链。

"我也从来都不喝。"瑞达温柔地说，"爱丽丝，你要来瓶巴黎水吗？"

"要！巴黎水啊，很不错。"

瑞达站了起来，话题也转移了。我心不在焉地听着，在面包上放了一块孔泰奶酪，然后嚼了起来。真好吃！我整个人放松了下来。晚上9:00，克里斯多夫站了起来。

"我去付钱。接下来是惊喜时刻！"

"我觉得我要回家了。"他回来的时候，我说，"我有点累，另外……"

"爱丽丝，弃船离开是绝对不行的，离开就意味着向平庸低头！我们需要你来捍卫'永恒之梦'的荣誉。"

他的声音非常浮夸，但眼睛却像过圣诞节的孩子那般闪闪发光。一刻钟后，我们来到了一间又小又黑的地下室，准备开始使用继原子弹之后人类最为糟糕的发明——卡拉OK。

"这真是个狗屁主意。"维克托瓦淡定地说。

"维克托瓦，别抱怨了！去找点鸡尾酒来！"克里斯多夫站在卡座上叫喊着，"我点了《周末狂热夜》（*Saturday Night Fever*），我告诉你们，你们会跟着一起摇摆的。杰瑞米，你和我，我们一起唱！"

"做梦吧你！"杰瑞米喃喃地说。

瑞达虽然之前也一直在抱怨，但他没有杰瑞米和维克托瓦那么一本正经，他从克里斯多夫手里抢过歌单。

"好吧，我牺牲一下。"

他口中的牺牲似乎并没有让他多为难。他们将声音开到最大，棒球帽反戴，开始唱第一首歌。我惊呆了，已经不知道自己身处何处。让我唱歌是绝对不可能的。

杰瑞米坐在角落里用手机打字，克里斯多夫和瑞达在声嘶力竭地唱着布兰妮·斯皮尔斯的《宝贝再来一次》（*Baby One More Time*），他们的法国口音让歌词变得面目全非。

"爱丽丝，接下来该你了！"克里斯多夫大喊。他此刻的舞蹈动作就像一只母鸡嗑了安非他命之后在癫狂地热舞。

"我唱歌很烂，我唱不了……"

我的话被淹没在周围的嘈杂声中，大家都毫不在意。这样更好！维克托瓦拿酒回来之后，似乎突然不再鄙视卡拉 OK，她点了一首歌，却将麦克风塞到我手里。

"绿洲乐队的《奇迹墙》①，别告诉我你不知道！"

我的手紧紧握着麦克风，它因为前面几位歌手的汗液而变得又热又湿。吉他演绎着前奏。熟悉得可怕！一股眩晕感袭来，仿佛我仰身跌入了水中。除了这首歌，什么都行。整个世界都压在我的胸腔上。麦克风从我手中掉落。

"我觉得不舒服。"

---

① 《奇迹墙》：*Wonderwall*，英国著名摇滚乐团绿洲乐队（Oasis）1997 年凭借此曲获得第 39 届格莱美最佳摇滚乐队/组合奖提名。

我凭借仅剩的一点清醒冲出了房间，屏住呼吸走上楼梯，冲向通往室外的大门。冰冷的空气像一记耳光打在我脸上。

"小姐，您还好吗？"一位路人问。

我蹲在地上没有回答。我泪流满面（却毫不自知）、浑身颤抖。触摸手链起不到任何作用，给不了我任何安慰。我数不清我的呼吸频次了。

"爱丽丝！你哪里不舒服吗？爱丽丝。"

克里斯多夫遥远而沉闷的声音穿过了淹没我的水面，传到我耳中。

"我要死了，我……我无法呼吸。"

我知道接下来会发生什么——他不会相信我说的话，他会和我说我在胡思乱想，我不会死，他希望我站起来，但他的不理解会让局面变得越发糟糕。空气凝固了，无法进入我的肺部。我肺部收缩得厉害，导致胸口很疼。我惊恐地看到眼前浮现出一些黑色斑点。我最后想到的是我将独自横死在这条离家3623英里的无名人行道上。

我一直处于半昏迷状态，直到有人给我戴上氧气面罩。水泥袋依旧压着我的胸口，但不知为何，一缕空气奇迹般地钻进了我的肺部。我躺在一辆救护车上，克里斯多夫坐在车尾，他亮黄色的运动衫将其脸色衬托得十分惨白。

对于后来发生的事情，我只有模糊的记忆，要么是因为我当时休克了，要么是我被注射了镇静剂。我想不起来了。我在医院进行了心理治疗，实在是躲不过去了。我被迫接受了一次例行询问——我经常会惊恐发作吗？从什么时候开始的？发作频率和程度如何？我吃药了吗？我想过接受治疗吗？

我顺利地说出了一些半真半假却有理有据、敦本务实的答案，这足以让我出院的时候带着处方离开。我小心翼翼地将处方放入钱包，比放一张500欧元大钞还小心，却将那位答应要日后联系的心理医生的电话号码扔进了第一个垃圾桶。他们让我早上7：00左右再出院。医院的灰色大厅里，身着白色和绿色工作服的医护人员小跑而行，我在这里撞见了克里斯多夫。他惊慌的双眼下出现了青色黑眼圈，本就凌乱的头发比平时更加邋遢，完美地诠释出他内心的不安。他一看到我便猛地站了起来。

"爱丽丝！你还好吗？"

他整晚都在等我，这让我既感动又尴尬。

"挺好的，挺好的，你其实不用留下来。就是一次小小的惊恐发作……我平时不这样的。"

"啊……好……"

他貌似根本不知道该怎么回答。他紧张得用一只手捋了捋自己的头发，让头发在头顶上可以更加挺立一些。

"有人……有人来接你吗？"

"我可以打车，不会有问题的。"

"……"

"很抱歉给你惹麻烦了。"我说，"我会9：00到办公室。"

他犹豫了，明显是在找话说，内心的不安让我的嗓子变得干涩。我还处于试用期，他完全可以让我别回去了。谁愿意和一个一听到绿洲乐队歌曲就发疯的人共事？

"今天是星期五，"他反驳，"你肯定是需要休息了，你不用去上班，我送你回家。"

"哦,不用,真的不用,没必要,我……"

"爱丽丝,这是命令。"他打断了我的话。

周一,我第一个到岗。我的预防措施完全没用,毕竟只要一想到我在所有同事面前焦虑症发作,我就会惶恐不安到什么也做不了。我的焦虑症在工作中只发作过一次,然后便丢了工作。我一向将私人生活和职场生活分得十分清楚,和当时的办公室邻桌——安吉拉建立的友谊除外。

杰瑞米、克里斯多夫和瑞达相继到达,每个人都一如往常地说了句"早上好!过得怎么样?",但随即而来的短暂停顿和注目暗示着今天的这个问题并不是单纯的寒暄话术。我表示过得不错,仿佛什么事都没发生过。维克托瓦显然更加单刀直入。

"爱丽丝,你还好吗?"她一边叠着滑板车,一边问,"什么时候出院的?"

"周五。"

"我有个朋友也和你一样发作过焦虑症,当时的情况也特别严重。你需要她心理医生的电话号码吗?那个心理医生真的很管用。另外,他长得可帅了,很像《权力的游戏》里的琼恩·雪诺。"

我正思索该如何向维克托瓦解释我根本不想向一个长得像《权力的游戏》里琼恩·雪诺的翻版诉说我的麻烦事时,杰瑞米从办公室走了出来,朝她喊:"维克托瓦,你根本就没有按照我的意思设计照片上传模块。"

刹那间,我思忖着他是不是为了终结这场尴尬的谈话而故意为之。

维克托瓦漫不经心地回答:"是啊,我想试试自己的方法,但没成功,应该听你的。"

"当然了!"他叹了口气,"你过来看看,我演示给你看。"

她起身,将笔记本电脑夹在胳膊下,消失在杰瑞米的玻璃办公室里。我如释重负。

"我要向克里斯多夫提议,建立一个紧急联系人表格。"瑞达认真地说,"他同意我担任员工代表,毕竟我是唯一竞选人。今后,我要确保每一个人的安全。"

然后,他俯身靠近我,继续用自信满满的语气说:"如果你有任何和工作相关的问题,比如过劳、精神骚扰,不要犹豫,马上和我说,我会反馈给领导,我已经要求就这个问题召开会议了。"

我向他表示感谢,他则一如既往地邀请我和他们共进午餐。我婉拒了。我要去买三明治,坐在办公桌前边吃边给安吉拉写邮件。我不会告诉她我进医院的那段经历。

不久之后,根据瑞达的建议,克里斯多夫让我创建一份有关每位团队成员紧急联系人电话的文件。

"瑞达说得有道理。"他说,"这个倡议很棒!"

我一声不吭地给每个人都发了一封邮件,收集他们的紧急联系人电话。我创建了一个表格,在第一列输入了我们的名字。他们都回复得很快,以至于我心头一紧。他们没有意识到,无须思考便能知道自己的紧急联系人是谁是一件多么难能可贵的事。我盯着我名字后面的空白行——它在嘲笑我。我知道写安吉拉的名字很荒谬,毕竟她住在距离巴黎千里之外的地方,可是我今后的生活中还能有谁呢?

可悲!

曾经的我众星捧月。每天晚上电话一响，就会出门；每个周末会去吃早午餐。忘记钥匙的时候，有地方可以借宿。这些曾经都是我的囊中之物。没有人警告过我，有一天我可能会众叛亲离。我关掉表格，决定晚些时候再做。接着，我从包里掏出几枚硬币，朝咖啡机走去。我在那里遇到了瑞达，他正在看饮品单。

"唱完卡拉OK之后，我感冒了。"他向我解释，并决定按下"卡布奇诺"按钮，"我打算周五请病假。"

他穿了一件深色毛衣，这显得他的眼睛更加幽黑。我指着他那从来都不摘下的洋基队棒球帽，问："棒球迷？"

必须聊点什么，而他的棒球帽总能让我想起美国。他不解地看着我。

"不是……我更喜欢篮球……"

"可是……那你的帽子是怎么回事？你知道交叉的N和Y是纽约棒球队——洋基队的标志吧？"

"根本不知道。"他诧异地回答，"我以为这只是指代'纽约'。"

接着，他放声大笑起来，我也情不自禁地笑了笑。我将一枚硬币塞进咖啡机的投币口。

"我一直梦想着去纽约。"他坦白，"实际上，我一直梦想着去美国定居。你想念美国吗？"

我本该回到自己的办公桌前，将该做的事做完，但我却不由自主地叹了口气。

"想，非常想。"

"你更想念什么？"

我抓起纸杯，喝了一口，思索了几秒。接着，我感觉到词语脱口而出，仿佛我的情感正在等待这个问题的出现。

"想念说英语、听英语以及纽约标志性的汽笛声……我也十分想念那里的美食，你们称作垃圾的现滤咖啡、每个街角都可以买到的一美元热狗、每天早上上班前要买的贝果以及盒装的卡夫芝士通心粉……不是说它们有多好吃，但却能勾起我童年的回忆。"

"你在这里也可以买到贝果……"

"但不是纽约那种可以搭配奶油芝士一起吃的水煮贝果，常见的是原味的。我喜欢肉桂葡萄干贝果，但我在这里还没找到过。"

他把空纸杯扔进垃圾桶，然后我意识到我的咖啡也喝完了。

"你……你介意我们偶尔一起说说英语吗？"他突然问，"我知道你午餐时间也一直在工作，但如果我们每天抽10分钟简单喝个咖啡、用英语聊聊天，你觉得怎么样？……我不清楚这么做是否会让你想起美国，毕竟我口音很重，但我真的很需要提高。另外，我也没钱去上课……这就类似于抽支烟休息一下……不过不是真的抽烟。"

我或许应该掏出铁丝网，立马在我和他中间设立一道防线，但是我怀念说英语的日子。沉默过后，我听到了自己的回答。

"如果你愿意，可以的。"

他面露喜色，仿佛小孩得知点心时间到了一样。

"太棒了！你几点合适？"

我耸了耸肩。

"我不知道……下午4：00？"

"赞！击个掌！"

他举起手，我略显诧异地拍了上去。最后，他说了句让人完全听不懂的英语句子，这让我有点担心我们之后的"原声"对话了。

爱丽丝日记

2011 年 11 月 29 日，伦敦

嗨！布鲁斯。

我有一段时间没写日记了。重新上班之后，我的私人时间就不多了。不得不承认，自从不用再整日独自一人和验孕棒说话之后，我就感觉相当惬意。布鲁斯，我要告诉你一个难以启齿的秘密——我喜欢金融。当然了，我不会将这种事大声说出口，这就好比让我站在屋顶上大喊我吃早饭的时候喜欢吃洋葱圈一样刺激，但是往 Excel 方框填入数字会让我心神安定。

我在格林公园给你写信。我觉得你知道这个地方。我偶尔在周六下午上完助孕、瑜伽课后会来这里散步。我听着席琳·迪翁在我耳边喊唱《独自一人》(*All by myself*)，看着孩子们在落叶丛中奔跑。奥利弗推托说这类自怜自艾的场面无助于我看到事物积极的一面，所以断然拒绝陪同。

奥利弗就是这种人。如果你告诉他你因为踩到狗屎而摔断了四肢，那他脸上就会挂着大大的微笑，回答说："太好了！坐着轮椅就不用排队了。"

从理论上来说，乐观是件好事，但实际上，我承认我开始对它心生厌恶。

我看着孩子们争吵、玩耍、摔倒在地，然后跑去和自己的妈妈喊疼。有时，会有一个圆球滚到我脚边，然后一个小孩会笑嘻嘻地冲过来捡走。我将球递给他，他的妈妈会面带微笑地向我表示感谢。

我知道你在想什么，布鲁斯。你认为我荒唐可笑，你的这个想法也未必是错的。

我妈妈昨晚在Skype上给我打了个电话。她和斯嘉丽不知道为什么吵了起来，屏幕上的她似乎很累。她和我说了一番奇怪的话。

"也许我没尽到自己的责任，但是她一直这么难相处，而你呢？你性格很随和……另外，她笑起来的时候会不断地让我想起你的父亲。这些年，我每天看到她的时候就会想起自己被人抛弃。这对我来说也是一种伤害。"

布鲁斯，事情往往并非表面上看起来的那般简单。斯嘉丽从一年级开始学习成绩就一直很差，17岁那年，她高中辍学。我一直都想不通，毕竟她一直都比大多数同龄孩子更聪明。我们年纪相差不到11个月，所以妈妈直接将我们当成同龄人来抚养。

常言道，受宠的孩子会比其他人更加聪慧。但我不这么认为，我觉得妈妈投在我妹妹斯嘉丽身上的教育投资要比投在我身上的少得多，但这却让她变得格外活泼和机灵。她小时候为了赶上我的水平，一直在努力学习我已经学会了的东西。我比她先开口说话，但她9个月的时候就开口说出了第一个字，学会走路也仅比我晚5个月。

此外，我们几乎同时——也就差了几周而已——学会了爱干净。她4岁之前就学会了看书。所以妈妈毫不费力地就说服了皇后镇幼儿园的老师同时录取我和斯嘉丽。理论上而言，她要再晚一年入学。但是妈妈要没日没夜地工作来维持生计，所以让我们俩同时上学更符合实际。

斯嘉丽成长的过程中，身边全都是年纪比她大的孩子，因此，她总是被超前的东西刺激着。她对一切事物都异常地好奇和感兴趣。她一直都比我自由。有时，她会连续在外面骑好几个小时自行车。她说她要去探索。从小学开始，她就会逃学去研究潮汐时间或是去观察回港的龙虾渔民。她无视禁令，做了好些蠢事，但每一次都能凭借她口中的"fucking good plan"（意为"真他妈好的计划"，这是她使用的为数不多的英语之一，因为我们之间一直说法语）脱身。她听写很差，但却能够记住无数条没用的信息，如甲虫的寿命、泰式炒粿条的食谱，或是帕特里克·斯威兹①的年龄——顶多有几个月的误差。

她会短暂地迷恋一些活动，激情满满地沉迷其中，但往往只持续几周而已，之后，她就会放弃这项活动，再也不玩了。妈妈总是说我是家里最有创意的那个人，然而一旦要将想象化为实际，斯嘉丽表现出来的天赋总是比我高。

八九岁的时候，我经常画画。于是妈妈便鼓励我，我也觉得自己有点绘画天赋。时至今日，我依然可以毫不费力地复制出一幅图像或用铅笔三两下勾勒出一幅风景画。斯嘉丽不喜欢画画，她没有耐心。周六下午，只要天晴，我多半会把绘画材料装进背包，然后我们骑车

---

① 帕特里克·斯威兹：美国演员。曾出演《南北乱世情》《人鬼情未了》等影片。

去几英里外的纳拉甘塞特海滩（那时的孩子还可以单独骑车出门，不需要因害怕被精神病绑架而每三分钟给父母发送一次定位短信）。我拿着我的绘画本和铅笔坐在海滩咖啡馆的露台上。咖啡馆是一栋格格不入的巨大木质棚屋，它坐落在海滩尽头，四周布满黑色岩石和贝壳。男主人吉米（直到今日，我还是不知道他姓什么）高大魁梧，却长了一张可爱的小熊脸。每逢闰年，他都会把木屋刷成亮闪闪的绿松石色。在罗得岛的阳光、咸味狂风以及严冬接二连三的捶打之下，绿松石色日益变淡，直到四年后褪成了斑斑驳驳的美丽菘蓝色，仿若白沙滩上空的片片蓝天。

即使我从来没钱消费，吉米也会让我坐一张空桌——但七八月除外，因为海滩咖啡馆总是挤满了穿着泳衣的泳者。我画画的时候，斯嘉丽会去踩水捡贝壳，一年四季一直如此。她这个人基本坐不住，却可以在沙滩上坐好几个小时，出神地望着大西洋的逆流。我偶尔会陪她一起。我仔细地观察海浪，好奇她能在海里看到什么迷人的东西，但我一直都没有找到答案。

即使下雨，我们也照样出门。我们只需要穿上K-Way①雨衣，下坡的时候骑慢一点——因为刹车不太好用了——就行。10月下旬的某一天，下了一场倾盆大雨，吉米强行把我带回室内，然后就去沙滩上找斯嘉丽。他一定是允诺了她一杯巧克力，才说服她进屋躲雨的。

咖啡馆里空无一人，吉米用两个大大的红色马克杯给我们端来了热巧克力，上面漂浮着一些掼奶油和迷你棉花糖——饮品单上的价格是每杯3美元。

---

① K-Way：法国户外品牌，这一名字来自法语"en cas"，意思是"如果下雨了呢"。

"免费送的！"他用低沉的大嗓门说。他的大嗓门从来没有吓到过任何人，因为我们能从中听出善意。

我把我的铅笔和一本速写本借给了斯嘉丽，我们一边小口喝着热饮一边画画，直到雨停。当她的嘴唇靠近红色杯子的时候，我看到了她动人的微笑和高兴到颤抖的湿润长睫毛。她发丝上的雨水滴落在她那件领口宽大的粉色毛衣上。斯嘉丽从来只穿我的旧衣服。她一直都比我矮一点点，所以妈妈认为给她买新衣服纯属浪费。

不一会儿，斯嘉丽给我看了她的画。她描绘了纳拉甘塞特海滩。天空是粉色的，飘满了风筝，沙子则是蓝色的。她还画了一栋带炮楼和游廊的雄伟建筑，但那里实际上只是一间废弃的破旧小屋。

"这栋房子是什么？"我惊讶地问。

我的画作严格尊重现实，我从来没想过要描绘一些不存在的东西。

"这栋房子是我以后有钱了，要盖在沙滩上送给妈妈的。里面会有一间超级大的游戏室，一个直通厨房的滑梯。我们的房间里会有一个海洋球池。我们每天都可以吃到薄饼。"

"这么大的房子！那我们每个人都可以拥有自己的房间。"我提醒道。

斯嘉丽若有所思地咬着彩笔的笔头，然后斩钉截铁地回答："不行，我要一直和你睡在一起。"

因为路途遥远，晚上我们骑到家的时候大汗淋漓、浑身湿透。妈妈让我们去洗个热水澡。等我下楼来到厨房的时候，空气里弥漫着一股芝士通心粉的诱人气味，妈妈则正在仔细地端详斯嘉丽的画作。

"爱丽丝，这幅画太美了！"她说，她看起来是真的大受感动，

"粉色的天空和海滩上的城堡……这是你画过的最美丽的画作之一,我觉得我要把它裱起来。"

我目瞪口呆,然后一把夺过她手里的画。

"不要,我不喜欢!"

我把它和我自己的那张画——妈妈一眼未看——一起塞进速写本,然后气呼呼地上楼。

我回到房间时,斯嘉丽正在梳理她那湿漉漉的头发。

"爱丽丝,你不觉得今天下午是世界上最美好的下午吗?我吧,我喜欢雨天的大海。"

看着她灿烂的笑容,我为自己狭小的气度感到羞愧。

"是的,今天下午很美好。妈妈说你的画很漂亮。"

她喜笑颜开,高兴得松开了正试图梳顺的那缕头发。

"真的吗?你有没有告诉她房子是画给她的?"她满怀希望地问。

"没有,我不清楚你是不是要给她一个惊喜。"我红着脸,喃喃地说。

我将画和彩笔都放到了架子上,我再也没有画过画。我觉得我是想惩罚自己,因为我拦住了妈妈,不让她将斯嘉丽的画裱起来。时至今日,我依旧责怪自己夺走了妈妈无意中那唯一一次要分给妹妹的零星温情。

到现在为止,我等了43分钟,幸亏我带了电脑。我神经紧绷地敲打着键盘,尽量不去关注流逝的时间。我最终还是在安吉拉的坚持下屈服了,我约了她表姐萨兰雅喝咖啡,她给过我联系方式。不管怎样,一旦安吉拉心里有了主意,你再试图去和她作对的话,那就有点类似于教一棵老橡树弹尤克里里了。你可以尝试,但基本不会成功。我的目的就是争取她表姐的同意,将她指定为我工作上的紧急联系人。仅此而已!我需要的是我的生活井然有序、有条不紊,而不是结交新朋友。我不能留恋某人、某地和过去。我必须保护自己,我要用铁丝网将自己围起来,吓退所有想接近我的人。我有大卫就足够了,至少它不会对我品头论足,也不会想要抛弃我。万一萨兰雅提出再见面,我就会告诉她我最近有许多工作。问题立马迎刃而解!

安吉拉的表姐约我在玛黑区中心蔷薇街的一间小茶室见面。我是步行过来的。我绕了一下路,沿着圣马丁运河五彩斑斓的河岸散了会儿步。由于我提前到了,所以我慢悠悠地徜徉在巴黎最浪漫街区的窄巷中,这些巷子歪七扭八且铺满石块。作为一名合格的美国游客,我曾憧憬过住在这样的巷子里,前提是我得有钱。

我在甜梦茶室坐了整整半小时。步行街熙熙攘攘,从我的位置看过去,能看到行人在小店橱窗前驻足停留。我环顾四周,宽大的皮质扶手椅紧挨着零星的餐椅,没有一张桌子与邻桌相似。墙上贴满了旧广告和泛黄的 20 世纪 50 年代《ELLE》[①]杂志的内页。这杂乱无章的一切或许赋予了这个地方一种混沌且古老的魅力,但这种魅力显然要比其他方面更令我焦躁不安。

我将注意力集中在正中间的那张桌子上,上面摆满了用印花瓷盘盛放的开胃小蛋糕。我瞥见了一个柠檬派,上面铺满了一层厚厚的、如云朵般的蛋白酥皮。为了这层酥皮,我可以毫不犹豫地出卖灵魂。

---

① 《ELLE》:《她》,1945 年创刊于法国,是一本专注于时尚、美容、生活品位的女性杂志。

冷餐台上方挂着一块用利伯缇①丝带系着的小石板，上面用粉笔写道："我们所有的蛋糕都是自制的。"下面一行则写着："人生苦短，一日之计始终应该先从甜品开始。"一位约莫50岁的男人围着粉色围裙，手持小刀和馅儿饼铲。每当顾客起身时，他就会上前介绍每一种甜品，接着，对选好的部分进行切割，再热情洋溢地和顾客讲解制作方法。

门上的铃铛响了，进来了一位可能有着印度血统的年轻女人。手持馅儿饼铲的男人正用一种极为狂热的手势朝一位没有注意到任何事情发生的、正在打电话的男人喷射了一场甜甜的油酥面团雨和蛋白酥皮雨。

"你好！我的天使！"

"嗨，莱昂！"

我正准备做个低调的手势，向那位年轻女人示意，但她却大喊了一声，把所有顾客都吓了一跳。

"我找一位叫爱丽丝的女人！"

我被这个开场白打了个措手不及，几秒钟后，我像一名三年级的小学生一样举起了手，但却被一位不到20岁的少女抢先了一步。她比我更吃惊，一听到自己的名字便向萨兰雅示意。萨兰雅朝她冲了过去。萨兰雅虽然穿着高跟鞋，但个子依旧很矮，不过，她脸上绽放的笑容温暖了整个茶室。她愉快地道着歉，从其他顾客身边挤出了一条路，朝那位少女走去。

她先是解开大衣，接着开始解系在脖子上的、看上去有3公里长

---

① 利伯缇：英国顶级面料。

的米色大网眼围巾，与此同时，快速和那位少女交谈起来。

"很高兴认识你，爱丽丝。我迟到了吗？我大概是迟到了，我完全忘了我们约定的时间。10：00？11：00？我真的很hopeless（绝望）。我不知道安吉拉和你怎么说起的我，但是她说的可能是真的，或者maybe not（可能不是），谁知道呢？这要看她和你说了些什么。"

我起身走向她，想告诉她，她认错了人，而她则瘫坐在女孩对面的那张椅子上，大声地叹了口气。

"我真笨，你当然更喜欢说英语。"她继续用法语说着，"你知道吗？我昨天和一个法国男人date（约会）了。说了你也不信……"她继续说，"巴黎男人真疯狂。他约我晚上7：30见面。谁会约在周五晚上的7：30？谁？我告诉你，是loser（失败者）。就这么一回事。我有自己的生活，我不能晚上7：30出门。7：30是什么时间？是下午茶时间！你搭讪女生的时候会请她去吃下午茶吗？不会！亲爱的，news flash（插播一条快讯）——我们不是幼儿园大班的小朋友了。你永远都猜不到那个家伙的粗鲁劲（她一秒钟都没有留给对方去猜，完全忽视了我站在她旁边，虽然我连续清了三次嗓子），他居然没有等我。等我到了的时候，问他在哪里，你猜他是怎么回我的，你知道他回我什么吗？爱丽丝。"

她把手提包里的东西倒在了桌上。她的智能手机掉在一堆乱七八糟的东西——只有玛丽·波平斯①才能将这些乱七八糟的东西重新塞回一个如此小的容器里——中间。我试图打断她。

"对不起……"

---

① 玛丽·波平斯：英国作家特拉弗斯的系列童话中的人物，她无所不知、无所不能。

"请给我一杯热巧克力！"她一边挥舞着手机，一边回答。她把我当成了服务生。"我告诉你那个大蠢猪回了我什么。"

她用一个愤怒的手势将手机解锁，一脸得意扬扬地读着："现在是晚上 10：17……现在是晚上 10：17，省略号。很明显，他就是个疯子！他放我鸽子和告诉我时间，这两者之间有什么关系吗？我问过他时间吗？没有。他就是个神经病。Tinder① 上 23% 的男人都是神经病。这是统计过的数据，我做过调查！"

我不自觉地将马尾辫重新扎紧，我内心的一角悄悄和我说我还有时间逃跑。接着，我想起我答应过安吉拉。

"我是安吉拉的朋友，"我提高了一点音量，说，"爱丽丝。"

她猛地顿住，上下打量着我，然后转身看向那位少女。那位少女露出头来，仿佛一只被 33 吨重的大灯的亮光吓到瘫痪的野兔。萨兰雅开心地大笑了起来，这一举动似乎让那位少女受到了些许的精神创伤。

"可是说到底，你为什么一句话都不和我说？你坐在哪儿？"她朝我转过身，询问道。

她先将大衣、毛衣和围巾堆放到身后，然后坐到了我对面。

"她看起来的确比你年轻点！"

我不禁笑了笑。这场滑稽的闹剧让我放松了下来。她穿着一件非常短的鲜红色毛衣裙和一双黑色高跟皮靴，乌黑亮丽（这份亮丽或许只是她小小的钻石鼻钉映射出的点点星光）的长发扎成了一个完美无瑕的马尾辫，飘逸灵动。她眼睛硕大，眼周的黑色眼影令她小鹿般的

---

① Tinder：国外的一款手机交友软件。

眼睛更加炯炯有神。

"你得尝尝蛋糕。"她补充说,"但我不能吃,我在节食,为3月的巴黎半程马拉松比赛做准备。你要和我一起参加吗?我可以帮你报名。然后我们可以一起训练。"

"不用了,谢谢!跑步不是我的强项。"

"太好了!我给你报名。"

"不用,不用,我……"

"听好了,我推荐你吃柠檬派,真的是独一份。不过,可惜你不吃熔岩巧克力蛋糕。有谁不爱熔岩巧克力蛋糕呢?巧克力生梨派也很棒。该死!我没看到今天的金宝①是大黄做的。等等,你别动,我去看看。"

我还没来得及说我要不要,她就起身去和那位稍早被她称为莱昂的拿馅儿饼铲的男人沟通协商。至少,我不用担心聊天会尴尬了,很显然,她会承担起这项重任……几分钟后,她端着一个巨大的盘子回来了,盘子里盛放着她点的甜品——每种可售的甜品她都要了一小份——和两个勺子。她开始吃起来,将节食计划暂时抛到脑后。她嘴里塞满了食物,点评道:"我要告诉你一件事——我是法国人,土生土长的法国人,地道的巴黎人。证据就是我很想把那些站在自动扶梯左边不动的人的脑袋拧下来。不管怎样,我一直都不理解为什么西方人喜欢各自点各自的头盘、主菜和甜点。把所有食物都放在桌子中间,然后一起分着吃,不是更好吗?这样的话,你可以把所有食物都尝个遍。"

---

① 金宝:一种英式甜点。

要想把所有食物都尝个遍,那也得她嘴下留情,毕竟她吃东西的效率令人生畏。我终于抢到了一口金宝,甜味在我的舌尖缓缓弥散开。

"所以呢?"她冲我咧嘴一笑。

"好吃……"

服务员给我们端来了点的饮料。萨兰雅点了一杯热巧克力,上面盖了一层手工制作的掼奶油,她显然是害怕自己低血糖;我则点了一杯无咖啡因奶油咖啡。接着,她向我问起了安吉拉的近况,用各种问题对我进行狂轰滥炸,却又不给我任何喘息回答之机,反而埋怨我什么都不告诉她。不过,我最终还是和她解释清楚了——我在工作中认识的安吉拉,我刚搬到巴黎。一小时过后,我基本了解清楚了萨兰雅的整个生活。她父母在第十区经营一家印度餐厅,她和姐妹们还一起住在父母家,她目前在一家养老院上班。她一会儿邀请我去她家喝茶,一会儿邀请我每周日和她一起跑步,一会儿又邀请我参加11月初举办的排灯节。她点了点头,却没有听我说话,而是在卖力地挖着空空如也的甜品盘。无聊时,她就会用手机查看时间。

"我不能耽搁太久,我中午(现在是中午12:14)约了人在巴黎的另一头见面,一个在Happn[①]还是在AdopteUnMec[②]上认识的家伙,我不记得了。你都不知道管理这些网站和应用程序多费时间!说实话,我在犹豫要不要请一个男顾问,因为如果我不专门休一年假去找男人的话,就会收效甚微。"

"男顾问?"

---

① Happn:一款主打线下约会的法国本土手机软件。

② AdopteUnMec:一款法国交友软件。

"是的！一个可以帮你管理网上各种联系人的男人。我有时会和十几个男人在网上聊天。我会把他们搞混，真是个悲剧！"

"对了，"我突然说，"我在巴黎谁也不认识。如果我把你设为我工作上的紧急联系人，你不介意吧？"

"当然可以了！你是安吉拉的朋友，那就是家人了。如果你突发心脏病，我会尽量准时赶到。"

我被她的善良打动，但随即又想起自己的铁丝网。我已经得到了我想要的，我不能再让这段关系更进一步。萨兰雅忘记自己该走了，反而打听起我的感情生活。我搪塞了过去，这反倒让她来了兴致。她坚持要买单，又问我要了电话号码，还在 Facebook 和 Instagram 上加了我，并且震惊地发现我居然不上 Twitter 和 Snapchat。她一边将围巾围在脖子上，一边继续和我说话，最后，她深情地亲吻了我的双颊。

"很高兴认识你，爱丽丝，回见！我会替你报名半程马拉松。我们周日的时候一起跑步，我们得练起来。周日下午 2：00 在杜乐丽花园见面，就在卡鲁塞尔广场旁边。"

我还没来得及向她解释我有许多工作要做，很遗憾不能和她见面她就已经踩着高跟鞋一路小跑地走了，只留下一股淡淡的丁香味和一种龙卷风从我头顶掠过的感觉。很显然，萨兰雅对铁丝网免疫。

爱丽丝日记

2011 年 11 月 30 日，伦敦

早上 6：05。

哟！布鲁斯。

我昨晚没怎么睡，一直在想妈妈说的那句话："斯嘉丽一直这么难相处，而你呢？你性格很随和……"我认为这样说很不公平，尤其是妈妈这么说。布鲁斯，我不希望你对我妹妹印象不好。在过去很长一段时间里，斯嘉丽一直都是个十分乖巧的小女孩。不论她是乖巧还是令人难以忍受，我认为那都是她试图吸引妈妈注意力的一种方式。她只是在 9 岁左右改变了策略而已。

布鲁斯，我知道你是怎么想的。你觉得我现在去看了心理医生，就自诩弗洛伊德了。但你知道吗？我昨晚在床上辗转反侧，我想起了一件事，我认为正是这件事标志着我妹妹从此成了妈妈口中的"难相处"。

斯嘉丽讨厌鱼肉。我们住在海边，可以直接以低价从港口或附近的餐厅买到大量的炸鱼、烤鱼、当天捕获的海鲜，甚至是整只龙虾和螃蟹。那时的我对龙虾卷情有独钟，这是一道当地的特色美食，只需要往热狗面包里塞入几片龙虾，再佐以大量蛋黄酱（通常是工业生产的蛋黄酱）和两片生菜即可。妈妈每周三晚上都会为我们制作龙虾卷，但斯嘉丽总是要脸色铁青地吃上好几个小时。虽然她将自己的那份涂满了蛋黄酱，但似乎每一口都依旧让她恶心作呕。可是只要她没吃完，就不能下桌。

"必须学会不挑食。"妈妈说。

每周日晚上，妈妈都会做千层面，这是我们俩都爱吃的。直到有一天，我最好的朋友，也是我班上富有想象力的一个黑人小女孩——达科塔，她告诉我千层面是用波士顿地铁站的老鼠肉做的。虽然斯嘉丽告诉我这个说法荒谬可笑，千层面是妈妈用肉店买来的牛肉手工做成的，但那天回家之后，我宣布我这辈子再也不想吃千层面了。

接下来的那个周日晚上，妈妈做了炸鱼排而不是平时的千层面。斯嘉丽看着眼前的餐盘，皱起了眉头。

"我们为什么不吃千层面？今天是星期天……"

妈妈在桌角玩填字游戏，眼镜架在鼻尖上，心不在焉地回答："爱丽丝不喜欢千层面。"

"那我呢？我不喜欢吃鱼。"斯嘉丽沉默了一下，反驳道。她很不理解，小脸皱了起来，"再说我们每周三还会吃龙虾卷。"

"必须学会不挑食。"

"那为什么爱丽丝可以不吃千层面？"

妈妈依旧沉迷在她的填字游戏中，只是叹了口气。

"斯嘉丽，别这么为难人！"

斯嘉丽脸上的困惑变成了悲伤和震惊。我静静地吃着炸鱼排，不明白她为什么会有这种反应。对于不公待遇，我并不吃惊。我是老大，一直享受着优待，而斯嘉丽本人恰恰是第一个给予我优待的那个人。

或许如果妈妈做的是鸡肉，斯嘉丽就不会有这种反应，我相信她是真的很讨厌鱼肉。她端起自己的盘子，一言不发地翻了过来，压在妈妈的报纸上。接着，她在我们错愕的注视下站了起来，回到自己的房间。布鲁斯，也就是从那天起，斯嘉丽开始惹是生非。

我正专注地盯着电脑屏幕，手机振动了，吓了我一跳。

萨兰雅·戈德瓦尼：爱丽丝！！！！！可以帮我个忙吗？关乎生死！

我极其规律的生活多了一项安排——每周和萨兰雅慢跑一次。我不知道如何才能躲开这个女孩。她有一种神奇的能力，可以只听见自己想听的话。此外，跑步对我有好处。每次跑完，我都能睡得好一点，而且我也已经适应了这位跑友在我身边欢乐地絮絮叨叨。

我憋着笑，看着第一条短信后面那一长串绝望、自杀的表情，简短地回了一句：

爱丽丝·史密斯：当然可以。

萨兰雅·戈德瓦尼：你有车吗？或者你身边有人有车并且愿意周六借给你？

萨兰雅·戈德瓦尼：抱歉刚才说了一些莫名其妙的话，我昨天茴香酒喝多了，睡醒之后都变成马赛口音了。

萨兰雅·戈德瓦尼：我的脑袋要炸了。我向我母亲保证过我会去采购排灯节的物资。我被在 Tinder 上认识的一个有车的约会对象甩了，他说我太能侃了。

总之，救命！！！！！！！！

我想起在纽约的时候，安吉拉每次都会邀请我参加印度的排灯节。我知道这个节日对于纽约的印度群体而言有多重要。但是，我在巴黎谁也不认识。谁有车呢？……克里斯多夫！克里斯多夫有一辆车，我听他说过他开车去诺曼底拜访过女朋友的父母。当然，让 boss（老板）把车借给我有点尴尬，不过他一直在说"'永恒之梦'是个集体"，所以我相信他会毫不犹豫地把车借给我。

爱丽丝·史密斯：我不能向你承诺任何事，但我会尽力去找。

萨兰雅·戈德瓦尼：OMG（天哪），你太棒了，爱丽丝！！！I love you（我爱你）！！！

接着又是一长串五颜六色的爱心、感激涕零的表情包和一个看不懂的"章鱼"表情符号——可能是打错了。

不管怎样，我发誓我今天会去和克里斯多夫说。公司的账目真是一塌糊涂，减少开支势在必行。

我先去给自己买了杯咖啡壮胆，然后从我们这位年轻的首席执行官的办公室半开的门缝中，把头探了进去。他的办公室看起来就像是一间被核弹袭击过的寺庙——一盆盆景被摆放在一摞摇摇欲坠的、有关个人发展的书本上,一只波点袜(显然是孤袜)被挂在一棵仙人掌上,各种电子设备的充电线纵横交错,缠绕在一尊微笑菩萨的脖子上。

克里斯多夫光着脚,盘腿坐在瑜伽垫上,一个铿锵有力的音符从他微张的双唇中蹦了出来。他正在冥想。我正准备折返回去的时候,他睁开一只眼发现了我。

"爱丽丝,进来吧!我结束了,那摩斯戴[1]。"

"那摩斯戴。"我回应道。不知道他是在对我说这句话,还是在对地毯说。

他在一个被 iPad 压碎的微型禅宗花园里找到了眼镜,并擦拭干净,而我则慢悠悠地打量着那些挂在墙上的画框名言。这些名言以雪山为背景,或多或少启迪人心。

白天做梦的人总是比晚上做梦的人更胜一筹。

——埃德加·爱伦·坡

不知归途的人会出乎意料地到达别处。

——皮埃尔·达克

"我有个好消息。"他惊呼,"我每周四中午会为全公司安排一次冥想课。"

"克里斯多夫,我不知道你是否看了我上周发给你的 11 封邮件?

---

[1] 那摩斯戴:印度人常用的问候语,梵语原意为"向你鞠躬致意"。在向别人说这句问候语的时候,人们通常会将双手合十置于胸前,并微微点头。

你需要确认我找的那位税务专家的报价。但你一封都没回……"

"啊,那个……"他嘟囔着,好像我在和他说一些无关痛痒的事,"听好了!没人会看电子邮件,现在不是20世纪90年代,如果你有问题的话,Slack[①] 上问我。爱丽丝,我信任你,你是行家。"

只是,这并不是我的行当,而且他也知道这一点。不过,他的天真让人感动。我尝试着客客气气地和他解释。

"这就是问题所在,克里斯多夫,你不能不检查价格,就应承下所有事情。你知道的,鉴于我们目前的固定开支,你和杰瑞米投到'永恒之梦'的资金只够我们维持几个月而已,之后就要关门落闩了。可能应用程序还没开始运行,公司就要倒闭……"

"杰瑞米向我保证,这款应用程序一个月之内就会在应用商店里上架。"

我不知道如何才能让他明白,如果没有这款应用程序的话,公司也将不复存在。本应负责市场营销的瑞达没有任何产品可以维护,他每天都很无聊,不是在 Facebook 上聊天,就是在玩糖果消消乐。

"你应该和杰瑞米聊聊。只要这款应用程序没做完,我们就挣不到钱。所以必须让他认真工作起来。"

他像一个挨训的孩子一样冲我做了个鬼脸,以示回应。

"爱丽丝,别担心了!我们第一个月就会有1万次的下载量,你不是看过商业计划书了吗?心有旁骛,就意味着甘于平庸;而我们'永恒之梦'拒绝平庸,我们要打倒它!"

这套说辞并没有打消我的顾虑,毕竟克里斯多夫所说的商业计划

---

① Slack:一款即时通信软件。

书只是一场演说。在这场演说中,他往一张模糊不清的图表上随机填充了一些数字。摆明了不会有投资者把它当回事。

"这不是平庸,这是常识,克里斯多夫……必须减少开支,至少在第一款没有缺陷的应用程序正式发布之前减少开支,好吗?"

"遵命,妈妈!"他戏谑地说,"还有别的事吗?"

我犹豫了一下,似有难言之隐。

"想让你帮个忙……你下周六能把车借我吗?有个朋友在筹备一场节日活动,要买很多东西……"

"对不起,我没有车。我本来可以问问我女朋友,她有,不过她现在人在诺曼底……"

接着,克里斯多夫轻敲了两次右耳的蓝牙耳机,表示他正在接听电话。

"喂,我是克里斯多夫·勒莫因。"

我明白谈话到此结束,便溜走了。

临近中午的时候,杰瑞米才姗姗来迟。他带着一个眼睛和他一样清澈湛蓝的五六岁小女孩。杰瑞米一只手插在飞行员夹克的口袋中,另一只手牵着开心得叽叽喳喳的小女孩,从办公室穿了过去。他让小女孩坐在角落里看书,之后便回到自己的办公室。

由于克里斯多夫不务正业,因此我别无选择,起身来到杰瑞米办公室的门前,这才意识到他在打电话。不知不觉中,我透过敞开的房门听到了交谈声。他一向沉稳、浑厚的声音变得沙哑、愤怒。

"这不是重点,你不能开空头支票。她才7岁,妈的!要知道,你答应过她会带她去度假,可你都不通知我们一声就走了半个月,你这么做会伤害到她。"

他那长着棕色胡楂的下巴因愤怒而紧绷,一双明眸也蒙上了忧郁的纱。这是我第一次看到他情绪爆发。偷听这种私人谈话让我备感尴尬,我不由得后退一步,但他转过了身,透过玻璃隔墙看到了我。

"你有事找我吗?"他将电话从耳边拿开,问。

"不急,我一会儿再来。"

"没事,你等一下。"

他继续讲电话:"算了,我要挂了,我还有工作要做。"

他没再多说便挂断了电话,将手机扔在办公桌上。

我走上前,他还是那么直勾勾地看着我,我略感拘谨。我意识到自己来得不是时候,便清了清嗓子,说:"我必须要知道应用程序在一个月之内真的能搞定吗?"

"我今天早上和克里斯多夫打过电话,他告诉我你和他说必须得让我认真工作起来。"

他嘲讽的语气表明他误解了我的意思,不过仔细想想,我那会儿大概昏了头。我咬着嘴唇不说话。

"我没想过要背着你搞小动作,可是我不知道该怎么办——我们开支太大了。没有应用程序就不会有收入,就不会有钱去唱卡拉OK、去开午间瑜伽课……"

"爱丽丝,你的烦恼,我懂!可是我们不用着急。初创公司和投资银行的文化是不同的。"

他明显是在克制自己,好让自己保持冷静,毕竟他的下巴始终保持着随那通电话而来的紧绷。我勉强地笑了笑。

"也许吧,不过不管是银行还是初创公司,只要没钱了,公司就得完蛋。克里斯多夫一直告诉我要有耐心,可是……"

"克里斯多夫是你的老板。"他打断道,"你应该照他的吩咐去做,一般都是这样的。"

我握紧拳头,抑制住心中的怒火。

"我很开心你和克里斯多夫的钱可能多到可以再开一家公司,但如果6个月之后,瑞达和维克托瓦再次失业的话,他们该怎么办?"

我本来不想这么严厉地和他说话,但他专横跋扈的口吻让我很生气。他恼怒地挑了挑眉,可反驳似乎奏效了,因为他的语气软了下来。

"维克托瓦还在弄应用程序。她不像自己说的那样经验丰富,所以还需要点时间。"

"你呢?不能你来弄吗?"

"我还有其他事要做。"

他抓起手机,滑动着屏幕,额间出现了一条恼怒纹。我惊讶于他的冷静沉着,不由得笑出了声,连我自己都难以置信。

"可是你拿着工资到底干了什么活儿?"

这句话脱口而出。我不禁攥紧了拳头。我知道这次谈话最终会不欢而散,我应该趁还来得及,赶紧闭嘴出去,可是我害怕失去这份工作。他放下手机,翻了个白眼。

"在我看来,你的消息远没有灵通到可以做一个金融奇才。我是合伙人,也就是说,我持有公司的股份,但在一切步入正轨之前,我是不拿工资的,所以我手里有其他项目要做也是情有可原的。"

"杰瑞米!"我愤愤不平地说,"虽然我不懂这行,但是设计一个收集袜子的应用程序和开发治疗癌症的药物不同,早就该终止这个项目。"

"你什么时候成了应用程序开发专家?"

"我到处打听过了。"

他面无表情地看着我,视线不曾从我身上挪开,然后双手撑在办公桌上,平静地说:"你面试那天,就和我说过这个商业想法极其愚蠢。你为什么突然打算救这艘船了?"

我一时目瞪口呆,杰瑞米摆明了不在乎孤袜是否能成双。不管他投资这家公司的原因是什么,反正肯定不可能是他信任这个项目。他的问题合情合理,毕竟理论上,我也不在乎。我接受这份工作,是因为我需要一份工作,不管干什么都行。我第一次听到这个应用程序的想法时,就觉得荒唐可笑。但是现在,我认识了克里斯多夫、瑞达和维克托瓦,我觉得自己有了责任。我在不知不觉中介入了这件事,而且介入程度超乎了自己的想象。我的情绪大概一瞬间显露在了脸上,因为杰瑞米在认真地看着我,仿佛要弄清楚我的脑海里在想什么。

"我做事不会半途而废,"我反驳,"所以既然现在我在这里,我就希望一切进展顺利。另外,这个应用程序的想法可能也不是那么蠢,毕竟现在大家都很关心浪费问题,反对过度消费。大家买的二手衣服越来越多,也搞回收……我不明白,你是'永恒之梦'的最大股东,如果公司栽了,亏损最多的是你,所以如果你不信任这个项目,那你在这儿做什么?我希望你这么做并不是单纯地为了毁掉克里斯多夫所有的希望来娱乐自己。"

我双臂交叉抱在胸前,下定决心,不受任何摆布。他的眼中闪过一丝光芒,就像我稍早之前在他打电话维护女儿时看到的那样,我感觉自己触碰到了他的敏感点。

然而,他再次开口时,声音却波澜不惊。

"所以，你很清楚地知道，一方面，是我决定把你想要的这个录用机会给了你，而不是克里斯多夫；另一方面，如果我想的话，随时可以推翻之前的那个录用决定。"

他的话让我觉得寒心。忽然之间，胸口的重负压垮了我的气焰。我不能再失去工作。我紧紧地握住手腕，摩挲着手链，试图抒顺气息。他一定是看出了我不舒服，因为他立马关切地说："我开玩笑的，爱丽丝，我没想开除你。"

我磕磕绊绊地说了一些莫名其妙的话，然后冲出他的办公室。

"爱丽丝，茶歇吗？"当我像龙卷风似的从瑞达身边经过时，他问。

"稍等！"我居然还有力气给他扔下一句话。

我冲进卫生间，关上第一个隔间的门，然后倚在墙上。我开始数数、吸气，缓缓地吸气。

一！吸气！

二！呼气！

三！呼吸！

四！没事了！

忽然传来一声响动，将我从焦虑中拉了出来。我条件反射地竖起耳朵。旁边的隔间有人在默默哭泣。我犹豫了一下，对着隔板说："有人吗？"

回答我的只有沉默，接着是一声沉闷的抽泣声，小孩的抽泣声。我的双手立刻停止了颤抖，仿佛自己的情绪不如帮助他人重要。

"没事的！"我尽可能温柔地说，"你怎么了？"

一声抽噎声过后："我被锁在里面了。"

"你打不开门,是吗?"

"是的。"

"你叫什么名字?"

"佐伊。"

她一定是杰瑞米的女儿。真棒啊!现在我得回去找他,告诉他,他女儿被困在了厕所里。鉴于我们刚刚才谈过话,场面一点也不会尴尬。

"好的,佐伊,我叫爱丽丝。你放心,我去找你爸爸。"

"不要!"

这个词说得如此决绝,把我吓了一跳。沉默片刻,我问:"为什么?"

"因为每次我遇到麻烦,妈妈就会说我太难照顾了,之后她就走了。"

我张了张嘴,想找一些合适的话说,却什么都说不出来。我又想起了另一个苦孩子的悲情旋律。"妈妈宁愿照顾你也不愿照顾我。""妈妈不爱我。""妈妈没注意到我。"悲伤毫无征兆地浸湿了我的眼睛。佐伊在隔间里又哭了起来。我深吸一口气。

"好的,佐伊,别担心,我来了!"

我脱下高跟鞋,将它们并排靠墙,然后将西装外套对折两下,小心翼翼地放在鞋子上。接着,我合上马桶盖,踩了上去,试图依靠水箱爬上挡在两个隔间中间的隔板,这样的话,我就可以从隔板顶部和天花板之间的空隙中钻过去。我稳稳地站在水箱上,看到了旁边隔间的内景。佐伊坐在瓷砖上,头靠着膝盖,棕色的头发散落在她那因抽泣而颤抖的柔弱肩膀上。

"佐伊?"

她抬起清澈的大眼睛看着我,湿润的长睫毛被她过长的刘海遮住了一半。我探出的脑袋令她惊讶得止住了眼泪。

"你挪到角落里去!"我说,"免得我会摔在你身上。"

"可是你会掉下来的。"她惊呼,接着又开始更加大声地哭了起来。

"根本不会的,你别怕,我……我可是攀岩冠军。"

我不知道应该再编些什么话才能让她平静下来,于是便继续说:"我父亲以前是中央公园动物园的管理员。我小的时候,我最好的朋友是一只黑猩猩,它全都教过我。"

我一边说着,一边将一条腿跨过隔板。狭窄的空间卡住了我的胯。佐伊停止了哭泣,她看着我扭动着屁股想要挤过去,小脸上写满了惊讶,甚至忘记了哭泣。

我听到一声令人不安的撕裂声。

"妈的!"

安息吧!我的西装裙。

"你说了'妈的'。"佐伊指出。

"确实。对不起啊!"

"别担心,我不会再提这件事的。"她安慰我说。

"谢谢!"

"你说话好奇怪。你有口音?"

第二处划痕——我的连裤袜。

"Fuck(该死的)!"

"你说什么? Fuck?"

我此刻稳稳当当地骑跨在隔板上。

"不是，不是，是……算了！那是英语。"

"你是英国人？"

"美国人。"

"那 Fuck 是美语？是什么意思？"

我叹了口气，沿着隔板滑下来，小心翼翼地将两只脚踩在马桶的两侧。

"意思是'你好'。"我回答说，"但是这个词很少有人知道，所以最好不要用，好吗？"

"好！"

我终于降落在了瓷砖上。佐伊也完全不哭了，她看着我，庆幸自己终于不是一个人了。

"你还好吗？"我问。

"还好。你不要把我被困在厕所里的事说出去，好吗？"

"好。"

"你保证？"

"我保证。"

这把锁的确很难打开，我尝试了三次之后才终于拧开。我从隔间走了出来，后面跟着佐伊。这时，杰瑞米、维克托瓦、克里斯多夫和瑞达冲了进来。

他们看到我们时，猛地停了下来。

"佐伊！"杰瑞米惊愕失色地惊呼，"我在到处找你！出什么事了？"

所有的目光都转向了我。我张嘴想将事情解释清楚，却又感觉到小女孩的手在我手里按了按——我向她保证过！

"对不起，我刚才被困在厕所里出不来，佐伊来给我帮忙。"

这番荒谬的解释过后，所有人都瞪大眼睛，一言不发地看着我。我这才转过头，看到了镜中的自己。我的马尾辫散开了一半，连裤袜勾丝勾到了大腿根——这一点很容易看出来，毕竟半身裙都裂开到了腰部。

"哦，我可以看到你的屁股。"佐伊在我身后小声地说。

接着，她哈哈大笑了起来。出乎意料的是，我感觉自己的嘴唇在颤抖——我也抑制不住地想放声大笑。

"好了，佐伊，到我这儿来！"杰瑞米训斥道。很显然，他一点也不觉得好笑。

她蹦蹦跳跳地朝他走了过去，抓住他伸出的手。出去之前，她转身看向我。

"爱丽丝，你动物园那个最好的朋友叫什么名字？"

"呃……亚伯拉罕·林肯。"我随口说了一个家喻户晓的名字。

"一只叫亚伯拉罕·林肯的黑猩猩。"佐伊满脸欣喜地重复着。随后，便消失在她父亲身后。

不一会儿，我穿着从克里斯多夫那里借来的瑜伽裤和超大号连帽衫，坐在办公桌前。瑞达冲我笑了笑，显然这种场面让他觉得很开心。我瞟了一眼杰瑞米的办公室。玻璃门后，愁眉蹙额的他正严肃地向佐伊问话，佐伊则赌气般地盯着地毯看。

"我觉得杰瑞米在调查你，想确定你是不是一个想要绑架他孩子的恋童癖。"维克托瓦非常认真地分析。

我咬了咬嘴唇。

"妈的！你觉得呢？"

"肯定就是了！"维克托瓦说。

"有可能。"瑞达坦言。

他们俩哈哈大笑起来。

"你今天中午要和我们一起吃饭吗？"维克托瓦忽然问。

我十分惊讶。维克托瓦与克里斯多夫、瑞达不同，她从来没有刻意想要和我建立联系。

"抱歉，我还有工作要做……"

"胡扯！"她打断说，"你已经在我们对面工作三个月了，但是你没有一天中午是有空和我们一起吃饭的。从统计学的角度来看，这是不太可能的。瑞达认为你这样很酷，但我个人认为你并不酷，更不用说你现在还有可能是个恋童癖……我要告诉你的是，你这样远称不上社交达人，即使是我都知道这一点。"

"随她吧！"瑞达耸了耸肩，插话说，"她就是腼腆而已。"

但维克托瓦完全无视他，继续说："你为什么不直接把你的想法说出来？不，我不想花时间在你们身上，我觉得你们很烦、很可笑，我宁愿自己在电脑前看猫咪视频，也不想浪费时间和你们这两个 loser 一起吃午饭。"

对于她的激烈反应，我瞠目结舌。几秒钟之后，我坦率地回答："我不看猫咪视频，你说的那些也绝对不是我对你们的看法。"

"但是根据我在神经语言学编程课所学的知识，你发出的所有信号都直指反面。"

她的脸庞被一股股辫子框了起来。她看着我，等待着一个可信的答案。我的眼前只有一条出路，今天的我也受够了差评。我叹了口气。

"好吧，我很乐意和你共进午餐。"

一丝微笑在她脸上一闪而过。

"完美！"她说，"星期二吃比萨，我们中午走，不许迟到！如果你觉得害羞的话，就不必说话，反正全程都有瑞达在说。"

"胡说……"瑞达说。

"这是事实。"她打断他说，"我计过时，你平均要占用83%的聊天时间。另外，你欠我10欧元，我告诉过你我叫得动她。"

瑞达冲我做了个懊悔的鬼脸。我不知道成为他们之间的赌注是不是一件好事。我二话不说，继续工作。

接下来的时间，我一想到午餐便如坐针毡。没错，瑞达全程都在说话，他聊起了继劳动法之后他最喜欢的一个话题——美国。我们茶歇的时候，他也一直不停地聊这个话题。此外，他的英语水平真的一塌糊涂。

傍晚时分，杰瑞米牵着佐伊的手从我办公桌前经过，佐伊朝我招了招手，然后开心地在办公室里大喊一声："Fuck，爱丽丝！"

杰瑞米猛地停住脚步，愣住了。我做了个疑惑的鬼脸，不知道是应该向他解释，还是向他道歉，或是装作此事与我无关。佐伊看着他父亲的表情，殷勤地给他解惑。

"这在美语里是'你好'的意思，爱丽丝教我的。不过知道这个单词的人并不多。"

杰瑞米长叹一口气，狠狠地瞪了我一眼。

"宝贝，我们回家。"他说，"另外，你不能用这个词。"

躲在屏幕后面的维克托瓦和瑞达笑得眼泪都出来了。我觉得我和杰瑞米·米勒的关系很明显不会再缓和了。

爱丽丝日记

2011年12月8日，伦敦

嗨！布鲁斯。

你状态还好吗？

我昨天早上来例假了，我相信你会很开心听到这个消息。晚了两天！在这48小时内，我花在早孕测试上的钱大概可以媲美一个国家的GDP了。我把验孕棒藏在垃圾桶里，免得奥利弗看见。很显然，全是阴性。

"您感觉如何？"心理医生问。

我差点对她竖中指。

我宁愿聊童年，也不想聊怀孕的事。说实话，我受不了了。我读了许多关于怀孕的文章和书籍，都可以自诩妇科医生了。

对了，我升职加薪了。我本该很开心，但是我却并不在乎。我宁愿被开除，但是请让我怀孕。我把这个想法和奥利弗说了，他的回复是：

"想想你可能不仅怀不上，还会被开除。"

去他的积极思考，真是狗屎！

我们聊聊斯嘉丽吧！布鲁斯，我敢肯定你对斯嘉丽的兴趣远胜于对我的兴趣。不管怎样，大家总是对斯嘉丽更感兴趣。

我们聊聊斯嘉丽的生活是从什么时候开始发生变化的吧！1995年11月，她的命运发生了意想不到的转折——她第一次坠入爱河。

我那时莫名地觉得要发生点什么。感恩节将至，斯嘉丽整日无所事事。我11岁了，而我的妹妹则变成了一个叛逆的少女。她与一切或多或少会对其构成约束的事物打持久战，首当其冲的便是大人。她收获的则是留校惩戒以及一塌糊涂的考试成绩。

我们一直都在同一个班级。虽然我很疼爱我的妹妹，但很难想象还有哪个学生会比她更令人难以忍受。她永远会迟到。但更荒谬的是，我们明明一路相伴出发，但我却可以一直准时到校。她不是东奔西跑直到上课铃响，就是溜去食堂，要不就是去挑衅比她高三个头的初四①学生。她和老师顶嘴，为了一些无关的想法扰乱课堂，趴在课桌上睡觉。她是全班最调皮捣蛋的人。她尤其喜欢吓唬我们的法语老师。由于我们精通双语，所以斯嘉丽会大声纠正热尔维老师的错误，让这个可怜的女人威严扫地。每当我妹妹假装好学地在课堂上举手时，热尔维老师的嘴唇就会不受控制地紧张抽搐。

大约从那个时候开始，斯嘉丽经常会谈到我们的父亲。她想知道他是否干成了分手信中所提到的"大事"。

"我也一样。"她带着孩子气的狂妄自大说，"我会离开皇后镇

---

① 法国初中是四年制。

去干大事,我只需要决定做哪些大事就行。"

她急不可耐地想让生活向前一步,尤其是我们身边的朋友都进入了青春期。卡瑞每周末都会去纽约陪伴离婚后的父亲,她还聊到了要在家举办一场年终派对。达科塔来了初潮,艾什莉则声称自己在体育馆的淋浴间里和一名初三学长接吻了。我身上却什么都没发生,常规活动除外——周一到周五去上学,周六晚上吃芝士通心粉,去购物中心的百视达音像店租录像带。

某天早上,斯嘉丽起床后非常严肃地和我说:"爱丽丝,我干大事的时间有限,所以我有一个 fucking good plan 来实现人生。"

"什么计划?"

"我已经决定不再浪费时间,我要开启我的青春期危机。"

斯嘉丽做事从不半途而废,所以她立马投身了一场比炸药更具爆炸性的青春期危机中。从那天起,她就像孤魂野鬼一样在屋里游荡。她挺翘的鼻梁上有一条恼怒纹,仿佛有一股难闻的气味——我们平凡小日子的气味——始终让她备感恶心。她总是动不动就生气,或是看电视新闻的时候突然抽泣,就连我都无法再让她喜笑颜开。在她看来,一切都是那么可悲、可笑、琐碎,我们的生活根本毫无意义。她再也受不了任何人。她大发雷霆,冲着妈妈摔碟砸碗、大吼大叫,说她宁愿死也不要像妈妈一样,过着不思进取的卑微生活。此外,她还像说广告语一样说了其他一些恶狠狠的蠢话。她的样子看上去那么真诚,以至于大家都不知道该怎么回她。但妈妈越是不理她,她就越是喋喋不休。

某个周六,斯嘉丽从吃早餐的时候开始,就一直将我们的日常生活形容为"穷困潦倒"(因为没有奶油芝士了)。那天,妈妈刚刚因翻译了一套情色小说而收到一张数额不菲的支票。她决定带我们去餐厅吃饭,庆祝我刚收获的"A"和"A+"成绩。作为一个法国人,她骨子里一直很热爱美食。尽管我们的预算有限,她每年为我们烹制的豪华感恩节晚餐都会令整个皇后镇艳羡不已。她严厉指责美国餐食垃圾,从来不光顾购物中心里的任何一家快餐店。她认为皇后镇只有四家店可以称为"餐厅"——一家声誉不错的意大利餐厅、一家港口海鲜餐厅、一家位于市中心的牛排餐厅,以及一家位于进城国道上的"鲍勃汉堡餐厅"。鲍勃汉堡餐厅是一家典型的美式小饭馆,它之所以能够稳固地在这个排名中赢得一席之地,纯粹是因为鲍勃暗恋妈妈(这也就意味着整个皇后镇都知道这件事)。

妈妈带我们去了鲍勃汉堡餐厅。这家餐厅有点像电影《油脂》中主人公喝奶昔的那家小饭馆,这里甚至还有一台自动点唱机。鲍勃从他祖父手里继承了这家店,包厢里面对面摆放的陈旧红皮卡座可以追溯至20世纪50年代,柜台上方的电视全天播放。我记得那天晚上,在餐厅入口的前方,有一个夹心广告小伙子(顾名思义,就是他两边的肩膀各固定了一块广告看板,就像一个夹心汉堡)挥舞着一个巨大的红色箭头,向国道上过往的车辆指明餐厅位置。我们坐在一间包厢里,研究着菜单。妈妈点了一份沙拉,斯嘉丽点了一份不加洋葱的培根芝士汉堡、一份红薯薯条和一杯草莓奶昔。我居然还记得她点了什么,真是奇怪!因为我连自己点了什么都没记住。

电视里正在播放MTV(全球音乐电视台),音量大到足以传入我们耳中。琼·奥斯本唱到高潮部分时,声音戛然而止,我们扭头看向屏幕,惊讶地发现音乐停了。画面变成了黑白色,一台黑胶唱机出现在一间废弃飞机库的水泥地上,接着,一位眼神清澈、身穿黑色夹克、神似披头士的英国音乐家开始拨动他的吉他。利亚姆·加拉格尔长得不算特别英俊，格纹衬衫下的他看起来就像一个懵懂少年。即使是黑白画面，他那满是无言悲伤的蓝色眼睛依旧能让人感觉仿佛从中看到了大海。

从那以后，每当我听到《奇迹墙》时，都会想起斯嘉丽容光焕发的模样——她钦佩得瞪大了双眼，像圣诞节早晨的孩子一样微笑，耀眼的微笑让我想起了父亲。这首歌于我而言，就是我和我妹妹以及后续所有事情之间一生的羁绊。那年，绿洲乐队的主唱利亚姆·加拉格尔23岁。这支乐队在英国已经小有名气，但在美国还不为人知，这也是我们第一次听说他们。显而易见，这就是怦然心动、一见钟情，斯嘉丽疯狂地坠入了爱河。也就是在那一天，我的妹妹张大了嘴，手里拿着汤汁滴落的汉堡，就那么简简单单地决定要成为一名摇滚明星。

当我写下这句话时，我仿佛听到她翻着白眼叹了口气。

"爱丽丝，不是摇滚，是朋克。"

我们差不多晚上8:00前（我们一直都是晚上6:00左右吃饭）就离开了鲍勃汉堡餐厅。吃晚饭时，斯嘉丽全程一言不发。回去的路上，妈妈向我们讲述了自己在法国的童年——她在布列塔尼长大，之后去了巴黎上学，后来做交换生到了美国。我对这次谈话记忆深刻，因为她很少和我们提起自己的少年时光。我有时甚至觉得她的人生是来到美国之后才开始的，也许是因为她和法国的家人断绝了一切往来——他们不同意她和一个他们认为不靠谱（事实证明，他们在这一点上也并非完全没有道理）的男人定居在世界的另一头。

由于晚间生活才刚开始，所以妈妈提议一起看部电影，她为这个每周一次的电视之夜准备了我最爱吃的山核桃曲奇酥饼。斯嘉丽说想睡觉，便走了，将自己关在房间里。

我们住在一栋蓝漆木屋里——典型的新英格兰风格。冬天，积雪可厚至一楼提拉窗的中缝线；夏天，我整个下午都会和斯嘉丽待在一起。热得晕头转向的我们会头脚相对地躺在门廊阴凉处——门廊处插着飘扬的美国国旗——的吊床上。二楼虽然铺了厚厚的地毯，但墙壁很薄，所以在父亲带着校车司机逃跑之前，我们可以听到他在走廊的另一头打鼾。

妈妈让我从家里的录像带里挑选一盘，她则把饼干放进烤箱。我蜷缩在她身旁看着电影《闪电舞》①，膝盖上盖着一条格纹毛毯，放着一盘饼干。

斯嘉丽没有下楼，但我们可以听到她在我们头顶上坐立不安，证明她根本没睡。她有一次经过客厅，在厨房问剪刀放在哪儿，然后又迅速地上楼，甚至都没有看一眼詹妮弗·比尔斯疯狂旋转的画面。

电影结束后，我回到卧室，斯嘉丽正坐在她那张摆放在老虎窗前的床上，身边全是纸板碎片。我拉下百叶窗，趁机窥视她的小动作。

"你在干什么？"

"我要学音乐。"她头也不抬地回答。

她从一本老旧的儿童乐理书上——这本书应该是妈妈的，因为是法语书——的一幅画中汲取了灵感，在一块块被透明胶带粘在一起的纸板上画了一些长方形，制作了一个临时键盘。

"你要当钢琴手？"

---

① 《闪电舞》：Flashdance，1983 年上映的美国音乐爱情电影。

"这只是个开头,因为学校的音乐教室里有一架钢琴。等我有钱了,我就自己买一架。我还要学弹吉他和唱歌,成为像绿洲乐队主唱那样的明星。这难道不是一个 fucking good plan 吗?"

我不知道该如何回答,便乖乖地去刷牙。等我穿着条纹睡衣回来时,她正咬着粉色的舌尖,全神贯注地忙着把升号涂黑。她眉头紧蹙地抬头看向我,仿若第一次见到我一样,然后严肃地问:"所以呢?你希望我们两个人组队吗?不过这样的话,就算你是姐姐,也得让我当队长,因为这是我想出来的。"

"不用了,我要当舞蹈家。"我宣布。

我的确因詹妮弗·比尔斯在《闪电舞》中的表演而心潮澎湃,但也对斯嘉丽挑战我的老大的权威,让我担任初级职务而感到十分气愤。

"酷!"她一边说着,一边继续干活,"你可以在我的短片里跳舞。"

生活是由微小的决定组成的。每一步、每一个行为、每一次选择都会让我们在此道而非彼道上更进一步。我们知道自己接受了什么,但永远不知道自己放弃了什么。幼稚问题的简单答案也可以改变命运的进程。时至今日,我依然好奇如果那天晚上我接受了她的提议,我的生活又将是哪番光景。

最初的时候,包括我在内,没有人将斯嘉丽的决定当回事。她这次对于音乐的突然迷恋也会像此前她想出的大部分短暂嗜好一样转瞬即逝。纸板钢琴最终会在车库的架子上发霉长毛,她也会再次投入其他事情中去。我们只需要告诉斯嘉丽,有些事情是不可能办到的,她没必要这么拼命。妈妈从一开始就觉得她的这个爱好十分荒谬,并直截了当地告诉了她。我妹妹天生反骨，总是鼓捣一些终将失败的东西、挑战一些毫无意义的事情。正是因为没有任何迹象表明她注定要玩音乐，所以她才决定将其作为自己唯一可能的出路。

皇后镇初中的音乐教室里有一架钢琴供学生使用，所以斯嘉丽去了教务处申请，却被告知音乐教室是高中生专用的。不过，她可以试着去见见音乐老师汉密尔顿夫人，争取一下特殊的使用权。

汉密尔顿老师是一个热爱巴赫的老妇人。她灰白的头发梳成了一个发髻。她似乎天生就戴着眼镜，十分严厉。她精力旺盛，上课的时候会强劲有力地挥舞着夸张的手势，在过道中大步流星地走来走去。她痴迷于无人问津的古典音乐。最重要的是，她发自肺腑地厌恶斯嘉丽，因为斯嘉丽三周前才自以为是地在她的椅子上涂满了强力胶。

我还记得汉密尔顿老师试图慢慢地、偷偷地从椅子上站起来——她的举动让耳朵上的珍珠晃动不已，随后她才意识到自己的格纹羊毛半身裙粘在了木椅上。

"谁干的？"她冷声问。

斯嘉丽随即举起手，不慌不忙地回答："对不起，但是您走来走去，晃得我头晕。"

大家捧腹大笑。当然了，汉密尔顿老师除外。

"史密斯·里维埃小姐，我很高兴看到你恶作剧的时候就和你写作业的时候一样缺乏智慧和想象。与其钻研蠢事和无用功，不如学学你姐姐。她和你完全不一样，她的人生才有可能成功。"

我坐在斯嘉丽身旁，看到她下巴紧绷，傲慢无礼的笑容也僵住了。汉密尔顿老师坐在椅子上继续上课，我则把手放在妹妹的胳膊上。

"她就是个笨蛋。"我低声说。

她一言不发地将胳膊抽出来,我也因此不喜欢汉密尔顿老师。

三周后,在我的建议下,斯嘉丽还是鼓起勇气为强力胶的事去向汉密尔顿老师道歉,并请求她破例让自己进入音乐教室。不出意外,汉密尔顿老师拒绝了。我一直都不知道老师到底对斯嘉丽说了什么,不过那天晚上她枕着枕头哭了许久。

她继续在纸板钢琴上练习。当时还没有YouTube,我们家也没有网络。于是,斯嘉丽从初中图书馆借来一些乐理书,每天无声地练习着音乐。

接下来的一个月,我每天晚上躺在被子上,一边复习考试,或读妈妈的旧法语小说(那时,我想像她一样成为一名翻译),一边竖起一只耳朵漫不经心地听着斯嘉丽的手指有规律地、窸窸窣窣地滑过纸板,一遍又一遍地轻声哼唱着曲调。我觉得在纸板上打拍子十分无聊,尤其是斯嘉丽还不会哼唱曲调,只会严肃且专注地在齿间朗读,仿佛正在拆炸弹一样。我无时无刻不在等着她放弃这个奇怪的计划,但她却没有。

有一天,我问她:"你在学什么?一段真正的乐曲吗?"

"是的,《致爱丽丝》。"

"那是什么?"

"我唯一的谱子。我从邻居家车库的一个纸箱里偷来的。"

"可是,如果你都听不到声音,怎么知道自己弹没弹错?"

她抬起头,棕色的眼睛里满是惊讶。她给我的回复是:"我当然能听到,它们在我的脑海里真真切切地演奏出来了。"

她又失魂落魄地补充说:"我以为你也听到了。"

我没听到，但我想听，所以第二天，我去办公室找了汉密尔顿老师。她用微笑和葡萄干曲奇热情地招待了我。

"汉密尔顿老师，您必须让斯嘉丽在音乐教室的钢琴上演奏。"

"对不起，爱丽丝，但音乐教室是高中生专用。"

"但您可以破例。"

"斯嘉丽太不守规矩了，我不信任她。我可以把钥匙托付给你，但她呢？谁知道她会搞出什么事？"

我思索了几秒钟。

"那您把钥匙给我吧，我会一直和她待在一起。我向您保证，每次用完之后我都会还给您。"

"爱丽丝，你想维护你妹妹的这种做法很令人感动，但是斯嘉丽淘气幼稚，破例使用音乐教室也很罕见，而且……"

"这关乎生死，汉密尔顿老师！"

我牢牢地直视着她的眼睛——每当要维护斯嘉丽时，我都会表现得这么坚定，但对自己的事却很少这样——十分认真地说道。我11岁了，是个勤奋可靠的学生，孩子们觉得我很无聊，但大人们却很喜欢我。汉密尔顿老师摘下了用链子扣住的半月形眼镜，在茴香绿毛衣的袖子上擦了擦，然后重新戴在鼻子上。她试图从我哀求的表情中读出我真实的想法，也许她幻想了某种家庭悲剧，也许她只是被我帮助妹妹的决心打动，她最终长叹一口气。

"如果出了任何问题……"

"不会出问题的，汉密尔顿老师。"

星期二，我让斯嘉丽在历史课结束后等我。我去汉密尔顿老师的办公室取钥匙，然后把我那个抱怨着没时间的妹妹拖到了音乐教室。

大门紧闭,她沉默了下来,我得意扬扬地从牛仔裤口袋里掏出钥匙。她张大嘴,脸上光彩四射,几乎和上个月看到《奇迹墙》短片那天的反应一样。

"你是怎么做到的?!"

"我有一个 fucking good plan。"我微笑着说。

她扑向了我,紧紧地搂着我的脖子。

"谢谢爱丽丝,你是唯一懂我的人。"她在我耳边低声地说。

我打开教室门,斯嘉丽走了进去,一动不动。为了隔热,百叶窗被放了下来,虽然现在才5月,但外面已经很热了。几缕阳光落在合上的钢琴上。那是一架老旧的立式钢琴,一文不值。然而,斯嘉丽却怀揣着敬畏之心走向了它,仿佛在寂静的教堂中走向圣坛一般。

我跟在她身后走了进去,将背包放在一把椅子上。汉密尔顿老师的影子出现在我没有关上的那扇门上,把我吓了一跳。她冲我笑了笑,接着恢复了肃穆的神情,转头看向斯嘉丽。她张了张嘴,像是要对她说什么——大概是想警告她。而后,她似乎改变了主意,只是观察着她。斯嘉丽的神情就像一个初次看到大海的孩子——惊叹不已。她的手指拂过钢琴盖,她在钢琴前坐下,将其打开,脸上洋溢着前所未有的尊重和腼腆。

"对不起,我忘了谱子。"她小声说。

很显然,她既不是在对我说,也不是在对汉密尔顿老师说——她没有注意到她的存在,而是在对这架钢琴说。她坐在对她而言过于低矮的琴凳上,开始弹奏《致爱丽丝》,缓缓地,却一个音符不差地弹着——汉密尔顿老师后来注意到了这一点。她突然停了下来,一脸探究地转身看向我。

"弹得很好,"我说,"但结束得有点突然。"

"我弹到了第 21 小节的中间部分,后面几页被撕掉了。"

连续三个周二,汉密尔顿老师都来听斯嘉丽弹奏只到第 21 小节中间部分的《致爱丽丝》。我承认,于我而言,我永远都不想再听到同样的旋律了。第三个周二,汉密尔顿老师一直待到最后。当斯嘉丽小心翼翼地把她珍贵的琴谱放进背包时,她发现了汉密尔顿老师,却并不惊讶。

"你真的是自学的《致爱丽丝》吗?你想上课吗?"汉密尔顿老师问。

斯嘉丽犹豫了一下,思忖着这位老师想给她设什么陷阱。

"我想学吉他,"她终于回答了,"然后是唱歌。我要组建一支摇滚乐队。"

"摇滚是不良少年玩的,但两者并不矛盾。"汉密尔顿老师语气专横地说,"从下周二开始,我给你上钢琴和声乐课。"

于是,我的监督责任解除了。接下来的周二,门关上了,斯嘉丽和汉密尔顿老师在里面上第一次课,我感到既欣慰又悲伤——我觉得自己成了外人。

六个月后,汉密尔顿老师放学后来了家里。她和妈妈小声在厨房里谈了很久。即使将耳朵贴在房间的地毯上,我们也根本不知道她们谈了些什么。周六的时候,我们开车去普罗维登斯[①],斯嘉丽得到了她的第一把吉他。妈妈特意提醒她,说这是她未来三年的圣诞节礼物和生日礼物,妈妈本来是要惩罚她的,因为她让老师代为请求,弄得

---

① 普罗维登斯:美国罗得岛州首府。

妈妈无法拒绝。这是一把相当低端的古典吉他，斯嘉丽给它取名为汉密尔顿。她用攒了几个月的零花钱——本来是攒给她自己买梦中乐器的——为音乐老师买了一大束鲜花。

和佐伊一起经历了厕所惨案后的第二天，我和往常一样，第一个到办公室。10:00左右，杰瑞米双手插兜出现了。维克托瓦站了起来，和每天早上一样，准备去他办公室汇报，但杰瑞米却示意她坐下。

"爱丽丝，能麻烦你过来一下吗？"

我吃了一惊，迎上了他那蓝得深不见底的目光。

"好！"我平静地说。

我担心得直哆嗦。杰瑞米的办公室比克里斯多夫的要朴素得多，唯一的私人物品是一张他女儿的照片。照片放在一个黏土相框里，黏土上镶嵌着贝壳，写着"亲爱的爸爸，生日快乐"。如果不是我们之间的开场太过糟糕，他身为人父的体贴性格大概会让我觉得他还不错。

"坐吧！"

他脱下夹克，扔在椅背上，然后走去关门——他和维克托瓦在一起的时候，我从未见过他这一举动。一阵焦虑席卷了我的全身，我的手指在摩挲着手腕上的手链。他坐到我面前，对我说："我觉得我和你之间的信任度不够。我想道歉。"

我保持沉默，惊讶得说不出话来。我什么都预想过，却唯独没想到他会道歉。他定是将这份沉默当作了自说自话的默许。

"佐伊告诉了我厕所里真实发生的事情，谢谢你帮她。她是一个非常敏感的小女孩。"

我犹豫了一下，才迟疑地回答："好吧……我也很抱歉，我不应该背着你去见克里斯多夫，是我考虑不周。我只是……"我叹了口气，"我只是一旦开了头，就会不假思索地做到底。"

"这是一种全力以赴的品格，我很难因此而责怪你。如果你想知道真相的话，那就是应用程序的基础版本早就弄好了。"

"那为什么不上架？"

"因为克里斯多夫不停地让我们增加一些毫无用处的新功能，比如可以输入和袜子有关的回忆，给稀有袜子或古董袜子颁发奖牌之类的花架子……"

"我们就不能先推出基础版本，再逐步增加功能吗？"

"可以，但是克里斯多夫不愿意。"

"为什么？"

他耸了耸肩。

"怕失败，或者，怕成功，虽然看起来不大可能成功，我也不知道……孤袜这件事对他来说，太过私人化。不过，如果你能够成功说服他投放程序的话，程序立马就能投入使用。"

"他不会听我说的……"

"他装聋而已，不过他很清楚公司的财务状况……对了，他和我说你需要一辆车？"

"呃……是的，这周末要陪一个朋友去采购，她要办一场晚会。"

"我周六早上可以带你和你的朋友一起去。"

我犹豫了一下，完全没想到会有这么一个提议。早上和杰瑞米在一起采购，这看起来有点荒唐。但从另一方面来看，鉴于萨兰雅昨晚又给我发了一条绝望短信，拒绝的话就特别不够意思了。

"好的。"我犹豫片刻后说，"太棒了！"

"作为交换，我希望你不要教我女儿说脏话。"

他的语气很一本正经，但我感觉他在憋笑。

"我会尽量控制自己……"

"周六上午10：00左右来我家，我把地址发给你。"

爱丽丝日记

2012年1月5日，伦敦

你好！布鲁斯。

有几件事要和你说。

首先，我要么是在假期里胖了3千克，要么就是有一个居心叵测之徒偷偷把玄关的平面镜换成了放大镜（我倾向于第二种可能性）。

然后，我感到很受伤，这也是我重新开始写这本日记的原因。布鲁斯，我不知道自己是否会再去看心理医生。她昨天问了我一个问题，让我心烦意乱。自此，这个问题就像集会上的旋转木马一样萦绕在我心头。雪上加霜的是，我和斯嘉丽吵了一架。昨晚午夜过后，她要与我视频通话。时差这一概念对于我妹妹来说显然太过晦涩难懂。尽管奥利弗已经熄了灯，恼怒地叹了口气，但我还是接听了电话。我已经三个礼拜没有收到她的任何消息，就连一条短信也没有，什么都没有。

我穿着睡衣把自己锁在浴室里，在瓷砖上坐了下来。她那双长睫毛的杏仁眼下布满了青色黑眼圈。她没有化妆，漂成铂金色的头发在匆忙之中被扎成了一个半发髻半马尾的丸子头，有一种凌乱的美感。我颇为感动地发现她穿着我以前上大学时送给她的那件海军蓝的"布朗大学"连帽卫衣。

"你瘦了。"看着她的脸出现了在屏幕上，我说，"你吃得饱吗？"

"我正在吃。"她笑着回答。

她拿着一个纸盒在镜头前晃了晃，里面装着一些淋着栗色酱汁的米粉。她用筷子夹了一口吃了起来，而我则翻了个白眼。

"你就不能不吃快餐，自己做个饭吗？"

"没时间，我从早到晚都在干活儿。"

"干什么活儿？"

"出一张专辑。另外，你猜怎么着，我在米特帕金区的一家酒吧找到了一份稳定的工作。我每周三去那里驻唱，他们负责选歌，都是些不太摇滚的歌，甚至有些狗屁都不是的歌，不过他们每个黑金之夜都付我 300 美金……"

"棒……"

"另外，现在很流行去酒吧，所以我也许可以在那里遇到一个有点人脉的人，你懂吗……"

"我懂。不过你最近还好吗？"

布鲁斯，事实上，我不太懂。艾什莉和达科塔坚信斯嘉丽如此执着于音乐无异于自杀，而我应该劝她放弃这个儿时的梦想。我承认我真的不知道该怎么去看待这件事。斯嘉丽正专注地用筷子将米粉卷起来，动作十分敏捷，想必她是她家楼下中餐馆的常客了。

"嗯，嗯，挺好的……我在和一个男人交往。"

"他叫什么名字？交往多长时间了？"

"亚历杭德罗，西班牙人……三周了。"

斯嘉丽从15岁开始就"和男人交往"。她不会真的和他们出去约会。她经常去找他们，在他们的床上待几个晚上，接着就把他们甩掉，为的就是要不惜一切代价避免任何一种关系持续数月之久。因此，我完全没必要费力去记住这个亚历杭德罗，他大概马上就要不幸下线了。

"你不会信的，"她突然惊呼，"我也养猫了！！"

"猫？真的吗？"

她弯下腰，将一只红毛小猫放在镜头前。她用脸蹭了蹭小猫柔软的皮毛，小猫开始哼哼唧唧地叫了起来。她的脸上洋溢着纯真幸福的微笑，让我一时间觉得她还是彼时皇后镇的那个小女孩。

"它叫大卫·鲍伊。"

"我大概永远都不会养猫。"

"别这么说！万一我死了，你就得负责收养它。"

"你不会死的。"

"会死的，27岁的时候会死的，就像柯特·柯本和每一位有尊严的摇滚明星那样。我已经计划好了一切。"

她看起来非常严肃，而且是真的忧心大卫·鲍伊的未来，所以我郑重地承诺，在她死后我会照顾这只小猫，她似乎松了一口气。我都不敢告诉她这只小猫的寿命可能比她还短一些，而且养猫意味着责任，她不能像甩掉可怜的亚历杭德罗那样，在三天后也将小猫甩掉。

"你的工作怎么样了？"

"我在'为什么咖啡厅'的工作吗?结束了。"她嘴里塞满了食物,回答说。

"哦,真该死!为什么?"

"我辞职了,因为那份工作扼杀了我的创造力。那些新歌都……"屏幕上的她眉头紧锁,仿佛在斟字酌句,"到目前为止,我一直在练习,但录的所有小样都没有完全把我的真实情感表现出来。我觉得这次能行,所以我必定会全力以赴。"

布鲁斯,我很沮丧。斯嘉丽在"为什么咖啡厅"做服务员将近两年了。这份工作时间灵活,薪资体面,不仅可以让她有时间去玩,而且还给她在布鲁克林提供了一间合租卧室,这总好过她到处蹭住,或者在没人收留的时候回妈妈家。但她却为了能够"全力以赴地出专辑"放弃了这份稳定工作。我已经听够了奥利弗批评我妹妹不成熟、完全不懂生活的真谛,他最后说,如果我妹妹流落街头,他是不会管她的。

"你不应该辞职。"我叹了口气,"你的房租怎么办?"

"就……我手头上现在有点紧,所以我想知道,你能借我点钱吗?"

她冲着我亮出了她那朱莉娅·罗伯茨般的微笑,并眨了眨眼睛。我一般是不在乎钱的。我赚的钱足以让我在我妹妹陷入困境时帮她一把,更不用说奥利弗的了。但我现在又累又气,她之前三周都没有和我联系。

"听好了!奥利弗越来越觉得我不应该给你钱。另外,如果我们要小孩的话,就得注意点,不能把积蓄浪费在乱七八糟的事情上。"

"可是我会还你的,等……"

"等你发财了,好的,我知道了。问题是你这句话说了很多年了,而这些年我一直在给你转账,我很难说服他你有一天真的会把钱还给我们。"

我不知道我是怎么回事,我从来不会这么和斯嘉丽说话。可能是累了,也可能是这次的心理看诊让我怒火中烧。

我继续说:"你知道心理医生今天和我说了什么吗?"

斯嘉丽翻了个白眼。

"你不需要看心理医生,爱丽丝。我不知道你为什么要让自己被奥利弗影响……"

"医生问我,"我打断了她的话,"我怀不上是不是因为我潜意识里害怕背叛你,怕你觉得自己被人遗弃。"

一片死寂。屏幕上的斯嘉丽皱了皱眉,将筷子放回纸盒中。

"可你为什么要和心理医生谈到我?"

"这不是重点!重点是你三个礼拜都没有给我打电话,凭什么可以一脸无辜地突然出现,再问我要钱?"

斯嘉丽的脸色变了,但我的脑海里反反复复地闪过这个念头,或许都怪她,或者至少都怪这段依赖关系——在这段关系里,我被迫要照顾她,一方面是因为妈妈不管了,另一方面是因为斯嘉丽对自己完全不负责。

"斯嘉丽,这种幼稚的蠢事你还要干多少年?你还要浪费多少生命去追逐这份梦想?我还得操心你到什么时候,我都没空操心自己的家庭了。"

"好的,爱丽丝。"她十分平静地回答,"我没想到自己是这么一个累赘,我不会再问你要钱了,我会自己想办法。"

我觉得自己伤害了她,所以立刻软了下来。

"斯嘉丽,不是钱的问题,我在和你说你的人生,你必须追求一些实际的东西——事业、房子、家庭。你不觉得如果你可以成为一位摇滚明星的话,你早就成功了?你现在不是12岁了,你不能再让自己像孩子一样任性,你的抱负得更……"

"抱负?"她一脸的难以置信,棕色的眼睛中闪过一丝愤怒。她打断了我的话,"你要教我吗?你也只不过是想当个相夫教子的小娇妻,我不会把这叫作抱负。另外,我玩的不是摇滚,是朋克。"

"不能因为奥利弗没有倾倒在你的魅力之下,你就一直说他坏话。你有没有问过自己,即使你明天成为琼·杰特,你会觉得幸福吗?"

"那你呢?你有什么权利来评价我的抱负,就因为我的抱负和你的不一样吗?我奋斗了这么多年!我用尽了一切手段来实现自己的目标,我付出了一切。所以不要因为那该死的、含着银汤匙出生的奥利弗说我是个不负责任的小孩子,你就跑来这么说我。他从来没有为得到一样东西而付出过丝毫努力。"

我一下子炸了。

"得了吧!不是只有你在为了实现自己的目标而打拼。所有人都怀孕了,除了我,可你却连问都不问我过得怎么样。我也一样,这么多年,我一直在为一个目标而奋斗,它比弹吉他重要得多,可你却不在乎,因为你只想着你自己!"

屏幕上,斯嘉丽的表情令人捉摸不透。我自顾自地说着话,她也任由我倾肠倒肚,自己则一言不发。最糟糕的是,我完全相信斯嘉丽的才华,就因为心理医生的那个问题,我突然就把奥利弗对她的评价和妈妈对她的意见全都说了出来。等我终于说完的时候,斯嘉丽开口了,语气十分平静。

"我不会再向你借钱。不过,我要说的是,如果早知道向你借钱会让你失去一些东西的话,我是绝对不会向你借的。另外,不要篡改事实!爱丽丝。不是我不在乎你的事,而是你根本不想听任何有建设性的话,只要大家说起怀孕这个话题,你就会生气。"

"不是的。"

"很好。你知道吗?不光你的情绪受影响,我也很痛苦。我打听过了,也读过很多关于不孕症和受孕困难的文章,我一直很震惊,你居然从来没有寻求过医疗帮助……比如人工授精之类的……你连谈都不谈这个东西,为什么?"

"我想自然受孕。"

"这有什么用?要么你真的想要一个孩子,要么你就是不想要。即使医学介入,那个依然还是你和奥利弗的孩子。吃豆芽、练瑜伽,你能做的远不止这些,这一点你和我一样心知肚明。"

"你不会懂。"我气得大喊大叫,"反正你不想要孩子,不想要家人,那我也不需要你的建议。"

然后我就把电话给挂了。

她试图给我回拨。回拨了三次,但我都没接。

从昨天开始,我就不停地在想这件事。今天早上还为此哭了一场。奥利弗一边喝着咖啡,一边问我:"亲爱的,你妹妹又怎么了?"

我向他汇报了我们的后半段谈话。他一脸错愕,喝了一口咖啡,稍作迟疑地随口说:"她说得没错,我们的确可以考虑下辅助生育。"

我气冲冲地走了,用力摔了一下我们的卧室门,力道之大,以至于门把手还握在我手中。布鲁斯，我告诉你我最生气的是什么、是什么让我这么愤怒、为什么我会在这一刻如此讨厌他们俩，那就是我得出了一个可怕的结论——他们说的可能是对的。

这一切都让我十分沮丧，我不知道大家现在是怎么容忍我的。我很清楚我倒写"子宫输卵管造影"和"精子分析"的能力无人问津了。我以前不是这样的。以前的我有趣、好玩、慷慨大方，看着别人幸福，我也会觉得幸福。如今的我尖酸刻薄、痛苦不堪，还善妒。婴儿车里的婴儿再也勾不起我的笑容，孕妇更是让我恼火。除了我，大家都是怎么怀上的？

我唯一还在继续奋战的就是这本日记了。对不住你了，布鲁斯！但我宁愿和你倾吐我的不孕故事，也不想告诉剩下的那些人。

下地铁的时候，我确认了一下杰瑞米昨天通过短信发给我的地址。我很快就找到了他所在的街道，并按响了对讲机。他住在一栋漂亮大楼的顶层，电梯坏了，我爬了六层楼梯。我和萨兰雅说我们约在早上8：45，这样的话，她就能在中午12：30之前赶到活动现场。9：58的时候，我按响了门铃，祈祷着她已经在里面。一想到要和那位寡言少语的程序员独处，我就开心不起来。

"爱丽丝，请进！"他说着便为我打开了门。

"你好……"

很显然，他刚洗完澡，棕色的头发依旧湿漉漉的，而且刚刚才匆匆忙忙地套了一件T恤。玄关直通客厅，他随手给我指了指长沙发。

"你坐一下！对不起，我还需要两分钟准备。"

公寓宽敞明亮。我想起了之前读过的关于杰瑞米投资的文章。从他的住处来看，他似乎并不缺钱。至于他为什么要在"永恒之梦"这种异想天开的初创公司上投资那么多，则有待观察。我坐在皮质沙发上，环顾四周——一个架子上摆满了连环画和代码书，代码书上的名字都是我看不懂的，如编程、HTML、CSS 和 JavaScript、Java 和 C++……到处陈列着儿童画，还有一台黑胶唱机，地上也放了一箱唱片。

空气中弥漫着一股淡淡的咖啡味和尼古丁味。原木茶几上，玻璃杯留下的圆形印迹表明这里在深夜聚会过后，被匆忙地打扫了一下。我忍住清理的冲动，将注意力转移至那混乱不堪的架子上。架子上摆满了全家福——有杰瑞米、佐伊和一位略带格朗基①风的金发少妇（我想那是佐伊的母亲）假期照——充满了孩子欢声笑语的假期照散发着幸福的气息。

我忍不住靠近了 33 转②黑胶唱片。我跪了下来，一张张查看着。有古典音乐，还有很多熟悉的乐队：涅槃乐队、齐柏林飞艇乐队、滚石乐队……紧接着，我心头微微一颤，是斯嘉丽·史密斯·里维埃的《姐妹》（Sisters）。她一头粉色和铂金色相间的头发，一双浓妆艳抹的烟熏妆眼睛。她举起一只满是文身的手臂，挥舞着电吉他，胜利的笑容夺目到可以照亮麦迪逊广场花园的舞台。一股悲伤的情绪涌上我的喉头。

"你要在等朋友的时候喝杯咖啡吗？"

---

① 格朗基：Grunge，一种摇滚风。在服装上的体现是衣服要穿得层层叠叠，裤子要有洞或者有斑点，色调要灰暗，胯部要佩戴金属物。

② 33 转：黑胶唱片在播放过程中一直在转动，一分钟内转出的圈数即为转速。黑胶唱片的转速通常有三种，分别为 33-1/3、45、78。

我吓了一跳，唱片也从我手中掉了下去。杰瑞米在 T 恤外面套了一件黑色毛衣，他看着我，我突然意识到，他察觉到了我的慌乱。

"对不起，我不是故意的……"

他耸了耸肩。

"我以前可是忠粉……"他用下巴指了指黑胶唱机说。

然后，他用大家谈论名人的冷漠语气——仿佛这些名人不是真人，他们的真实存在和真实情感仅限于《人物》①杂志上冷冰冰的页面印刷出来的照片——补充说："真可惜，她死得太早了。"

我拾起那张 33 转唱片，想将它放回原处——我转身背对着他，很高兴有了一个理由可以藏起我的脸，趁机恢复情绪。我把唱片放在 AC/DC②的《地狱之路》(Highway to Hell) 和平克·弗洛伊德乐队的《月之暗面》(Dark Side of the Moon) 中间，这样它就能有人陪着安息了。

几分钟后，杰瑞米回来了，手里拿着一个杯子。

"那你呢？你是摇滚乐迷吗？"他喝了一口，问道。

我勉强地笑了笑。

"不是，音乐不是我的强项。"

"的确如此。你的强项是数学和统计学。"

"没错！还有把笔摆放整齐。"

他湛蓝的眼睛里闪过一丝愉悦的光芒，刹那间，我觉得他还是很好相处的。对讲机中的铃声响起，他前去开门。几分钟后，萨兰雅突然闯入公寓。

---

① 《人物》：People，1974 年美国华纳媒体创立的一家杂志。
② AC/DC：澳大利亚硬摇滚乐队。

"你好！想必你就是杰瑞米。"她惊呼道，并在他脸上重重地亲了两下，"你能带我们去真是太好了！不过六层的楼居然没电梯。说实话，去麦德龙一趟要花好多钱啊！哦，爱丽丝，你已经来了！"她抱住我，仿佛我是她失散十年的挚友，她的深情让我心头一暖，"你绝对想象不到，我有一万件事要和你说。"

"那我们出发吧！"杰瑞米说。

他放下咖啡杯，抓起车钥匙，塞进牛仔裤口袋。

"你不带大衣吗？"萨兰雅问，"我和你说，现在特别冷。就这样他们还企图让我们相信全球变暖。"

"这两者之间完全没有任何关系。"他反驳，"欧洲气温的下降恰恰反映了全球变暖。"

"我不想让你因为我而感冒。到时候，我的负罪感会逼迫我再爬一次六楼给你送汤、送热可可。"

她抓起一条挂在衣帽架上的围巾，擅自围在他脖子上，丝毫不觉得尴尬。

"好了！你知道的，脖子最容易受寒。"

杰瑞米略显惊讶，却并没有反抗。下楼去车库的路上，我们听着这位年轻女人滔滔不绝地闲聊。

"爱丽丝和我说你是个极客，每天都在写代码。"萨兰雅一边像看甜品店橱窗里的熔岩巧克力蛋糕那样打量着杰瑞米，一边评论，"我还以为你是个戴着眼镜的小秃头，所以啊，人真的不能有刻板印象。"

她把我说给她听的话又说给了杰瑞米听，我觉得十分难为情。但杰瑞米那似笑非笑的嘴角表明这番评论于他而言，更多的是好笑，而不是震惊。

我坐在后排。正如我所预想的,汽车一发动,萨兰雅就承包了99%的对话。她向杰瑞米解释说她在一家养老院工作。

"太可怕了!"她说,"衰老带来的真正问题不是变老,而是孤独。我看到有些无人探望的老人不想成为所爱之人的负担,任由自己自生自灭。我不理解这些子女为什么不照顾自己的父母,这让我觉得很反感!"

我想回答说她并不知道他们之间的故事。刹那间,我想到了我母亲。我五年多没和她说过话了,不知道她每周日早上还会不会坐在沙滩上看海,翻译到很晚的时候还会不会给自己倒杯酒,或是推文敲字时还会不会啃咬大拇指的指甲。我不知道她是不是不同于我——她努力地活了下来。

"你每天这样会不会太压抑了?"我在后座上提了个问题,趁机将自己从负面情绪中抽离出来。

"很艰辛。不过也很有意义,因为你可以尽一份力帮到他们。就比如我,我会把这些老人安排得明明白白。"

萨兰雅从手提包中掏出粉底,转动中央后视镜,然后开始一边化妆,一边解释:"我有一份非常详细的问卷调查,有120多个问题,如你喜欢什么、你不喜欢什么、你更爱狗还是猫、你更喜欢咸还是甜、你的子孙让你难以忍受还是照亮了你的人生等诸如此类的问题。我让所有的老可爱都填了,然后我会交叉对比答案。如果我觉得两个老人之间可以和睦相处,那我就会进入行动模式。比如,我和罗伯特说,伊薇特觉得他长得像马龙·白兰度,然后告诉伊薇特,罗伯特一直和我说你的脚踝十分纤细。"

杰瑞米把后视镜复归原位。

"你用遮阳板里的镜子,不然会出事的。"

"最主要的就是夸的时候要特别一点,要发挥一下想象。"萨兰雅继续说着,并再次将后视镜转了过来,仿佛没有听到杰瑞米说的话,"他们那个年代,大家不会在 Snapchat 上撩拨对方,简单粗暴地和对方说'你长得不错'。一开始,他们装作无所谓,但我看得出他们很受用,毕竟过了 70 岁,就不会再有人夸你了。之后,他们会相互窥探对方,像舞会上的少男少女一样相互暗送秋波,他们会设法组成一队打桥牌,最后就成了!我的成功率是 90%,5 年内促成了 12 对。"

她对着后视镜——杰瑞米在 15 秒内已经将后视镜扳回来 3 次了——用刷子刷拭着自己棕色的皮肤。

"对了!"杰瑞米问,"你这次组织的是什么晚会?"

萨兰雅一脸责备地用粉饼狠狠地打了一下他的胳膊。

"哎呀!不是晚会,是排灯节。多元文化万岁!你这问题问得,就好像你告诉我你不知道圣诞节一样。排灯节是一个喜庆的节日,是印度的新年,一共持续 5 天,每一天都有各自的寓意和习俗。第一天是大扫除,你可以去置办新物品,以此来辞旧迎新。你还必须穿戴一新地迎接财富女神拉克什米[①]。总之,就是看着买。之后,我们会在地上画脚印,以示对女神的敬意。第二天,我们会用蓝果丽装饰房屋。"

杰瑞米挑了挑眉。

---

① 拉克什米:印度神话中掌管幸福与财富的女神。

"用什么?"

"蓝果丽,一种用粉末、沙子、干大米或者彩色粗面粉制成的印度鲜花图案,制作工艺多多少少有点复杂。之后,我们会点亮小油灯,把它放在大门口,以迎接拉克什米的到来。我们会到处悬挂闪闪发光的花环,准备大量的印度食物,邀请亲朋好友来庆祝。第四天是新年的正日子,你可以和家人互赠礼物和祝福。第五天,也是最后一天,是属于兄弟姐妹的日子,兄弟会去探望自己的姐妹,并互赠礼物。你们呢?你们有兄弟姐妹吗?"

"有个弟弟。"杰瑞米回答。

一片沉默。而后,萨兰雅带着灿烂的微笑扭头看向我。我愣住了。这一次她似乎在听别人说话——因为她不仅提问了,而且等待答案的时间也超过了三秒。我的双手如同万蚁噬骨,肺中的空气也消失殆尽。我紧紧抓住手腕,握住手链上的坠饰。先是唱片,再是眼下的这个问题,同一天经历这些实在是让我不堪重负。

"不算有……"

这句脱口而出的话就像最恶毒的背信弃义之徒,划破了我的喉咙。总有一天,我会因为颠倒是非、捏造事实而受到惩罚。我用无足轻重的短句和微不足道的手势编织出的谎言将会一点一点地让我窒息而死,我会在我捏造、歪曲的事实中溺毙而亡。更有甚者,我将来可能会分不清虚与实。我可能会抹去记忆,这样就不用再有罪恶感了。后视镜里,我撞上了杰瑞米那清澈却探究的眼神。

"你还好吗?"他询问,"你脸色惨白。"

我喉头发紧,无法回应他。我恨死"你还好吗"这几个字了。这个问题,无论是在法语中还是在英语中,都只是一句客套话。它是一个不是问题的问题,是一个需要一成不变、不假思索地回答"我很好"的问题,是一个频繁出现,不断提醒你"你并不好,而且近期也不会好转"的问题。

一声鸣笛声响起,紧随其后的是一阵急促的刹车声。萨兰雅惊讶地发出了一声低叫。被我们挡住去路的出租车司机生气地冲我们挥舞着手臂。

"说真的,"杰瑞米抱怨,"我需要后视镜,我们差点就撞到后面那个人了。"

他的注意力从我身上挪开了,我可以再次合上眼,专心地感受拇指下坠饰的触感。我又想起了海浪的呢喃声;看到了退潮时海浪留在沙滩上的晶莹水迹,走在我前面的妹妹在湿沙上刻下的脚印;听到了我追着她跑时我们发出的沉闷脚步声。我用舌头舔了舔干涸的嘴唇,尝到了盐和风的味道。我默默地为我的背叛——这一次的背叛——祈求原谅。接着,我想起她总是会宽恕我所做的一切,我便再次松了一口气。

萨兰雅现在又喋喋不休地讲起了她的妹妹,她经常要照顾她们。她喜欢照顾他人,照顾那些无人问津的人,这就是她去养老院工作的原因。她的声音逐渐让我平静下来。

出人意料的是,杰瑞米和萨兰雅似乎相处得还挺好。他们很互补——杰瑞米听、萨兰雅说。就这样,我们一路来到了麦德龙超市,我也恢复了理智。

采购过程十分混乱。萨兰雅似乎下决心要买空这家店,她给了我们每人一辆推车,她需要在 20 分钟内把这几辆车塞满食物。杰瑞米波澜不惊地帮她拿高处的食物。萨兰雅现在都叫他"杰瑞",而且还会一边摇摇晃晃地往他车里扔数十千克大米，一边随意地拍打他的背。最重要的是，她一刻都没停止过说话。

"得问问她是怎么做到说话不带喘的。"他困惑地说，眼神一直紧跟着为了寻找一次性餐具而冲向工作人员的萨兰雅。"我很喜欢健谈的人，"他若有所思地补充说，"你永远不用担心会无话可说。"

他的点评让我大吃一惊——我也是这么想的。采购结束后，我们花了足足 15 分钟装车，整辆车被塞得满满当当。萨兰雅抢过杰瑞米的手机，一边输着自己的地址，一边咒骂着他也应该和大家一样换一部苹果手机。萨兰雅父母的餐厅——泰姬陵花园，位于第十区。我们帮萨兰雅在后间卸货。之后，她请我们喝咖啡。我接受了，但杰瑞米却礼貌地拒绝了。

"我女儿去她妈妈家了，我得把她接回来。"

这简简单单的一句话给他招来了 17 个机关枪式的问题——她几岁？叫什么名字？你离婚了？分居了？为什么？……

"我得撤了。"他抱歉地说，显然是想回避这个话题。

他转头看向了我。

"爱丽丝，需要我送你一程吗？"

"没事，我坐地铁回去。"

"好的，周末愉快！"

他上了车。

"杰瑞米？"

他抬起头，一脸疑惑。我冲他笑了笑——这是我第一次如此真诚地冲他微笑。

"谢谢！"

"不客气！"他回答。

而后，我提议帮萨兰雅拆开采购回来的物资。接着，她便邀请我去她位于餐厅楼上的大开间里喝咖啡。那里一片狼藉，可怕到我可能会心脏病发作，但我已经开始适应萨兰雅的天马行空了。和她在一起的时候，我可以将我的铁丝网放在一旁。她把散落在床上的一堆衣服往两边推了推，匆匆忙忙地整理了一下花被子，然后给我指了指她的床。

"坐吧！"

她在五斗柜上面一个装满化妆笔的罐子和一摞口袋书中间找到了一盒胶囊咖啡。

"你会来排灯节吗？"

"哦，我还不知道……"

"来吧，来吧，一定要来。你来的话，我会很开心的。"

此时的她正趴在地上，试图把咖啡机插到卡在衣柜后面的插排上，衣柜的门大敞着，五颜六色的衣服乱七八糟地堆成了山，向外溢了出来。她找到了两个残缺不全的马克杯，在旁边狭小的浴室里用水冲了冲。

"房间不是特别大，"她冲着我大喊，想以此来盖过水声，"但我也勉强算是独立了。反正以我的工资水平，是不可能在巴黎城区付得起房租的，但我宁死也不要去郊区住。你喜欢巴黎吗？来巴黎开心吗？你要加糖吗？"

马克杯终于倒满了咖啡，她把它递给了我。我等着她像平时那样不待我回复就接着往下说，但她却将杯子递到嘴边，用铜铃般的大眼睛看着我。

"我母亲是法国人，"沉默过后，我说道，并朝杯子吹了吹，"所以我一直梦想着来巴黎看一看。我一直都在读旅游指南，在存钱买机票……但我以前总觉得要以更好的条件来巴黎。总之，问题就是你觉得自己的时间多得是，可有一天等你醒悟过来的时候，却为时已晚。"

萨兰雅皱着眉头抿了一口咖啡。

"你知道吗？和我的老可爱们相处了这么久之后，我学会了两件重要的事。第一，我们整天都在为一些事情烦恼，而一年后再回望，这些事情或许早已被遗忘。所以站在整个人生长河来看，你可以告诉自己这件事根本不重要。第二，不是每个人都有机会活到老，所以我们一生中真正想去做的事以及我们一直记挂在心里的计划，应该立刻去做，因为我们从来不知道生命何时会终止。"

我不禁从床上抓起一件卷成团的毛衣，将它小心翼翼地叠好。

"要我帮你收拾吗？这里乱糟糟的，让我有点紧张。"

她放声大笑起来。

"如果你开心这么做的话，随意！"

我放下咖啡，开始把那些凌乱的衣服叠好。我铺了床，将床头柜上堆在一起的书摆得整整齐齐，还捡起了散落在地毯上的鞋子。萨兰雅一边闲聊，一边懒洋洋地参与进来。突然，她转过身，牢牢地盯着我——她的眼睛在烟熏眼影的衬托下看起来几近黑色。

"爱丽丝，我想道歉。很抱歉问了那个关于兄弟姐妹的问题，我不会为自己开脱，安吉拉和我说过你妹妹去世了……"

我震惊得说不出话。我不在乎萨兰雅发现我在车上的时候撒谎了，但我一想到安吉拉和她聊过我的人生，我就感觉自己被人背叛了。

"我不是想恶心你或是让你想起不好的回忆,"她继续说,"我说话经常口无遮拦。"

她善意地对我笑了笑,看起来真的很担心。我不怨她,但我却猛地站了起来。

"没……没关系。我……我才想起来……我还有事,我得走了。"

她把我送到房门口,我知道她是真心觉得抱歉,但我不想再继续聊下去,我不希望有人走进我前尘往事的深处。就在关门前,她似乎想起了什么。

"对了,你介意把杰瑞米的号码告诉我吗?"

"哦……不介意,当然不介意,完全没问题。"

我掏出手机,打开了杰瑞米发给我的唯一一条短信——告诉我他家地址的那条短信。我把他的号码念给了萨兰雅听,她用指尖朝我抛了一个飞吻,然后关上了我身后的门。

我走路回家。天已黑,我漫步在巴黎的街头,往家走去。我闻到炒栗子的味道,停下了脚步,准备买点什么。我被一家甜品店橱窗里的覆盆子塔吸引住了,看起来特别开胃。这么久以来,我第一次度过了美好的一天,但是安吉拉的背叛让我觉得有点苦涩。如此了解我的她怎么能不和我说一声就把她知道的事告诉萨兰雅呢?我要写信和她说清楚。

回到家时,我在信箱里发现了一个从伦敦寄来的牛皮大信封。

我惊讶地拆开了。里面有另一个用黑色记号笔写着"致爱丽丝·史密斯"的信封以及一张字条。我在电梯里扫了一眼,字条上写着潦草的英文,字迹潦草,勉强能看清。

亲爱的爱丽丝:

  我从您的房产中介那里得知您回到了欧洲。您搬走之后,我把房子收回来自己住了。我收到了一些寄给您的信。正巧上周又收到一封,所以我冒昧地把这些信都寄给您。

  祝您一切安好!祝您在巴黎过得愉快!

您的前任房东 约翰·福斯特

  我回到家,将信封放在玻璃桌上。大卫在沙发上伸了个懒腰,喵喵直叫,希望以此引起我的注意。

  "小猫咪,我真的不想拆开。"我将它抱到腿上,说道。

  它嚎叫着,示意自己不在乎。于是,我去给它的碗里倒满了牛奶。我用水壶烧水,等了几分钟,然后将水倒在茶包上。我咬着嘴唇看着杯子旁边的信封。我将西汉普斯特德公寓退租的时候,切断了网络和水电,却拒绝了信件转寄服务。

  我可以把它扔掉,即使不清楚里面的内容,我也依旧活到了现在。但如果里面有重要的信息呢?怎么上周还会有一封信,我都搬家多久了?我既不相信巧合,也不相信偶然。这封信之所以能到我手里,是因为必须让我读。

  我喝了一口茶。太烫!我小心翼翼地剪开棕色外包装,从里面掏出了一沓信。一张电费单、一张塞恩斯伯里便利店黑色星期五促销活动的广告、两三份通知信,还有一个印着"机密"字样的白色信封——邮戳显示这封信是最近才寄出的。

无论这个信封里装着什么，都必定和往事有关。而往事令人心痛，难以承受。但即便如此，我还是拆开了它。我一只手端着杯子，吹了吹冒出的热气，另一只手则将对折成三折的 A4 纸展开。看到开头的那一刻，我大惊失色。我慌忙地把马克杯放在桌上。滚烫的茶水洒在我颤抖的手上，而我却感觉不到疼痛。我不禁流下眼泪。被挤压的胸腔下，心也破碎成块。

亲爱的史密斯·里维埃女士：

谨以此信告知您，您在维多利亚女王私立医院的妇科医生德洛丽丝·泰勒退休了。您今后如需获取任何信息或想重新进行医学辅助生育的话，可以联系我！

谨以此信提醒您，根据英国法律和我们的保管政策，您于 2012 年 3 月 28 日在维多利亚女王私立医院冷冻的体外受精胚胎 10 年冷冻期将至，将于 2022 年 3 月 28 日销毁。

我谨代表维多利亚女王私立医院感谢您的信任。女士，请接受我最诚挚的问候！

蒂莫西·斯通博士

我将这封信一口气连续读了三遍，之后，我的视线逐渐模糊，我开始号啕大哭。即使被我紧抱在怀中的大卫悲伤得直叫，也无法宽慰我。

发件人：安吉拉·斯瑞尼瓦桑
收件人：爱丽丝·史密斯

日期：2018年10月10日
主题：消息

你好！仙境中的爱丽丝！

我觉得你的邮件写得很不公正，甚至很伤人，所以我才会冒着牛油果奇亚籽沙拉冷掉的风险，立即给你回信。没错，我把你的一些私人信息告诉了我表姐。我这么做，并不是为了你所谓的"八卦乐趣"，而是为了给她打预防针——请原谅我实话实说——告诉她你过得很清苦。

我不喜欢你一个人孤零零地待在地球的另一端，即便理论上而言，巴黎是世界上最美丽的城市，而你此前也一直向往在那里生活。我坚信你和萨兰雅可以和睦相处，但是我观察了你将近五年，你总是在自己和他人之间设置那么多障碍，以至于我很担心你会不会很难交到新朋友。就是这样！我想确保你一到巴黎就能拥有至少一位盟友，而我认为最行之有效的方法就是把你的一些背景信息告诉萨兰雅。我这么做，并不是像你在电子邮件中所说的那样，希望她同情你，而是单纯地希望她能够理解你缺少社交的原因。爱丽丝，你就像一部作者电影①、一本文学书——复杂而精彩，但是你需要在开篇的时候稍作努力，让大家开始真正地欣赏你。

你的确让我不要提及往事，但自从我认识你之后，除了艾比，我没有和任何人透露过一个字，我发誓。所有同事也都不知道（另外，你应该会很开心听到这个消息——艾比的母亲没有因为成人水痘而去世，只是被蚊子咬了，所以她现在坚信自己感染了寨卡病毒）。

---

① 作者电影：法国电影界的一种创作主张。

安德鲁把你的办公室给了那个蠢货汤姆。我每次经过的时候，看到的都是他的秃头，而不是你那张专注的漂亮脸蛋，我的心就会因此隐隐作痛。中央公园已经披上了冬日的色彩，我相信很快就会下雪。从现在开始，我每周二中午要一个人吃饭。我会坐在我们的长椅上，一边看着松鼠一边想着你。上周，我甚至学着你偶尔会做的那样，在街头小贩那里买了一根涂满番茄酱并且难吃的一美元热狗，我这么做也只是为了和别人聊聊你。（我没吃，我把它给了流浪汉。）卖家还清楚地记得你，他让我向你问好。

我要说的就是这些，就是这些。我知道你不会埋怨我太久。那位陪你去排灯节大采购的同事是谁？

照顾好自己！

爱你。

安吉拉

另外：附件里是无麸质纯素熔岩巧克力蛋糕的食谱。你可以用杏仁奶代替鸡蛋、黄油和奶油，用玉米淀粉代替白面粉。这样既美味，口味又清淡。

爱丽丝日记

2012年1月15日，伦敦

你好！布鲁斯。

  自从和斯嘉丽吵架之后，我就再也没有了她的消息。奥利弗为我在一家水疗中心准备了一次按摩（他大概觉得我需要放松一下）。我们再次提及了要去巴黎过一次爱的周末。

  我真的很想去巴黎。如果奥利弗不能去的话，我想我会自己一个人去。我和斯嘉丽小的时候一直梦想着一起去那里……我们曾对巴黎念念不忘。虽然我们不像小伙伴们那样可以拥有名牌衣服、去佛罗里达过春假、出入波士顿和普罗维登斯的时髦餐厅，但我们拥有法国国籍，这可比艾什莉的维多利亚的秘密牌的性感睡裙要酷多了。因此，我们决定，我们的法国国籍将成为我们在这座无情的初中丛林中要打出的"人气牌"。我开始阅读妈妈所有的法语小说，斯嘉丽则学习法语歌。我们不断地想象着自己徜徉在法国的首都，将妈妈老旧的巴黎指南背得滚瓜烂熟。那时，家里还没有网络，所以我们会用图书馆的电脑搜索,将本应该用于打印生物课讲演资料的钱打印了巴黎地铁线路图以及圣心大教堂和巴黎圣母院模糊的黑白照——我们将照片贴在我们阁楼卧室的床头。

妈妈和她的家人断绝了来往。她的父母在我出生后不久便去世了,但由于彼时的她怀着斯嘉丽,所以没能参加葬礼。妈妈是独生女,所以我们在法国没有可以拜访的表亲或舅舅、姨妈,这也成了我们的一大遗憾。

之后,斯嘉丽不再关注法国和巴黎,而是全身心地投入一个独一无二的主题中——音乐。她一有空便会弹吉他。音乐成了她的执念,是她唯一重视的东西。汉密尔顿老师在教了我妹妹两年之后,认为她应该跟着真正的吉他老师上课,而自己以后只教她声乐。汉密尔顿老师很遗憾自己最终没能说服斯嘉丽投身古典音乐,更确切地说,是投身钢琴——她在这方面看起来天赋异禀。于是,我们的这位音乐老师再一次家访,她和妈妈又一次悄悄地在厨房商量,并给妈妈留下了一位年轻的吉他老师的联系方式。这一次,妈妈不顾汉密尔顿老师的坚持,拒绝为斯嘉丽支付一对一课程的费用。为了赚取上课费用,十四五岁的斯嘉丽便与港口的一家海鲜餐厅协商,晚上和周末的时候去那里兼职几个小时。受不了鱼腥味的她,每天晚上回家时都是一身鱼腥味。

那个年代,每当广播里播放着我们喜爱的歌曲时,我们便会将它录制在磁带里。有时,如果磁带在播放器里卡住了,我们还得用铅笔将它卷回去。斯嘉丽有一整套磁带,她仔细地给每盘磁带贴上标签,并按照字母顺序对其进行排列。她会将歌词写在一个从不离身的蓝色线圈本上。她能整晚不眠不休地听收音机,等待她特别喜欢的流行歌曲播放并进行录制。

斯嘉丽对和音乐相关的一切事物，一直都出奇地严苛和自律。至于其他方面，她则和你一样，布鲁斯，是个艺术家。言外之意——她的大半个房间就像台风过境后的露天市场，她不守时，她会忘记上课，忘记自己的日程安排，她换主意比换内裤还勤，她的性格就像12月的大海一样波涛汹涌。

至于我，那时的我既不是啦啦队队员或风云少女，也不是在走廊上被推来撞去、储物柜上被加害者贴标签辱骂的弃儿——辱骂的话语毫无创意，令我至今依然神思遐想。我费尽心思让自己不引人注目，成功地跻身中立地带——在这里，没人会打扰我，毕竟大家都不知道我的存在。斯嘉丽则正好相反，她在13岁左右的时候便选择了此后要相伴一生的摇滚风——画得乌漆墨黑的眼睛，被她用裁纸刀精心划破的牛仔裤，以及她整个暑假在港口过路游艇上当清洁女工挣来的皮夹克。我和斯嘉丽小时候长得很像，所以我会把头发扎起来，她则一直披头散发。然而，从青春期开始，从摇滚风的转变开始，就再也没人会把我们搞混了。

我们俩在一起的时候，总会有第三者——我、她和她的吉他汉密尔顿。我们大部分时间都在一起。回想起来，我觉得我们俩特别不搭配。我扎着乖巧的马尾辫，戴着高档眼镜，她则穿着二手的马丁博士[①]，背着从不离身的吉他，仿佛这是她的一个重要器官。

斯嘉丽的地位独一无二。在高中时代的暴力独裁统治下，一切与众不同的事物都会被社会即刻判处"死刑"。按理说，斯嘉丽也不

[①] 马丁博士：Dr.Martens，著名的工鞋品牌。20世纪七八十年代，Dr.Martens成为朋克、光头党和New Wave（新浪潮）等的最爱。

能幸免，但她却有制胜法宝——她的不屑。除了音乐，她对什么都不屑一顾。她的不屑令人心生艳羡。在我看来，她从来没有像她走在高中走廊时那么拉风过——她的随身听紧紧贴在耳朵上，丝毫不去理会她另类风格所招来的讥讽或辱骂。当然了，她也有她的缺点和顾虑，但时至今日，每次回想起来，我还是很钦佩她的独立精神。

我们和达科塔、艾什莉在一起的时候，会浪费大把空闲时间讨论男生，比较哪款祛痘霜更好用。初四的时候，我的恋爱经验仅限于和某位威尔手牵手散步。最终，我想到他打死都不敢吻我，便立刻分手了。而后，我和所有初中女生一样（可能也和某些男生一样）爱上了约书亚·理查森。布鲁斯，我敢肯定你的高中也有一个约书亚·理查森——一个所有女生都会奋不顾身爱上的无耻浑蛋。他是个一米八五的大傻个儿，他的微笑比密闭空间中的甲型流感更具杀伤力，他的腹肌可以列入联合国教科文组织的世界遗产。他17岁，仅这一条便让我这个13岁半的傻妞觉得他是个非常有吸引力的成熟男人。

除去外形，他还有三大优点。一、他上高三；二、他是橄榄球队队长；三、他上高三。我虽对他日思夜想，却从来没奢望过他会注意到我。我就像铭记一生中的标志性事件那样分毫不差地记住了约书亚·理查森[1]从他的发光神坛（通向高三厕所的楼梯）走下来和我说话的瞬间。那时正值课间休息，我在储物柜前一边将生物书换成历史书，一边哼着野人花园[2]乐队的《爱得真挚，爱得疯狂，爱得深沉》（*Truly, Madly, Deeply*）。这是我当时最喜欢的一首歌，主要是因为这个音乐短片是在巴黎拍的——我对短片熟记于心；再就是因为

---

[1] 约书亚·理查森：Joshua Richardson，美国职业篮球运动员。
[2] 野人花园：Savage Garden，澳大利亚流行音乐双人组合。

我的品味很差——被我恬不知耻地贴在储物柜门内侧的后街男孩照片最能说明这一点。

"爱丽丝?"

我花了足足15秒才做出反应——在这漫长的15秒中,我高度集中、全神贯注地思索着——最终用尖锐且哽噎的声音(我当下都没意识到这是自己的声音)说出了6个字:"你知道我名字?"

这个问题虽然问得不太聪明,但却完全合乎情理,所以他并未觉得惊讶。

"当然。你下课后想去鲍勃汉堡餐厅喝一杯吗?"

我思考了10秒,大汗淋漓:"好!"

"下午5:00?我们在体育馆门口见!我带你去。"

我思考了15秒,呼吸困难:"好!"

说完他便转身离开。现在是上午10:00,我还有7个小时来迎接这场可能会改变我一生的约会。时间紧迫!必须尽快召开会议。由于没有手机和网络(那时我们仍处于20世纪),我不得不等到午餐时间才在食堂常坐的那张桌子找到了达科塔、艾什莉和斯嘉丽。

艾什莉和达科塔略表怀疑。

"你确定他没喝醉或是嗑药?"

"你确定他没把你认成别人?"

斯嘉丽一言不发,静静地啃着她的花生果酱三明治,而我们则讨论着我下午要不要翘课回家换衣服。如果他注意到我换了衣服,就会知道我很在意他,然而将自己对对方的在意表现出来是菜鸟大忌(来自达科塔)。不过,从另一方面看,我的李维斯501系列牛仔裤和鹅黄色T恤在疯狂地叫嚣着我并不在意他,这一战略性的错误更加致命

（来自艾什莉）。

朋友们背道而驰的建议让我迷失了方向，我压力倍增，感觉自己从早上10：00开始便已失去了十年寿命。于是，我转头看向斯嘉丽。

"你呢？你怎么看？"

斯嘉丽用一只手轻抚发丝。此时的她还未在自己栗色的头发上试验各种彩虹色。我从未拥有过把顺散发的模样。而她则恰恰相反，她很有一套，她会将手指插入发丝，让两鬓的头发自然垂落，而这让她显得格外性感。

"我觉得约书亚·理查森这个浑蛋很差劲，你不应该去。"

这番言论的荒谬程度堪比厚底运动鞋，一片寂静袭来。

"差劲的浑蛋是当不了橄榄球队队长的。"我辩解说。

斯嘉丽不屑地冷笑了一声。

"你别忘了他去年约过杰西卡。他们一起睡了，然后第二天他就把她甩了，还告诉大家是因为杰西卡没有剃腋毛。"

我当然知道这件事。所有人都听说过杰西卡·贝克毛发多。所有人都觉得约书亚在之后几周的行为很好笑——他往她的储物柜里塞了各种剃毛刀、脱毛膏和脱毛蜡，以防她搞不清楚状况。杰西卡于同年转学，却没有任何人表示过关心。

"爱丽丝只要脱毛就好了。"达科塔回答。很显然，她并没有抓住问题的症结所在。但就连女权意识尚存的艾什莉也支持她。

"别去！"斯嘉丽说。

犹豫片刻后，她又补充说："求你了！"

"如果她不去，会抱憾终生。"达科塔说。

"如果你不去，我就替你去。"艾什莉说。

"我去。"我决定了,却也只是出于好奇。

斯嘉丽翻了个白眼,砰的一声将饭盒合上。

"他对你不感兴趣。"她脱口而出。

"你怎么能这么说?"艾什莉震惊得大叫了起来。

斯嘉丽耸了耸肩。

"这是事实。"

"你怎么知道?"

"我就是知道。如果你信我的话,就别去。"

我内心的一角觉得她说得对,但另一角却没日没夜地在阁楼卧室的天花板上投射着我和约书亚·理查森一起听野人花园的爱情场面,虽然不太可能实现,但我却拼命地想去相信。达科塔和艾什莉彼此交换了一个眼神,什么都没说。要么是因为她们其实也认为斯嘉丽说得对,要么是因为她们知道当着我的面指责我妹妹毫无意义。

约书亚来体育馆门口接我了,他迟到了半小时。他一直陪我走到了他的汽车旁,替我打开副驾驶室的车门。面对此般殷勤,我险些昏过去。我们在鲍勃汉堡餐厅喝了一杯奶昔。他没有让我开口说话,而是和我畅谈着他最喜欢的一个话题——他自己,我如释重负。我认真地听着他侃侃而谈,喝着我的香草奶昔。他提议回到车上,于是我们便回去了。他从手套箱里掏出了一瓶低档伏特加,他对着瓶嘴喝了几口,之后便递给我。

"我有一张假身份证。"他为喝酒的行为辩解,毕竟他还未满21岁法定饮酒年龄[①]。

[①] 美国法律规定最低饮酒年龄为21岁。

我喝了一口,酒精灼伤了喉咙,我咳得要喘不过气了。这是我第一次喝除了啤酒以外的酒。我不想让自己看起来像个小孩——虽然我的确是个小孩,于是便又把瓶子递到嘴边,喝了第二口。这一次,我才是那个叛逆的孩子,变得无所畏惧。我的头很晕,他用一只胳膊搂住我的肩膀,然后吻我。这是一次全新的体验,因此十分有趣,但是他的口水太多,我不是很舒服。此外,手刹顶在我的肋骨上,让我觉得特别疼。不过,我还是让他的双手在我的T恤下游走,像和面机那样温柔地揉捏着我的乳房。一想到之后下不了车,我便慌了起来。这时,他松开我,重新坐回座位,我长舒了一口气。

"我想和你说件事。"他说。

我没有回答,于是他便继续说下去。

"我想和你妹妹约会。"

就算是垃圾桶突然倒在我头上,我也不会这般震惊。我整理了一下T恤,故作镇定。我居然还觉得他长得帅,真是愚蠢至极!他看着我,等待着我的回复。

"你怎么哭了?"

"酒精过敏。"我结结巴巴地说。

"哦,好吧。"

我很震惊,因为头一次有人喜欢的是斯嘉丽,而不是我。约书亚默默地将我送回家,到家门口的时候,他又问我:"你会和她说吗?"

我走远了,他探出窗外,大喊道:"如果她不愿意的话,我也可以和你约会。"

毫无疑问,他是在讨好我。

回到家后,妈妈在厨房问我为什么这么晚回来,我并没有理她,径直上楼，回到房间。斯嘉丽盘腿坐在床上，正弹着吉他学习一首新的曲目。她抬头看向我，隐约有点担心。

"所以呢？"

"所以约书亚·理查森想和你约会。"

她没有表现出丝毫的惊讶，想必是已经知道了，所以才试图警告我。她继续漫不经心地弹着吉他。我瘫倒在这位吉他手的床上，看着她用指甲拨弄琴弦，她的指甲修剪得十分平整，蓝色的指甲油已开始剥落。

许久过后，我问她："你希望我怎么回他？"

她笑了笑，用拇指的指尖拂去滚落在我脸颊上的泪水。

"你就回他，只要答应我一个条件就行，就是他得用热蜡把全身的毛褪光，包括头发和眉毛。"

我们疯狂地大笑起来，害得我从床上滚了下来。

布鲁斯，写下这一切的时候，我不禁在想约书亚·理查森果然蠢笨，他没有像我一样先于他人看到斯嘉丽的内在，看到多数人终有一天会看到的事实——那就是整个罗得岛州没有谁会比斯嘉丽·史密斯·里维埃更酷。

发件人：艾莉卡·斯宾塞
收件人：爱丽丝·史密斯
日期：2018 年 10 月 10 日
主题：

爱丽丝，

您还没有回复我的任何一封邮件。我去了您的公司，意外地得知您不在华尔街工作了。您的一位同事甚至告诉我您已经移居法国。

  我想和您谈谈。正如您所知,您不可能真的拒收我的消息。此外,如果您觉得您只要搬到法国就能摆脱我,那就大错特错了。

  给我打电话!

艾莉卡·斯宾塞

2018
- 年 -

冬

他们说时间可以治愈一切，
但如今已过去多年，我却依然没得到治愈。
我笑、我唱、我跳、我打情骂俏，
每当想起你时，我依然会心痛。

《母亲》（*Mother*）
——斯嘉丽·史密斯·里维埃/蓝凤凰乐队

  我仔细地涂抹睫毛膏，在镜中审视着自己。我几乎从不化妆，但为了参加萨兰雅的排灯节……我答应过安吉拉，我会努力的。我穿上了特意买的黑色连衣裙，从纸箱深处翻出了一双红色高跟鞋——这身装扮都可以庆祝圣诞节了。我穿上大衣，朝着地铁站走去。
  12月迫不及待地想赶走11月的尾巴。林荫大道上的树木已然光秃秃的，人行道也被最后的落叶铺得油光水滑。我按照萨兰雅的指示，于晚上7：00到达她父母的餐厅。华灯已上，透过遮窗的窗帘，我看到后面一片繁华。然而，大门紧闭，我只能多次敲门，让人帮我打开。

"啊,你一定就是爱丽丝!"

为我开门的女人身穿一条镶金绣银的漂亮橙色纱丽[1]。她长得和萨兰雅一模一样,但比萨兰雅年长 30 岁,体重多 30 千克。她紧紧地抱住我,把我按压在她丰满的胸脯上。

"亲爱的爱丽丝,欢迎你!萨兰雅多次和我提起过你。"

她那热情的拥抱出乎我的意料,我腼腆地回应了,并把一束花递给她。

华灯已下,数以百计的蜡烛和随处悬挂的花环散发出的温暖柔光将餐厅照亮。餐桌变成了冷餐台,被推至墙角,为随后的舞池开道让路。香料的香甜气味与烤肉的气味融为一体。

邀请的几位宾客——多是穿着传统服饰的女宾,在铺着白色桌布的冷餐台旁大快朵颐地吃着五彩缤纷的菜肴。我是唯一的白人,唯一穿着西方服饰的人。我不知道该坐哪儿,大家看起来都十分忙碌。

"有需要我帮忙的地方吗?"

"当然没有。"萨兰雅的母亲说,"你可是我们的客人。萨兰雅在哪里?"

她像变魔术一样从纱丽的一处褶痕里掏出一部苹果手机,然后开始用一门陌生的语言给她女儿打电话。我记得安吉拉曾经和我说过,印度有 120 多种语言,所以我不敢确定她说的是印地语。

"她下来了!"

事实上,几分钟后,萨兰雅化身为《一千零一夜》里的公主出

---

[1] 纱丽:又称纱丽服,是印度、孟加拉国、巴基斯坦、尼泊尔、斯里兰卡等国妇女的一种传统服装。

现在我面前。她身穿一条绣有大朵银花的绿松石色纱丽。这块半透明的青绿色布料的下摆从她的胯部开始一直往上遮盖，直至左肩，她的部分肚皮也因此暴露在外。她那一览无余的右臂上戴着一串镶有蓝宝石的银手镯，手镯之多，一直戴到了手肘处。她还佩戴了配套的扫肩长耳环。她的妆容比平时更浓，浓密的眉毛画得完美无瑕，鼻头的钻石将她哑光脸庞上那双宝石般的黑眼睛衬托得更加熠熠发光。

"你真美！"我发自肺腑地赞美道。

"我知道。我也希望自己能这么夸你。"她牵起我的手，反驳说，"但是很显然，你以为自己参加的是葬礼。"

我还没来得及否认，她就已经把我拖到了后间，带我爬了两层楼，来到了她的大开间。

我震惊地看着那一堆压在她床上的发光布料，以及散落在房间某几件家具上的化妆品。

"你把我们一起整理过的东西都弄乱了。"

萨兰雅环顾四周，一脸疑惑。

"我只是把我需要的东西拿了出来而已。废话少说，我先给你找套衣服。"

我企图抗议，却是白费力气。她想强行脱掉我的衣服，但遭到了我的抵制，她同意我躲进比电话亭还狭窄的浴室里脱掉衣服。正如她所说，我穿得真的很丑，于是，她把她的妹妹们叫来救急。第一个妹妹用数米长的金黄色丝绸将我像春卷一样裹了起来；第二个妹妹将我栗色的头发梳平、拉直、捋顺，再烫卷；萨兰雅则拿着一大堆化妆品和化妆工具——数量之多，堪比布鲁明戴尔百货店的美妆层——在我脸上作画。

"求你了，眼睛不要画太浓。"我惊慌失措地恳求着她，"我讨厌画眼睛。我也不喜欢披头散发，我更愿意把头发扎起来。"

"你要相信我！"她大声说。然而，她一只手拿着睫毛夹，一只手拿着假睫毛，这无疑是在反向暗示我不能相信她，最好赶紧溜走。

然而，反抗在倔驴脾气的萨兰雅面前毫无意义。于是，我放弃了抗争，任由她将我改造成印度公主。

"当当！"她完成后大喊。

她的妹妹们仔细地看着我，点了点头。

"不错！"其中一个给予了肯定回复。

"还差点小东西。"另一个思索了一下，并给我的额头挂上了一枚和耳环相得益彰的金色珠宝——耳环也是她们强行挂在我耳朵上的。

当我在镜中撞见自己的目光时，我花了足足3秒钟才意识到我端详的是自己的镜像。这也是我从不化妆的原因。我除了皮肤过于白皙以外，整个人看起来就像印度人，也像一棵圣诞树。镶金纱丽、珠宝首饰、披头卷发、额间红点、尤其眼睛——虽然萨兰雅答应过我，但她还是把我的眼周画成了黑色，深色的眼线和眼影让我的眼睛看起来更大、更有神。

"喜欢吗？"

不，我不喜欢。镜中的女孩与我无关，并且浮夸的妆容太容易让我想起我试图忘记的那个人。然而，萨兰雅对我的转变似乎很满意，于是我撒谎了。

"谢谢，非常漂亮。"

"太棒了！我们现在可以下去了。"

面部粉刷工程足足耗时 45 分钟,等我们下楼时,餐厅里早已人声鼎沸。音乐正如火如荼地播放着;在花环和蜡烛的柔光照耀下,宾客们正开心地边吃边聊。我也第一次注意到了地上的蓝果丽,这是萨兰雅曾提到过的一种色彩缤纷的几何花朵图案。

"你自便!"萨兰雅递给我一个纸盘子,冲着我大喊。

她快速地给我盘点了一下冷餐台的食物——扁豆汤,用咖喱和孜然调味的玛莎拉鹰嘴豆,搭配香菜酱的烤鸡,各种馕饼(这种印度煎饼和面包一样),数十种咖喱虾角、咖喱蔬菜角和咖喱肉角。我并没有都听明白。萨兰雅给我一一介绍了每道菜,并且有滋有味地尝了起来,我的盘子也渐渐装满。她谨慎地提议喝杯酒,但我拒绝了,我喝了一杯茶。

"我有几位家人不喝酒,其中就包括我自己……这是官方说法。"她一边给自己倒了杯酒,一边冲着我眨了下眼,解释道。

我们在某一处桌角旁坐了下来。萨兰雅向我介绍了她的表亲,但我并没有记住他们所有人的名字。我给一块馕蘸上奶油状的红色酱料。虽然味道妙不可言,但我的味觉却没有适应香料,我感觉自己的脸都红了。

"如果味道太冲的话,餐厅冰箱里有白奶酪。"其中一位表亲笑着对我说。

"谢谢,很美味。"

我一直都很喜欢吃调味重的食物。安吉拉经常邀请我去她家吃晚饭,但她从不做印度菜。我唯一见她实践成功的食谱就是一杯加了香料的印度奶茶。她就是个厨房杀手。除此之外,每当她们邀请我去她家做客时,我都希望是艾比掌勺,毕竟让安吉拉去烹饪素食可能是灾难性的。

"印度有句老话，"萨兰雅嘴里塞满了食物，和我说，"善待你的身体，这样你的灵魂才想留在那里。"

"我不确定在这种情况下，善待身体是不是意味着要吃下5千克的玛莎拉烤鸡？"她的一位表亲笑着说。

"你错了，我的灵魂喜欢吃玛莎拉烤鸡，"萨兰雅反驳说，"我的身体本来就很完美。"

时间过得真慢！我吃得太多了，音乐声太大了。我俯身靠近萨兰雅的耳边。

"失陪一下。"

我穿过汗流浃背的舞者们，朝洗手间走去。洗手时，小小镜子里的镜像再次将我吓了一跳。我犹豫着要不要把头发扎起来，但是我的橡皮筋落在了楼上。于是，我挪开了眼。出来的时候，我发现走廊尽头有一扇门半虚半掩。我不禁将它推开，与其说是出于好奇，不如说是为了寻找片刻的宁静。这是一个杂物间，里面堆满了纸箱。萨兰雅一家人一定是在这个小房间里将装饰房屋的蓝果丽做出来的。折叠桌上，装有各种颜色散粉的袋子和镂花纸板堆在一起。木板上用粉笔画了一些圆圈——这是花卉、树木和鸟类几何图案的雏形。我瞥见一堆从某个网站上打印出来的模型。我犹豫不决，却又不能自已。我坐在折叠椅上，拿起一块木板开始作画。我没有关门，音乐声和嬉笑声传到我耳边时已变得轻微而又低沉。我先画了一个孔雀模型，随后便开始即兴创作。我用指尖将彩沙撒在纸板的镂空处，绘制出羽毛形状。我太过专注手中的活计，以至于忘了自己在哪儿，更没有意识到时间的流逝。

一声清嗓声唤醒了我。

"对不起,我在找……"

我抬起头,然而当对方看到我的脸时,他顿住了。他那熟悉的、一向波澜不惊的蓝色眼眸中瞬间写满了惊讶。

"你好,杰瑞米,我都不知道你会来。"

"对不起,我没有认出你。"他沉默片刻后,说道。

忽然间,我产生一种异样的感觉。我虽然化了妆、戴着珠宝、穿着纱丽、做了不一样的造型,却感觉他是第一次看到我。他直勾勾地看着我,以至于我条件反射般地整理了一下纱丽,但我的不适感并未因此而消失。

"我在找洗手间。"他继续说。

"在走廊尽头的右手边。"

他点了点头,却未离开。我想着他是不是喝多了,我在他的态度里看到了一种前所未有的迟疑。我记得萨兰雅问过我他的电话号码。难道就是为了邀请他今晚来,向他表示感谢,还是想请他喝杯酒?他们一起出去过吗?我意识到,她有一段时间没怎么和我聊过她的 Tinder 约会了。

"非常漂亮!"他突然说,并用下巴指了指即将完成的那幅画,"我都不知道你还是个艺术家。"

"不是,不是,我根本就不是艺术家……就是只孔雀而已。"

"呃,我觉得更像凤凰。"

"哪有!是孔雀。"

"好吧……那一会儿见!"

他离开了小房间,我低下头,看着那幅画。不得不说他是对的,我偏离了初稿。这只被红色、黄色和橙色火焰包围的蓝鸟振翅高飞，看起来的确很像一只凤凰。我耸了耸肩，将双手放在这幅蓝果丽的正中间。不出几下，我便将这幅画了很长时间才画好的画毁了，那只蓝鸟也在一堆彩沙中溶解殆尽。童话都是骗小孩的，凤凰不会在灰烬中重生。我心满意足地看着手掌上沾满的粉末。凤凰的真实遭遇其实是它被自己的伟大拖累致死，被自身光环蒙蔽双眼的它坚信自己不死不朽，却被自己用于焚烧他人的火焰吞噬而亡。

我回到大厅时，所有人都在舞池，包括被萨兰雅表姐妹们缠住的杰瑞米。她们双手合十地围着他跳舞，摇动的舞步让她们手腕上的镯子闪闪发光。他看起来不太自在，但也勉强地试着模仿她们的舞步。看到这番景象，我笑了笑。忽然，萨兰雅抓住我的手。

"爱丽丝，你刚才去哪儿了？"

"我在做蓝果丽。"

她翻了个白眼，将我拖入舞池。我企图反抗，却无济于事。我在她耳边大喊，想以此盖过音乐的声音。

"你邀请了杰瑞米？"

"当然！"

"采购那次之后你见过他？"

"是的，见过一次。我需要有人开车送我的一个老可爱去法兰西喜剧院庆生，但是我不知道还有谁有车！他人超级好。"

我还没来得及思考，便被她拖入一段狂乱的印度说唱舞蹈，众宾客都在齐声唱着副歌部分。我专心地学着众人似乎都已熟练掌握的复杂动作。迪斯科的灯球为五彩的纱丽披上了点点星光。我感觉自己身处一部音乐剧中，我看着周围的脸庞，不禁被这些喜悦的笑容打动。

我多久没有感受过这种轻快了？多久没有过跳舞的欲望了？

"杰瑞米！"萨兰雅大喊着将杰瑞米从她的表姐妹们手中拽回到我们这边，"你在干吗？集中一点精神！"

"你灌了我太多酒，"他抱怨，"我有点晕。"

萨兰雅开始以慢动作的形式向他展示舞步。他仔细地观察着，一丝略带嘲讽意味的微笑扯动着他的嘴角，牵动着他的眼角。

片刻过后，音乐逐渐放缓，有人开始跳慢狐步舞。我低头看了看手表，大吃一惊——凌晨4：00了。宴会的兴奋感消散退去，我顿感全身无力。我悄悄溜走，上楼回到萨兰雅的大开间换衣服，并将黄色纱丽折叠整齐，放在她床上。我拿上大衣下楼。我用眼睛在人群中搜寻着萨兰雅，想和她道别，但是她正在和杰瑞米跳舞，并没有看到我。我不想打扰他们，便溜了出去。一股寒气钻喉，我颤颤巍巍地将大衣一直扣到脖颈处。然后掏出智能手机，准备叫一辆优步。需要等待13分钟。我叹了口气，一股白色蒸汽从我嘴里冒出。早知道的话，我就应该在室内约车，这样就不用浪费时间等了。时间一分一分地缓慢流逝，让人十分焦虑。身后的大门砰的一声关上了，杰瑞米朝我走了过来。他双手插在飞行员夹克的口袋里，腋下夹着一个摩托车头盔。

"爱丽丝？你回家吗？"

"是的，我在等优步。"

"我骑了摩托车。你需要我送你一程吗？"

"当然不用。你喝多了，不能骑车。"

他轻笑一声。

"遵命，妈妈……"

"我是认真的,太危险了。你只能和我一起坐优步。"

"我不可能整晚都把摩托车扔在人行道上。"

我叹了口气,瞥了一眼手机屏幕。优步三分钟后才到。

"你把车停在哪里了?"

"对面。怎么了?"

我打开应用程序,取消了行程。

"我送你回去。"

他半开玩笑,半惊讶地问:"你怎么送我回去?"

"骑摩托车,毕竟你不想把车扔在这里。"

他呆呆地看着我,接着开心地笑了起来。

"你有摩托车驾驶证吗?"

"有,把钥匙给我。"

我朝他张开一只手。他犹豫了一下,便把钥匙放在我手中。他的手指拂过我的掌心,这份突如其来的触感让我微微一颤,我尴尬地缩回了手。我更喜欢我们相看两厌的时候。

"好的,boss(老板)。"他说,"不过你得戴上头盔。骑车要小心点!我可提醒你,孤袜的命运掌握在我手里,如果你骑摩托车把我摔死了,那我这辈子都没办法上架这款应用程序……"

我笑了笑,骑跨在摩托车上,他则坐在我身后。

我放下头盔的挡风板,发动引擎。杰瑞米握着摩托车后座的把手。我风驰电掣般地骑了出去。街上空无一人,路灯朦胧的光亮和车速让我神怡心醉。我身上的疲惫感消失殆尽,我不想回家了。我们顺着圣马丁运河一路往北,杰瑞米指挥着我,但我却并未照做。我在纵横交错的小巷中迷失了自我。

他俯身靠近我，冲我大喊，想以此盖过引擎声。

"好吧，如果你觉得这个时间点应该参观巴黎的话，那在下一个路口左转，我们去河畔。"

我听从他的建议，来到了塞纳河畔。没有了白日船艇的纷扰，河面在古老路灯的照射下，光滑如镜。杰瑞米给我指了指巴黎圣母院，以及圣母院的玫瑰花窗和两座灯火通明的塔楼，还有巴黎古监狱、新桥和艺术桥。我从他低沉的声线中听出了一丝不同以往的笑意，但却并未理会。这是我第一次看到浪漫的巴黎，既没有成群结队的游客，也没有郁郁寡欢的巴黎人，仿佛这是一座空城，有的只是奥斯曼建筑、宽阔的林荫大道、用绿色字体写着"大都会"的黄色老式路标、在寒夜中熠熠发光的宏伟铁塔，以及穹顶灯火璀璨的大皇宫。寒风涌进我的大衣，我却丝毫不在意。我穿梭在空荡荡的街上，这种自由的感觉仿若一条帆船漂泊在大海中央。紧接着，一家药店的绿色十字让我记起了时间，我转头朝乘客说：

"抱歉绕路了，我们现在就回去！"

在杰瑞米的指引下，我不情不愿地继续朝第九区①驶去。我在他指的一栋大楼前停了下来。

"市内限速是每小时 50 公里，不是 120 公里。"他下车时指出，嘴角噙着笑。

我扑哧一笑，将头盔摘下，甩了甩我的棕发——萨兰雅妹妹给我烫的美丽大卷一定变形了。他直勾勾地看着我。

"我总结一下，你提议送我回家，你带我去浪漫的塞纳河畔兜

---

① 第九区：法国巴黎的商业区之一。

风，我觉得我该请你上楼喝最后一杯酒……"

我把摩托车钥匙丢在头盔里，然后递给他。

"可是我不喝酒，你又住在没有电梯的六楼，另外你的教养肯定很好，不会邀请同事大半夜去你家。我要叫优步了，你喝完三大杯水就去睡觉吧。明天你会感谢我的。"

"电梯修好了，我可以提供一瓶清凉可口的无汽巴黎水，或者一杯顶级自来水。"

"你的话会让我浮想联翩……"

"另外，我远没有看上去的那么有教养。"

他不再打趣，眼神暗了下来，却不曾从我身上挪开。我一时说不出话，明白他是真的想让我上去。总之，要么是他本来就没有那么不合群，要么就是酒精让他冲动了起来。

"你说真的？"

我不得不放下戒备，让自己放松下来，假装自己是个正常女孩，可以出于喜欢和他一起过夜。但我不应该这么做。

"我们之前也有过类似的谈话，"他回答，"我从不说口是心非的话。"

"那萨兰雅呢？"

他挑了挑眉，对这个问题感到惊讶。

"萨兰雅是个很棒的女孩，但如果她早知道我们之间会发生什么，就不会问我那么多撩人技巧了。另外，她今晚正式授予我'约会教练'一职。再者，她已经和一位在 Instagram 上给她写诗的景观设计师恋爱三周了……"

那位景观设计师诗人……她和我说过，但是我不知道他们居然还在一起。

我点了点头,从手提包中掏出手机。

"你还没答复我。"他简明扼要地指出。

他倚靠在落客门廊上,显然丝毫不想上楼回家。我十分紧张。

"不行!"

一片寂静。

"是出于原则上的不行,还是你不想?"

"我不想,因为我们在一起共事,我不能这么做……"

"怎么做?"

我希望他不要再看我。

"调情,"我说道,语气比想象中的更加冷漠,"约会,谈恋爱,结婚……"

他轻笑一声。

"澄清一下,我不是在求婚,只是让你做个决定。"

我约车的时候,他依旧泰然自若,甚至都没有表现出失落。我想他是醉了,他试着约我,只是因为我是那个唯一有空的女孩。明天,他就会庆幸我拒绝了他。

"司机还有多久到?"

"四分钟,不过你可以先上去。"

"我陪你等。"

"你不用勉强自己。"

我可笑地发现自己竟然十分失落,并且如鲠在喉。仿佛刚刚拒绝一起过夜的是他,而不是我。

"别担心,坚持不是我的风格,而且只剩三分半了。"他指出。

他把手插进夹克的口袋里，我们静静地等着。如果他坚持的话，我是不是就会上去？也许会吧，只此一次，只是为了不一个人睡。我真的疯了，我甚至都不该想这件事，不该考虑这件事。我不喜欢他，我已经很长时间没有喜欢过任何人。也许我有点喜欢他，但也只是一时的，到了明天，一切就会烟消云散。我甚至想用手抚摸他脸颊上的棕色胡楂，想埋在他颈间闻一闻他的肥皂味道，想沦陷在他那深邃得可怕的蓝色眼眸中。然而不行，这可是巴黎，午夜的巴黎，今晚的巴黎。明天，我就不会再这么想了。顶多是想听到他用低沉的嗓音在我耳边小声地说着不雅之言，或是将手伸进他的皮夹克，感受他炙热的肌肤。

"你在想什么？"他打着哈欠问，"你看我的眼神很奇怪。"

我吓了一跳，羞红了脸。

"没想什么，只是在想我的优步。"

"你的优步来了。"

一辆黑色汽车停在我们面前。杰瑞米替我打开车门，我钻了进去。

"你披着头发的样子真好看！"他说，"晚安，爱丽丝！"

他不等我回答便关上车门。随后，汽车开了出去。

我从包里掏出一根橡皮筋，愤怒地将头发扎成一个紧紧的马尾辫。我莫名地觉得既生气又伤心。我瘫坐在皮椅上，长叹一口气。

虽然一切是如此莫名、荒唐、可笑，但很明显，我喜欢他。

我本该答应的。

爱丽丝日记

2012年2月2日，伦敦

嗨！布鲁斯。

我有段时间没写日记了，我没有动力。很久没有斯嘉丽的消息了，我很想她，我应该给她打电话，可是每次我们吵架，都是她先让步。我没去看心理医生了——没用！我转而去看了妇科医生，询问如何才能快速受孕。为了促排卵，我开始在早餐的时候就着咖啡吃激素药物。

目前效果明显，却不是我想要的效果——我的毛发以13倍的速度生长，体重增加了3千克，脸上的粉刺比青少年身上的水痘还多。另外，我被工作压得身心俱疲。

与此同时，我也暂停了一切活动——看心理医生、练助孕瑜伽、吃月见草油[①]以及约见卵巢保养教练。

[①] 月见草油：由月见草的种子提取而来，具有调节激素、抗衰老、改善肤质等功效。

布鲁斯，说实话，我之所以重新给你写信，是因为我觉得写信这种现有的手段有助于我整理思绪，并不是因为你能帮上大忙。

昨天，我们和奥利弗讨论了体外受精的可能性。他曾提议体外受精，但当时被我拒绝了，因为那不是我想要的生育手段。我希望我的孩子成形于爱情中，而不是试管中，或许也是因为我自己就是试管婴儿……我不知道。我才刚满27岁，不是63岁。然而，我必须面对现实，我怀不上，奥利弗也快37岁了……所以，我答应他我会考虑一下。

布鲁斯，我不喜欢我的身体，我感觉它在背叛我，它没有尽到自己应尽的义务，它无法做成大家自古以来都能轻易做成的事。在我想要孩子之前，我从未问过自己是否具备生育能力。鉴于我父母的故事，我本应思考这个问题，但自从和奥利弗在一起之后，我一直想象着自己已经有了孩子，而且很爱他们。我从13岁开始，就经常在街区里给人照看孩子，与其说是为了攒零花钱，倒不如说是因为我喜欢。婴儿们无条件的爱、自信的神情以及激情满满的絮叨把我的心都融化了。他们的哭声从不会让我心生厌烦，我可以哄他们哄上好几个小时。

我曾经迫切地希望初潮赶紧到来，主要是因为这意味着我将不再是小孩，而不是因为这意味着我可以当妈妈了——14岁的我还未想过这个问题。妈妈没有和我们说过这些事，毕竟我的初潮还没来。然而，我用照看孩子的钱在沃尔玛买了一包卫生巾（最便宜的是一包2.1美元），还躲在厕所里练习如何将卫生巾贴在内裤上，练习了好几次。我从11岁开始，就在书包里随身放了一个天蓝色小包，里面装着一条干净的内裤、一包纸巾和两片卫生巾（达科塔说我们还是处女,所以不能用卫生棉条,她的这一说法让艾什莉很无语)。我会时不时地将未来经期要用到的这些物品拿出来看看,再小心翼翼地放回去,想着终有一天我会用上。布鲁斯,14岁的我真的很傻,后来的我来例假了,却又希望例假消失,为此,我可以付出我的全套法语小说和右卵巢。

1999年1月,我14岁了,初潮却始终未来。5月,我的天蓝色小包终于在某人身上派上了用场——斯嘉丽。全世界都知道斯嘉丽的身体发生了变化,因为她觉得没必要隐瞒近半数人类每个月都会经历的一件再自然不过的事。我从来没见过她像我们大家一样费心费力地将棉条藏进袖子或口袋,甚至也没见过她在痛经的时候编造各种理由。她会在历史课上举手,大声询问能不能去换卫生巾,但换来的却是留校惩戒一小时,或被校长训斥要懂体面。那时,全班哄堂大笑,我也以她为耻。如今,我为当时的自己以她为耻而感到羞耻。

我总是给斯嘉丽拿纸巾、笔,或是在体育课后给她拿香体露,现在我又开始给她带卫生巾、卫生棉条。在很长一段时间里,我用蓝色十字在日程本上标记自己预计的生理期,用绿色十字标记她的,因为她记不住自己的。我猜如今的她在手机里设置了提醒。那些年我不应该指责她做事缺乏条理,现在倒好,她躲远了,不再需要我了,这让我感觉有点难过。

我还记得1999年发生了一件大事——妈妈同意在家里安装网络。表面上是因为她需要网络和客户沟通,实际上是因为我烦了她大半年,而且妈妈从未拒绝过我的要求。于是,我们拥有了一个闪烁发光的调制解调器。每次连接网络的时候,它都会呼啸一声,噼啪一声。上网很贵,即使闲暇时段也很贵。我们每天做完作业、收拾完桌子才可以上网 15 分钟，母亲会在电脑旁放置一个苹果形状的塑料厨房定时器。这个定时器十分老旧，也已褪色，它会一直嗒嗒作响，直到最后一声致命铃声响起，休息时间也就结束了。

斯嘉丽上网只是为了收集她成为摇滚（其实是朋克）明星的道路上所需要的信息。那时的她可以花上几个小时谈论朋克运动的细节，性手枪①和死肯尼迪②。而我呢？我一整天都在等待这 15 分钟的上网时间。我每两三周就会查看一下邮箱，以防失效。此外，我还会利用这 15 分钟和达科塔、艾什莉，尤其是哈利——他是同班的一个腼腆男生，在学校时几乎从不和我说话，却在 MSN 上加了我好友——在网上聊天。我来回切换聊天窗口，我们互发害羞表情、心碎像素表情，偶尔还会互发奇怪的三角比萨表情。

也就是在那个时候，斯嘉丽决定要自己写歌。

"你想写什么歌？"有一天，我问她。

海滩咖啡馆由于施工原因暂停营业一周。我们躺在纳拉甘塞特海滩上。10 月没有游客，海滩上空无一人。灰色的天空倒映在海面上，海鸥乘着秋风，盘旋在我们上空。我用指尖把玩着斯嘉丽散开在白沙上的栗色头发。我原以为她会和我说她想创作和琼·杰特、艾拉妮丝·莫莉塞特甚至是绿洲乐队、AC/DC 或涅槃乐队风格相似的歌。细沙从她的指缝中流走，她十分认真地回答说："我想写一些前奏舒缓、后期急促的歌。"

"那是一种曲风吗？"

"是我的曲风。"

---

① 性手枪：Sex Pistols，英国一支非常有影响力的朋克摇滚乐队。
② 死肯尼迪：Dead Kennedys，一支朋克摇滚乐队。

排灯节之后,我就没怎么和杰瑞米说过话。他把自己和维克托瓦关在他的办公室里,两个人一整天都戴着耳机写代码。

如果他在走廊上遇到我,就会一如既往地和我说:"嗨,爱丽丝!"

我不知道他是否觉得尴尬,还是不在乎,又或者他只是单纯地不记得那晚最后发生了什么。不过说到底,究竟发生了什么?只是出现了一分钟转瞬即逝的魔法而已(我或许把整个过程都给想象了一下),出现了一场因摩托车和玛莎拉烤鸡而演变成误会的化学反应而已。然而,我很难忘记他撞见我画凤凰时的神情,仿佛他看到了真正的我。

我正百无聊赖地对着一张 Excel 表格,这张表格的一头列着克里斯多夫的巨额开销,另一头则列着公司并不存在的进账(只占用了一个方框,里面填着"0")。佐伊和她妈妈穿过开放式办公区时,我抬起了头。

"Fuck,爱丽丝!"她挥了挥手和我说。她妈妈却拉着她的胳膊,径直往前走。

"嗨,佐伊!"我笑着说。

我不禁看了看陪在她身边的那个女人,这是我第一次看到她真人。不难看出她和我大为不同,但我并没有任何理由将自己拿来和她做比较。她定然比杰瑞米年长几岁,一头凌乱的铂金短发(发根却是黑的),一双淡绿色的眼睛,妆容浓厚,身上的背心露出了右肩上的小鸟文身。维克托瓦曾和我说过,她是一位雕塑家。

她再一次在大白天将佐伊抛下。很显然,她是临时决定的。我和瑞达、维克托瓦像看台上的观众看马戏团表演一样偷偷地看着他们。

杰瑞米让小女孩待在他办公室的角落，并给了她一本书。之后，他搂着前妻的胳膊，把她拖进了一间会议室。他一关上门，脸就立刻沉了下来。他们吵了起来，或者准确地说，是杰瑞米看起来怒气冲冲，但他前妻却洒脱地耸了耸肩，笑了起来，偶尔还会用涂成暗红色的指尖抚摸他的脸庞。

"他又要上当受骗了。"维克托瓦分析得头头是道。

"除非他走狗屎运。"瑞达点了点头，补充说。

"真神奇！男人居然能被自己的生物本能影响到这种地步。"维克托瓦说，"他又聪明又有才，完全可以轻而易举地找到一个善良诚实的伴侣，却一次又一次地重蹈覆辙，相信这个折磨自己的女人，每一次都觉得她这次会改。"

"我觉得他主要还是想和她睡。"瑞达回复说，"她很正点。"

维克托瓦不屑地哼了一声。

"美只是一个社会标准问题。你所处的时代、社会阶层和你的出生地都会影响这个标准，从你出生起，社会就会给你灌输了这个标准。另外，外在都是一时的。所以，以貌取人真的是蠢到家了。"

"好吧！"瑞达笑着说，"那该怎么挑选性伴侣呢？"

"要根据实用的、客观的、量化的标准来挑选。比如说，要想成为我的伴侣，必须是年龄在 24—26 岁的男性，至少得和两个不同的伴侣有过性经验，不能超过 5 个，以免有性病。不能有家族遗传病，智商至少 120，体重指数要正常，以免出现心血管问题。得有组建家庭的意愿，毕竟这是我们的第一大社会职责。最后，很显然，他得是奈飞用户。"

"我 28 岁，"瑞达说，"而且我有奈飞账号。"

"很遗憾地通知你，你不符合我性伴侣的标准。"

瑞达理了理他的洋基队棒球帽，黑色的眼眸中闪烁着狡黠的光芒。

"我又没来真的……"

"你也不符合条件，爱丽丝。"维克托瓦和我说，"因为你不是男人。"

"真遗憾！"我咕哝地说，却始终在暗中观察杰瑞米和他前妻的谈话。

正如维克托瓦预料的那样，杰瑞米冷静了下来，他的前妻给了他一个飞吻，便离开了。

"他们应该是共同监护。"维克托瓦解释说，她仿佛听到了我脑海中闪过的无声问题，"但是，她为什么总是突然将佐伊留给杰瑞米。杰瑞米有一天很生气，因为她问他要钱付佐伊的餐费，他这才知道她没有把这笔钱给学校。"

"他应该申请单独监护。"瑞达在一分钟后指出。

很显然，他无心工作，只想分享办公室的八卦。

维克托瓦从屏幕上抬起头，耸了耸肩。

"他申请了，但她不愿意，他又不想闹到法庭上去，毕竟他还爱着她。"

"你怎么知道的？"

"我和他一起工作啊！为了建立良好的职场关系，我很关注他。我会听他讲电话，会观察他，还会看他的邮件和短信。"

我瞪大眼睛看着她。

"你看他的邮件和短信？！"

"是啊！我黑了他的邮箱。要学会了解一起共事的人,这样才能构建长久的社会联系。"

"你不能看别人的邮件,这也太莽撞了。"

"爱丽丝说的也不是没有道理。"瑞达说。

"哦……我不知道这个社会习俗。"维克托瓦皱着眉回答说,"这样的话,那我就不看你们的邮件了,反正也没意思。"她最后说。

爱丽丝日记

2012年2月27日，伦敦

布鲁斯！！！！！！！

我和斯嘉丽重归于好啦！！！！我不知道惊叹号的数量够不够向你传达出我此时此刻的欣喜。

她昨天晚上7:00左右给我打电话。奥利弗什么也没说，我想他很清楚他的沉默会让我备感沮丧。

"你方便吗？"我接电话的时候，斯嘉丽问我。

"方便，很方便。"

屏幕上，她的眼睛看起来又大又亮，她化着蓝黑色妆容，就像一位玩垃圾摇滚的埃及女神。她披散的铂金色头发变成了淡粉色，她穿着一件我从没见过的黑色无袖皮夹克，露出了胳膊上的玫瑰荆棘文身。

"粉色是新染的吗？"我想知道。

"是啊，喜欢吗？"

我看了一眼手表。美国时间是下午1：00。

"很适合你。你要出门吗？"

"我约了人。"她低声说。

我这才意识到她看起来很焦虑。她的右手紧张地将夹克上的拉链拉来拉去，而且她在回避我的眼神。

"我不想烦你。"她继续说，"只是……只是我压力太大，我需要听听你的声音。"

"你从来就没烦过我，斯嘉丽。上次很抱歉，我太激动了，我要被怀孕的事搞疯了。我甚至都不知道奥利弗是怎么忍下来的……"

"不，你说得对，我太依赖你了，我不应该这样。你有你的生活，我懂。只是……"

她打住了，下巴微微地颤抖了一下。我想着斯嘉丽平时天不怕地不怕，现在是怎么了？

"只是什么，亲爱的？"

"只是如果连你都不相信，我就不知道自己为什么还要坚持下去，我……"

"别说了……我没有这么想过。我当然相信你能成功，斯嘉丽，你是我认识的最有才、最果敢、最强大的女孩。我一直觉得你总有一天会成功的。你约了谁？"

"一个男人……就是我上次和你说过的，在我每周三驻唱的那个酒吧遇到的那个人。他在一家唱片公司上班，他问过我有没有小样。我给了他一个U盘，里面有我正在创作的那张专辑的前四首歌。"

"太棒了！"

"我不知道……他第二天早上给我打了电话，但并没有谈到我的歌，我甚至都不知道他听没听。他没有给过我任何具体的信息，甚至都没说过他的唱片公司叫什么名字，我们只聊了10秒钟。亚历杭德罗觉得他只是想找个借口和我喝一杯。"

"亚历杭德罗还没出局？"

"没有……我……我很喜欢他，我想了想你和我说的关于追求实际的事，所以决定认真对待这段感情。"

我花了几秒钟才消化了这条令人震惊的消息。我妹妹的生活中有了男人……有了一段她准备"认真"对待的感情，我替她感到高兴。但一想到这失联的几周，她倾诉自己期盼、恐惧和梦想的对象是他，而不是我时，我又心如刀割。

"我替你感到高兴，希望这段感情可以长久下去。"

"你觉得我应该赴约吗？"

"他具体约在哪里？几点？"

"下午3：00，在华尔道夫酒店的酒吧。"

我犹豫了。我对音乐行业一无所知，酒店酒吧显然不是什么好兆头，但从另一方面来看，下午3：00还是安全的。我相信，从客观上来讲，斯嘉丽是真的有天赋，就连奥利弗也曾承认过，虽然他最后说了一句有才的人多的是，如果有才就能在这一行功成名就，那别人早就去了！然而，我也知道，斯嘉丽总是会莫名其妙地吸引一些变态男人。

"你不能和亚历杭德罗一起去吗？"我建议，"你就说他是你的经纪人？"

"他不会同意的，他早先就让我别去……"

我不禁挑了挑眉。

"又不是真的让他做决定,对吧?"

我从没想过斯嘉丽居然会爱上一个对她指手画脚的男人,不得不承认,这一点让我很不爽。

"是的,所以我给你打电话,想听听你的意见。"

"好吧!"我谨慎地说,"我呢?我觉得你应该去。不过,不管发生什么,都不能上楼进房间,也不能喝酒,好吗?"

她没有回答,她咬着涂满唇彩的嘴唇。

"你自己也想去,斯嘉丽。"我继续轻声地说,"否则你也不会在约会前两小时就收拾好……只要你待在公共场所,就不会有事……"

"哦,我怕的不是这个。"她将一缕粉色头发别在耳后,"那些想要勾引你的浑蛋空口白牙地说要拯救你,这种人我见多了,知道该怎么处理。可是这张专辑目前只有四首歌……另外,这张专辑对我来说很特别。伴奏是我一个人在合成器上完成的,我不眠不休做了好几个晚上,每首歌都是我拼尽全力写的,但却只有这个陌生的家伙听过,他在电话里还未发表任何评论。如果这张专辑也失败了,我不知道自己还有没有力气再从头开始。"

我很受伤,通常来说,我是斯嘉丽的第一位试听听众。她总是边写边让我听,她会为我演奏,让我评论。我会尽量给出客观、有建设性的意见,竭尽全力地帮助她。我知道现在不是生气的时候。这是我第一次看到斯嘉丽垂头丧气的模样,我不能让这种情绪磨灭她坚定的意志。

"去吧!斯嘉丽。如果他不是来真的,也没关系,还会有别人出现。我了解你,你拼搏了这么多年,你会一如既往地振作起来。我相信你不会被任何事打倒。"

"你也是我认识的最坚强的人。"她轻声说。

一种奇怪的情绪涌上喉头。

"我开始激素治疗了。"我突然说了一句。

"哦……好……那……你感觉如何?"

"已经进行了两个疗程,目前为止还没有效果。如果下个疗程也没用的话,就会尝试人工授精。"

她缓缓地点了点头。

"希望有用,爱丽丝。"

"希望如此,不过不管怎么说……你说得对,至少我觉得要干实事、向前走。"

"我确信你很快就会怀孕,到时候你会烦死,会冲着大家大吼大叫,会大半夜想吃龙虾卷。"

她的乐观逗笑了我。

"你吧,你会成为明星,会每天给我出生的孩子送巴宝莉。"

"我绝对不会去那种故作高雅的商店。我会在他出生后送他一整套披头士的专辑。"

我笑了,事实上,我很难想象斯嘉丽去布鲁明戴尔百货公司的奢侈品楼层挑选新生儿用品的画面。

"我得挂了,奥利弗做了晚饭,一会儿得凉了。给我发短信告诉我你后续的进展。"

"好的,我保证。"

她用指尖送了我一个飞吻。

我这个一头粉发的摇滚妹妹……不知为何,我的眼中饱含泪水。

该死的荷尔蒙!

公司账目愁得我直薅头发,我要变成秃子了。钱只出不进,当然了,我们的应用程序还是一直未上线。克里斯多夫显然是觉得他新时代风格办公室里的绿植能生钱。他花钱毫无节制,我说到预算、盈利、营业额时,他总是一脸无聊、迷茫的神情,仿佛我在用塞尔维亚 - 克罗地亚语给一名差劲的小学生读冰箱使用手册。

我再次去见了我们这位诗人首席执行官,给他解释必须节约开支,不然照这个速度下去,他的公司扛不过六个月。他这一次终于认真地听我说话了。他玩着一个看起来像睾丸的抗压球,厚框树脂眼镜后面的眉毛皱了起来。

等我说完,他沉默了片刻,双手托着下巴,眉头紧蹙,完全就是"互联网行业的罗丹的思想者"。接着,他拍了拍手,得意扬扬地大呼:"我有个主意!"

"太好了,因为说实话,我已经不知道该怎么去节省开支了。"

"我们组织一次商业研讨会,并发布这款应用程序。"

他站了起来,扶了扶他的时髦眼镜,沾沾自喜地笑着。我目瞪口呆地看着他,思忖着砸数千欧元在一场商业研讨会上怎么就能减少开支了。

"我来安排!"他继续说,"得在巴黎或者南方找一个好地方,也许可以找个有水疗中心的地方,应该会很不错!可以在周六晚上办,找个主题,弄成晚会形式。我希望可以办得和谷歌一样,给大家加油打气。"

"可是，克里斯多夫，我们的预算有限……"

"不！不要说预算有限。说预算有限，那就意味着甘于平庸。我们之所以停滞不前，就是因为我们的志向不够高远。这才是事实，爱丽丝！我对'永恒之梦'的感觉还不错，甚至可以说是很好。"

我绝望到不想理会他，任由他独自沉浸在兴奋之中。而后，他的电话响了——克里斯多夫的电话总是响个不停。我们既没有客户，也没有合作伙伴，一无所有，毕竟我们连应用程序都没有，然而，他的电话总是在响。难以理解！他客气地将我推了出来，我孤零零地站在他的办公室门外。我有点想缴械投降了，毕竟公司垮了和我又没有什么关系，但我的目光落在了辛勤工作的瑞达和维克托瓦身上，刹那间，现实抽醒了我。我、瑞达、维克托瓦，我们在别处找到工作的可能性有多大？我们是因为在其他地方找不到工作才来的这里吗，还是克里斯多夫知道我们在其他地方找不到工作才雇用了我们？归根结底，他帮助的可能不是孤袜，而是我们。

我瞥了一眼正在打电话的克里斯多夫，他挥舞着夸张的手势，让我想起了他送我去医院的那一幕，我不禁对他有了一丝好感。虽然他毫无章法，也一事无成，但却是一个正直、真诚的好人。我必须全身心地回报他，因为他在对我一无所知的情况下，给了我一次构建新生活的机会，我对他再感激不过了。

我叹了口气，在搜索栏中输入"如何组织商务研讨会"。

爱丽丝日记

2012 年 3 月 5 日，伦敦

亲爱的布鲁斯。

我居然怀念写日记了。我想我是习惯了。写日记虽然没什么用，但也许某一天我在某个地方重拾这些回忆的时候，尤其是在养老院一个人慢慢老去的时候（毕竟我不会有孩子，而奥利弗大概率会因为他的工作时间和对炸鱼薯条的执念而先走一步），我会感到很开心。

正如你所见，我并没有十分认真地锻炼自己积极看待事情的能力。

我知道你也很好奇斯嘉丽的见面结果，你会很开心地听到一切进展顺利。那个家伙在起源唱片公司上班，我觉得他是艺术总监。他带着另一个人一起去的，那个人成了斯嘉丽的经纪人。斯嘉丽有经纪人了，布鲁斯！！！太疯狂了！也许她马上就能见到你真人了。她必须全身心投入，将这张专辑剩余的歌曲写完。

我似乎是唯一一个为这个消息感到兴奋的人。斯嘉丽小心翼翼地和我说她不想表现得太激动，并不是因为她要成功出唱片，但唱片公司是起源，不是环球；而是因为妈妈似乎完全不在意这件事，她告诉斯嘉丽这次的希望大概也会破灭，她最好找一份真正的工作。

我很想念斯嘉丽。我每周会在 Skype 上见她至少一次，会时不时收到类似"成了，我签完合同了。""哈利希望下个月开始试录……""开始录歌了！"的短信以及其他完全看不懂的信息，但这些对我来说根本不够。她等这一刻等了这么久，我却在此时离她这么遥远，这让我十分难受。

我又想起了少年时的她。她会利用周末的一部分时间去兼职赚钱学吉他，利用另一部分时间在车库那个她自己布置过的角落里弹奏。这些年，她经常把指甲剪短，并涂成黑色或蓝色。她的指尖磨出了水疱，被琴弦留下深深的割痕，甚至还会出血。她从不抱怨，但在我惊恐的注视下，她会做着鬼脸，用 90 度的酒精给伤口消毒。

我在电话簿里找到了东村一家吉他店的号码，打电话向他们询问如何才能避免受伤。之后，我给他们寄了一张支票，让他们从纽约给我寄来了指套。斯嘉丽从来都不想戴指套，因为她要感受音乐。她说要想成为一名艺术家，就必须得吃苦。

妈妈那时工作很忙。她最初翻译的是情色小说，之后则专攻会计和金融翻译。现在想想，这个职业转变多少有点奇怪。白天的时候（偶尔晚上），她会将公司账目和年报从英文翻译成法文。虽然不像翻译女秘书爱上拥有坚硬如钢筋混凝土胸肌的亿万老板的悲情故事那么有趣，但收入颇丰。毫无疑问，经济压力的缓解让妈妈松了口气，她花在我们身上的时间也更多了。她会检查我的作业，鼓励我，祝贺我考出了好成绩。那时，她甚至决定每周给我 3 美元零花钱。她让我瞒着斯嘉丽,这让我非常不舒服。我已经长大了,明白真相会伤害到我妹妹。不是钱的问题,毕竟斯嘉丽从不在乎钱,而是因为我这个一向不在意他人目光的妹妹曾经、至今都十分在意妈妈的看法。

斯嘉丽很小就开始赚钱。她谎报自己的年龄,接受所有可以付她钱的工作——她在港口酒吧干过,夏天的时候给船刷过漆,有时还会为艾什莉的父母修剪花园,周六早上会在农贸市场给本地生产商帮忙。她所做的这一切,都只是为了赚钱学吉他,存钱买电吉他和放大器,如有可能,再买几件属于她自己的衣服,而不是总捡我的衣服穿。她赚的钱都放在她架子上的一个生锈的曲奇罐子里。为了消除零花钱上的不公正,我坚持将妈妈给我的所有钱一分为二。我等到斯嘉丽拿了报酬之后,悄悄地将一半零花钱塞进她的罐子里。她不会数钱,所以不会发现这件事,除了那一次。那一次,我发现她盘腿坐在床上,眉头紧蹙地检查着罐子里的钱。

"你怎么这副表情,钱少了?"我小心翼翼地问。

"比我想象中要多得多。"

"你肯定数错了。"

她生气地摇了摇头,之后,神采焕发,虽然她眼睛上画着眼线、身上穿着黑色皮夹克,但她突然找回了8岁时的简单快乐。

"可能是妈妈偷偷给我的。"她满怀希望地说。

我没有否认。

她一凑够钱,就给自己买了电吉他,她一年半前就在普罗维登斯的一家商店里发现了这把吉他。她试弹之后,向这把吉他承诺她一定会回来。自此,她每天都和我聊这把吉他。她将它取名为"星星",提及它时十分温柔,仿佛它是她要领养的孩子,即将成为她的家人。

某个周六的早上，我们两个人一起坐客车去普罗维登斯。我罕见地看到了斯嘉丽紧张，甚至是焦虑的模样。她没怎么说话，大大的眼睛迷失在窗外掠过的风景中，仿佛一位盲女要去和今生挚爱约会。

店主对她记忆犹新。

"所以你是来带它走的吗？"他带着亲切的笑容问。

"是啊，您还没卖掉吧？"

他笑了笑，走进后间。突然，斯嘉丽抓住我的手，紧紧地抓着，仿佛她独自一人难以承受这份过于激动的情绪，就像我们坐过山车的时候爬到了最陡坡的制高点或是婚礼当天准备走红毯时那样。

他带着吉他回来了。这把吉他是深蓝色的，就像圣诞球一样熠熠生辉，银色水晶钻在琴弦下闪闪发光。斯嘉丽不是小孩子了，但也还完全称不上是大人，过于宽大的皮夹克显得她异常瘦小。她看起来就像一只麻雀。她的脸上流露出一丝腼腆和庄重，就像她第一次在初中音乐教室里弹钢琴时那样。刚开始的几秒，她都不敢接。之后，她松开我的手，极其温柔地抓起吉他捧在面前。店主双臂交叉，抱在胸前，静静地看着她。他温柔的笑容与冷酷的机车外形——他两鬓稀疏，灰色长发扎成了一个马尾辫——形成了鲜明的对比。

"所以呢？"沉默许久之后，我好奇地问，"你还是那么喜欢它吗？"

她轻轻地点了点头，然后生气地噘着嘴。

"怎么了？"

"我错了。"她回答说，"它不叫星星，叫凤凰。"

店主送了她一条豹纹肩带挂吉他，之后我们坐客车返回皇后镇。斯嘉丽坐在我身旁，脚下是崭新的放大器，"凤凰"则放在膝盖上。

她就像一位刚出产房的妈妈抱孩子那样,紧紧地抱着"凤凰"。

自此,我妹妹的古典吉他——可怜的汉密尔顿,就躺在她的床底下吃灰了。开学后,斯嘉丽在教务处旁边的公告栏里贴了一张告示,说自己是一名歌手兼吉他手,想组建一支乐队。她接受任何乐器手,但特别想招募一名鼓手和一名贝斯手。

某个周六,她在车库里进行了多次严肃的试演。对于我们这些对实验音乐①美感毫不敏感的可怜凡人而言,早上9:00到晚上8:00的喧嚣吵闹声实在令人难以忍受。妈妈因无法工作而大发雷霆,禁止斯嘉丽在成年之前外出。我也受不了,于是骑车去了海边。

阳光明媚,但我却蠢到忘了带泳衣。我记得我整个下午都坐在海滩咖啡馆前面的围墙上,闷闷不乐地看着人们在波光粼粼的海浪中嬉戏,看着孩子们在条纹沙滩巾中间建造摇摇欲坠的城堡。这是我第一次怀念童年,第一次明白斯嘉丽要离开、离我而去。我开始相信她的生活注定要比我的更波澜壮阔,我在她身边只会成为一个烘托她的背景人物。但是直到那会儿,我还从未想过这到底意味着什么,现实也第一次抽醒了我——我将独自一人留守皇后镇,而她会去全世界巡回演出。她会嫁给利亚姆·加拉格尔,上电视,而我则会嫁给某位邻居、某位竹马或高中同学。我大概会像妈妈一样成为一名译者,我的孩子会乘坐同样的黄色校车去同一所小学、初中和高中上学。我会在周日中午做苹果派,每月一行就是去港口吃龙虾卷。我又想起了斯嘉丽几年前在同一家咖啡馆里画的那栋面朝大海、带炮楼、带游廊的大木屋。等她有钱了,真的会回来盖房子吗?可她为什么要回来呢?她

---

① 实验音乐:一种作曲形式,追求高度纯粹的、不负载任何意义的音乐,如森林中自然的声音。

可以住在纽约、巴黎或悉尼。她坐在巴黎和平咖啡馆里喝热巧克力的时候，会想念海滩咖啡馆的热巧克力吗？

我被严重地晒伤，沮丧地回到家。斯嘉丽特别兴奋，她给乐队挑选了三名成员——一位鼓手、一位贝斯手和一位键盘手。她甚至还给他们的乐队取了个名字，叫"蓝凤凰"。她的眼中闪烁着兴奋的光芒。她每次遇到喜欢的事情时，声音和举手投足间会充满一股强电流，眼中闪烁的激情光芒会弥漫全场。音乐赋予了斯嘉丽魅力。如果她不演奏、不说话，且抛开她的浓妆艳抹、一周一换的发色以及水洗牛仔短裤下面的破洞尼龙连裤袜不谈的话，那穿着老旧皮夹克的她、因弹吉他而佝偻着肩的她就相当平凡了。但是音乐可以点燃她眼中的光芒，点燃她炙热焚身的微笑。她顿时变得魅力四射、光彩照人，让身边的每一个人都黯然失色。

"你知道吗？"那天晚上，她瘫倒在床上，抄着手说，"我要有自己的乐队了，就像绿洲乐队那样。"

我坐在书桌前，假装在看法语语法书。她只能看到我的背影。

"你为什么一声不吭？你不替我开心吗？"

"当然替你开心。"

有了这句话后，她似乎满足了。她继续和我说下午的试演细节，但却始终没有问我下午做了什么，也没问我的晒伤情况，更没问我为什么不回应她的自说自话。我不知道该怎么告诉她，我是真的替她高兴，但我也不禁为自己感到难过。

蓝凤凰诞生以后，斯嘉丽大部分科目的成绩从"普通"直线下降到了"糟糕"。她没有留级，因为我替她写了所有的作业，让她抄我的答案、看我用心写的笔记。她天赋甚高，尤其是在理科方面。

她不喜欢任何需要背诵的内容。我从来都不明白她为什么那么喜欢数学，她可以不怎么费力地做对数学题，但是她的英语总是垫底，历史和地理更是一塌糊涂。

斯嘉丽初四的时候想在学校体育馆举办一场蓝凤凰演唱会。由于种种原因，尤其是她旷课、傲慢无礼和成绩下滑，校长并没有应允。但她不是那种自暴自弃的人，所以高一开学的时候，她再次提出了申请。她一周要去好几次校长办公室，要么是因为被轰出了课堂，要么是因为上课迟到，要么是因为想申请举办演唱会。校长一看到她就生气，于是坚决地让秘书拒绝了斯嘉丽提出的所有会面请求。

有一天，斯嘉丽愤怒地回到家，把书包扔在地上，然后摔在床上。

"那个蠢猪校长说我用音乐和演唱会的事烦他！他的秘书正式禁止我见校长或是踏足校长办公室。"

正在看小说的我抬起了头。她拽着一缕凌乱的头发，眼眸中怒火中烧，眉头紧锁着——她正在苦思冥想。

"一定要找到解决办法，我们都练了一年多了！如果不让我们演，那就白练了。"

"也许你应该放弃在高中表演的想法，等上一两年，去大学演，或者去……"

"打住！你很清楚我永远不会去上大学。"她打断我说道。

"话说回来，校长从初一开始就很讨厌你，你怎么才能让他回心转意呢？如果我是你，我会……"

"不！当我们想要得到一件东西的时候，就会用尽一切手段。我向你保证，即使整个教务处联合起来反对我，我也一定会成功的。"

看着她那幼稚的悲伤模样，我叹了口气将书合上。

"或许你可以给他写信，将你的理由写清楚……你有的时候说话太……激烈了。"

"我不喜欢写作，我作文不行，只会让他更加坚信我不值得他付出努力。"

"如果只是这样的话，我可以替你写。"

她一下子从凌乱的羽绒被上坐起来，变得精神焕发。斯嘉丽和我不一样，她早上从来不叠被子。她认为，这就是浪费时间，毕竟晚上睡觉的时候被子还得摊开。

"哦，好啊！那太棒了！你愿意替我写吗？"

"我没替你做过事吗？"

她跳到我身上，搂住我的脖子，把我推倒在床垫上。

"谢谢！谢谢！谢谢！爱丽丝，我都不知道没有了你我该怎么办。"

这封信花了我好几个小时。我在信中提到这场演唱会代表着学校的文化利益，还强调表演者分文不取，所有利润会悉数捐给某个协会。我还承诺会事先让教务处审核演奏曲目（这条"有违蓝凤凰的创作原则和自由原则"，所以斯嘉丽让我删掉重写）。之后，斯嘉丽开心地在终稿上签了名，和我说这封信写得很棒，我是世界上最好的姐姐。

一周后，我在走廊里遇到校长，他只是对我说了一句："史密斯·里维埃同学，您的信很具有说服力，我明白您的英语为什么全班第一了。"

"什么信？"我红着脸问。

"真奇怪！"他无视我的问题，说道，"像您这么认真勤勉的人，妹妹居然这么幼稚、粗鲁。"

然后，他穿着裁剪不得体的格纹西服，双手背在身后，静静地走了。他可能以为自己是在夸我，但我却想摘下他那副总是会滑落到他油腻腻、亮闪闪的鼻头上的金属小圆框眼镜，插进他的鼻孔。

我从未和我妹妹聊起过这次谈话，她的信也没了下文。几天后，我得知学校12月31日要举办一场迎接2000年的活动。皇后镇的一支专业乐队会受邀参加，为晚会助兴。我以为这个消息会成为压垮斯嘉丽的最后一根稻草，所以不敢告诉她。

1月毫无征兆地来了，随之而来的还有昙花一现的美好决心以及灰暗的天气。虽然安吉拉一再让我回纽约过圣诞节，但我并没有去。我去了萨兰雅家欢庆岁末。这并不是一个传统的圣诞节，只是一家人热热闹闹地欢聚一堂，这顿饭让我忘却了我尤其讨厌的这段日子。瑞达邀请我去他家参加12月31日的跨年晚会，我在那里待了至少两小时，之后在零点前和维克托瓦一起步行回家。我依旧需要依靠安眠药才能入睡，但我几乎不吃抗抑郁药了，而且截至今日，我的焦虑症已经有两个月没发作了。

真奇怪！我在美国的时候总觉得自己有点像法国人。但到了这里，所有的一切似乎又都在提醒我，我是个美国人。我被摄氏度和华氏度、英里和公里弄得晕头转向，这些可见的文化冰山有时会将我和我的同事区分开来。不过，由于我不停地在茶歇时间和瑞达说英语，我感觉自己和他更亲近了，我甚至邀请他和萨兰雅于某个周日早上来我家做早午餐。瑞达是带着维克托瓦一起来的，于是，我想着我是否可以在这里结交到一些朋友。

我拖着行李箱横穿蒙帕纳斯火车站。现在是下午 2：32，去布雷斯特的火车是下午 4：35。有了和萨兰雅——他们所生活的时空里 10 分钟等于 1.5 小时——相处的经验，我谨慎地和瑞达说我们下午 2：45 出发，以免他在我们到了布雷斯特之后才到火车站。

只见瑞达身后拖着一个巨大的行李箱，惊慌失措地冲了下来。

"爱丽丝！我们迟到了。"他气喘吁吁、磕磕绊绊地说，"我们要错过飞机了！"

我憋着笑，平静地看着他。

"瑞达，是火车。我们不会错过任何东西的，我们甚至还有时间去喝咖啡。"

克里斯多夫拒绝向我们透露商业研讨会的具体内容，但他三周前就开始不停地说他找到了一个好地方，整个人比配电屏还亢奋。

因此，我们做好了最坏的打算。

我查了一下，在我们逗留的那三天里，布雷斯特会下大雨。很明显，我是第一个上车的人。虽然"永恒之梦"的财务状况不佳，但克里斯多夫还是忍不住给大家买了一等座。

到达布雷斯特后，一辆小巴在等我们。我们把行李扔进后备厢的那一会儿工夫，就已经从头到脚都湿透了。其他人都将报纸举在头顶上遮雨，所以我让他们先上，我最后上。上车的时候，我湿发上的雨水滴落在我那几分钟便被大雨击穿的薄薄雨衣上。

"爱丽丝，你貌似对雨水完全没感觉。"瑞达评论说。

我打开头顶上的通风孔，感受着暖气在我身上的吹拂，之后，拧了拧马尾辫。

"不,我要冻死了,不过和风吹日晒比起来,淋雨没什么大不了的。我在海边长大,老家下雨的时候,因为我们穿着连帽雨衣,所以可以照常干活儿……"

维克托瓦将她的夹克摊在她前面的那张座椅上,转头看向我。

"我以为你是纽约人。"

"我在那儿住过,不过不是在那儿出生的。"

"你到底是在哪里出生的?"克里斯多夫问,"我有朋友在密歇根!"

"一个没人知道的穷乡僻壤。"我尴尬地说,"那你们呢?"

我希望把话题从我身上移开。我为什么要说自己在海边长大?

"巴黎。"克里斯多夫回答说,"你那个穷乡僻壤在哪个州?"

"罗得岛。"

"罗得岛在哪儿?"瑞达问。

"在北部的东海岸,是美国最小的一个州,所以才没人知道……"

我故作镇定,将头发放了下来,在暖气通风孔下晃来晃去。司机宣布出发,无意之中救了我,让我如释重负。

我注意到杰瑞米没有参与话题,他若有所思地盯着我,我不自在地挪开了视线。我应该回答说我是在加利福尼亚州、得克萨斯州的荒郊野岭或是怀俄明州的农场出生。维基百科公布过斯嘉丽·史密斯·里维埃的出生地是罗得岛皇后镇,我应该说一个尽可能远的地方。随便说哪个地方都好过说真话。但我越这么说,就越是在背叛自己。问题其实在于我和大家太过亲近了——亲近最终会让人放松警惕,慢慢暴露出我们本想隐藏的秘密。

为了不继续回答问题，我宣布说："我要睡一会儿。"

"你湿透了，你会死的。"维克托瓦指出。

她自然而然地把她的连帽衫递给了我。

这个动作让我大为感动，我沉默了片刻，接了过来，笑着感谢她。我真的需要重新将自己的"带刺铁丝防护网"找出来，真的需要停止和别人联络感情。

我独自一人坐在第一排，转头看向车窗，雨水落在车窗上形成了涓涓细流。司机打开了广播，是绿洲乐队的《不要愤怒回首》。我不禁打了个寒战。我瞥了一眼身后，杰瑞米和瑞达正聚精会神地看着各自的电脑，维克托瓦睡着了，克里斯多夫在用手机打字。我从第一排的座位上俯身靠近司机，悄悄地让他关掉收音机。只剩下雨滴下落的噼啪声和发动机的轰隆声。我们离开主干道，转入了一条狭窄的国道。雨刷器惊慌失措地想要将倾泻在小巴风挡玻璃上的雨幕刮走，但却无济于事。

而后，大海突然出现了。我不由自主地、条件反射般地坐直了身体，我的手试图将车窗上遮挡视线的雨滴擦拭干净。我的手紧紧地抓着手腕上的链子，视线无法从此番风景上挪开。一想到要惊恐发作我就感到十分害怕，但一想到不能停下来感受湿润海风中的咸味，我又感到十分绝望。海风如此猛烈，吹得海边的茂草都折腰倒地。这是一条沿海公路。潮水退了，我不禁在想，这里的海水会不会去到千里之外，抚摸纳拉甘塞特海滩上的沙子。远处，深蓝色的海浪裹挟着白色的浪花拍打在绵延数百米的荒滩上。看到眼前这片因被遗弃而愤怒的大海，我才意识到自己已经五年没见过海了。我待在城市里，淹没在城市的喧嚣、污染、躁动中，我没有经过深思，甚至没有经过熟虑，便从纽约的摩天大楼换到了巴黎的楼宇。在纽约的那些夏天，我都待在办公室里吹空调，并没有陪安吉拉和她的家人去过长岛海滩。在我看来，这绝非偶然……我就像逃避现实、逃避生活、逃避责任、逃避其他一切事物那样，逃避了大海。

我既未感觉到惊恐发作，也未感觉到紧张，只是感到一股无尽的悲伤，仿佛我胸口的深渊正在往我惊慌的眼眸中注入泪水。我微微蜷缩，倚靠着车窗。我将维克托瓦连帽衫的帽子盖在头上，遮住自己的脸。几分钟后，我们驶离了海边，来到了一处林间。我看着落日余晖下的昏暗大海消失在身后，感到既悲伤又欣慰。

爱丽丝日记

2012 年 3 月 10 日，伦敦

我亲爱的布鲁斯。

有件大事要告诉你——我和奥利弗决定了，我们要进行体外受精，简称 IVF[①]。

没错，因为促排卵失败之后，人工授精也失败了。布鲁斯，你知道我曾在多少人面前分开双腿吗？你知道这几个月他们往我的身体里塞了多少东西吗？你知道我吃了多少药、打了多少次激素吗？……只要一想到这些，我就会浑身无力。但这一次，我们下了决心。

我现在在维多利亚女王私立医院进行追踪治疗。我的妇科医生叫德洛丽丝——鉴于她对我的阴道进行过深入的了解，所以我冒昧地直呼其名。德洛丽丝的皱纹星罗棋布地勾画在她那点点金光的绿色眼眸周围。她是一位经验丰富、值得信赖的老妇人，她的微笑中透露着

---

① IVF：全称为 In Vitro Fertilization。

平静和耐心,能够激发出我每次看诊时所需的勇气。看诊时,她会把头夹在我两腿之间,我不禁对她心生怨恨,就像我们在洗牙的过程中很难爱上牙医一样。但其他情况下,我一般会原谅她对我做出的这种行为。

也许是斯嘉丽的成功促使了我下定决心。斯嘉丽正式开始录制唱片了,我对此一窍不通,但她前几天小心谨慎地和我说"这或许是万事之始"。我感觉自己得到了解脱,仿佛身上的责任重担突然卸下。说到底,心理医生或许是对的。我就像第一次看到她参加演唱会时那样如释重负。布鲁斯,虽然我一直十分钦佩我妹妹,但我也难免有过怀疑的时候。此外,我想了想,我为数不多的质疑,都是发生在斯嘉丽取得了巨大成功之后。我记得就在她举办校园演唱会失败之后,艾什莉在食堂和她说:"大家都梦想成为演员、歌手,可实际上呢?从未有人成功过,你最好好好准备高考,争取上大学。"

斯嘉丽耸了耸肩,咽下一大半三明治。

"的确也有人成功。"她嘴里塞满食物,回答说,"不过,不是那些把时间浪费在大学里学无用知识的人。"

"你就不怕自己最后变成一个失败者,在纽约地铁唱歌乞讨吗?"

斯嘉丽将头歪向一边,若有所思。

"我更害怕放弃,害怕在余生中不停地思考自己当初是否会成功。没有什么比后悔更可怕。"

我妹妹经常听妈妈和几位还未彻底放弃改造她的老师的灌输和说教,所以我相信她已经认真思考过这个问题。斯嘉丽的穿着打扮邋邋遢遢,声音洪亮,思维和艺术家一样天马行空,发脾气的时候行事火暴、声音聒噪,除此之外,她一直都是一个极其聪慧又有条理的女孩。她让我复述我在布朗大学的金融课程时,她对某些概念的理解比我还透彻,她会清晰无比地将这些概念再次解释给我听。我从未见过她盲目地做决定。时至今日,我依然认为她无论从事哪行哪业,都能快速入门。只要她下定决心,以她的智慧和执着,可以成就任何事。

然而这一次,我赞同艾什莉的观点,我第一次产生了质疑。斯嘉丽夜以继日地忙活了三四年,准备人生的第一场演唱会也准备了18个月,结果却不尽如人意。没人愿意让她举办,她的鼓手和她吵了一架之后也离开了蓝凤凰。阻碍太多!困难太多!此外,斯嘉丽又对音乐行业了解多少?我害怕她会失败。

一想到这些我就十分焦虑,比想到她有一天成为明星就会离开我还焦虑。我每天晚上都会想这些事,一想到她有可能会失败我就睡不着。我认为我一直觉得自己有责任要让斯嘉丽幸福。也许是因为我意识到自己在妈妈心目中占据了太多位置,导致妹妹备受冷落。

我们需要一个备选方案、一个替代方案,这样的话,就算斯嘉丽永远成不了她所期待的歌手或音乐家,她也可以送自己一栋海边大房子。为了以防万一,我必须努力工作赚钱保护她。

到那时为止,我一直都打算像母亲一样成为一名译者。我双语流利,而且这几年读了数十本小说,法语写作水平也很高。我热爱法国、法国文学、法国习俗,以及法国历史,所以上法语课对我来说完全是一种享受。但是,要想在沙滩上给斯嘉丽盖一栋梦中情房需要翻译多少年报、多少情色小说?我想到了妈妈每个晚上、每个周末都在翻译,从不休假;我想到了我们还住在小木屋里,冬天还得节约暖气。翻译挣不了大钱，必须找找其他出路。我只认识一个真正的有钱人——艾什莉的父亲。于是，我决定去问问他是怎么发家致富的。

我第一次受邀去了艾什莉家参加传统的周五晚宴，因为我们正在准备一个关于美国国家公园历史的演讲，她提议我睡在她家。尽管我们的社会阶层截然不同，但她父母肯定觉得我这个人值得交往，也可能是他们对我的法国国籍很感兴趣，因为后来我又被邀请了好几次。我受宠若惊、备感殊荣，毕竟达科塔从未去过艾什莉家（斯嘉丽近期说这是因为他们是种族主义者。我承认，我从未想过这个理由）。至于斯嘉丽，她也曾于某个下午受邀和我一起去过，但之后就再也没有被邀请过了。我也不知道是什么原因。

艾什莉住在皇后镇高档街区的一栋殖民风格的大房子里。她家的门厅比我家的客厅还大。她卧室的墙上贴满了海报，玛丽亚·凯莉[①]的对面贴着《吸血鬼猎人巴菲》[②]。她的卧室里有一台电视、一张铺着粉色棉被和花色靠垫的双人床。她13岁生日的时候，父母送了她一部手机，跟当时的电话亭里的机器一样笨重。但她的手机除了给我们打固定电话以外，也派不上什么用场，毕竟那时的手机用户十分稀少。

艾什莉还有一个姐姐——凯丽，以及一个哥哥——奥利弗。凯丽比她大12岁，在波士顿一家大型化妆品集团工作。奥利弗比我们大10岁，刚刚在普罗维登斯的布朗大学读完大四，并像他父亲一样在华尔街的一座镜面大楼里找到了一份银行的工作。他一直在上班，

---

① 玛丽亚·凯莉：美国女歌手、词曲作家、演员、唱片制作人。
② 《吸血鬼猎人巴菲》：Buffy the Vampire Slayer，一部美国电视剧。

不怎么回皇后镇。

　　这几次晚餐让我印象深刻，他们的生活和我们的有天壤之别。不是因为餐厅封釉餐桌上的美味佳肴、银质餐具，或是艾什莉母亲苏珊裁剪得体的西服，而是因为他们的家庭结构。艾什莉的父亲——理查德是一个非常英俊的男人，斑白的两鬓让他看起来就像乔治·克鲁尼①一样，我曾经一直将他视为半神，直到他为了一个和他大女儿同龄的女人而抛妻弃子，去了加利福尼亚定居。如今，他是我的公公，我对他的钦佩之情明显减少了。对了，他后来又结了两次婚（最新一任妻子比我还年轻），他坚定地加入了共和党和美国步枪协会，以捍卫美国的持枪权。他一直主导家里的话语权，将谈话时间公平地分配给每一位家庭成员。他们会谈论时事政治以及大家的生活日常，每个人都有权向其他几位家庭成员进行提问并评论。不会有偏好的话题，也不会有哪个话题比哪个话题更有趣，子女之间也没有长幼尊卑之分。

　　她父母和我亲切地谈论我的未来计划、我的高考志愿、我的兴趣爱好、我看过的书以及我申请过的暑期工。这些话题都是妈妈难以驾驭的，虽然她一直努力地支持我的学业。因此，当我开始担忧斯嘉丽的未来时，我决定要变得像艾什莉的父亲——理查德·桑顿一样富有。在某一次周五的家庭晚宴上，16岁的我向他询问了他的职业。也正是这次晚餐之后，回家过周末的奥利弗问艾什莉要了我的电话号码。虽然我专注于自己的目标，但我对艾什莉哥哥的迷人微笑和敏捷才思完全无动于衷。

　　"我从事并购工作，"理查德·桑顿回答说，"我帮助那些想要

---

①　乔治·克鲁尼：美国男演员、导演、编剧、制片人。

收购另一家公司的公司或是想合并的公司安排交易、确定价格、确定要求、起草合同等。"

"这就是您变得如此富有的原因吗?"

他笑了。

"是的。你为什么这么问?你对这感兴趣?"

"是的。"

"你擅长数字吗?"

"我数学还不错。我需要赚钱,赚很多钱。"

我祈祷他不要问我原因。除了害怕他可能会觉得我的计划很幼稚之外,大声说出我担心斯嘉丽会失败听起来也像一种背叛。他什么都没问我。很显然,对他来说,变得有钱本身就是目的。整个晚餐期间,我用各种问题对他进行狂轰滥炸,他非常认真地回答我,最后说:"如果你愿意的话,我们可以谈谈。晚饭后来我书房。"

从那天起,我就注定要从事金融行业。艾什莉的父亲理查德成了我的导师,他经常邀请我去他书房聊天,每次离开时,我脑子里都塞满了各种金融公式,怀里抱着他鼓励我去读的《华尔街日报》。我以名誉担保,我从头到尾仔细地分析了每一页。我读的法语小说减少了许多,但我却松了一口气,因为我为斯嘉丽准备了一个备选方案。

斯嘉丽因不守纪律经常被叫到教务处,为此,她和教学秘书共处了不少时光,最终成了朋友。于是,斯嘉丽拿到了为学校 2000 年跨年晚会助兴的乐队的联系方式。她去见了那位主唱——他碰巧是校长的侄子,并成功说服他来我们家车库观看蓝凤凰的表演。

几天后,那个主唱给校长打电话,提出要带一群大有可为的年轻音乐家参加晚会的开场，只需要支付区区100美元。校长没有想到那是斯嘉丽和蓝凤凰，就同意让侄子推荐的这支青年乐队来表演一曲。

当时，校园里流传着大量关于2000年的神奇跨世预言。大家等待着千年虫、世界末日、核攻击的到来……达科塔的父母半信半疑，他们在地窖里储备了水和罐头，其数量之多足以让一群人吃上十年。12月出奇地温暖，沙滩上还没有积雪，上学路上池塘两边光秃秃的树木还没有结冰。海滩咖啡馆12月中旬仍在营业。我之所以还记得这件事，是因为为了给斯嘉丽庆生，我们俩一起去了那里喝热巧克力。她一想到即将举办的演唱会就特别兴奋，但她一个字都不愿向我透露。她既不说她打算用凤凰弹奏哪首曲目，也不说她在用妈妈为了片刻清静而借给她的老旧缝纫机缝制什么服装。这几天，我在床上听着厨房里传来的缝纫机规律的嗒嗒声，直至深夜。

"你等着瞧吧，这将会是一个惊喜。"她眼中闪烁着幸福的光芒，双手紧握着那杯因兴奋而忘记喝的巧克力，对我说。

1999年12月31日是一个星期五。我玩世不恭地开着玩笑，将我对千禧年的焦虑隐藏起来。那时的斯嘉丽傲岸不群，她只看到那天代表着她的职业生涯开始了，在我们学校体育馆临时搭建的舞台上开始了，在第三个千禧年的黎明中开始了——就像耶稣诞生在两千年零几天前的那个千禧年黎明那样。

我仍然记得花环挂在木质绳梯上，舞台上方的横幅上写着"喜迎2000年——新年快乐"，冷餐台（当然不含酒精）上铺着美国国旗图案的纸台布、摆着红色纸杯。几年前，我找到了一张泛黄的合照（照片是在妈妈将我和斯嘉丽送去演唱会前拍的）——我穿着一件粉色缎面连衣裙，看起来就像一根直布罗陀香肠；斯嘉丽还未换装，因为她不想让任何人在演出前就看到她的舞台服装。照片中的她穿着一条破洞牛仔裤和一件超短的史密斯飞船①T恤，骄傲地露出了她刚刚穿刺的却令妈妈大为光火的骷髅头脐环。

我对斯嘉丽的首场演唱会记忆犹新，仿佛就发生在昨天。我之所以说"演唱会"，是因为她总这么说，但实际上，她只能表演一首歌。她穿了一件银色露胸夹克（她举止失德，加之与根本瞧不上这种暗算把戏的校长爆发了极为激烈的争吵，导致在接下来的一周里留校4小时）、一条黑色人造革超紧身长裤——可以让人想起《油脂》中的奥莉维亚·纽顿·约翰，以及一双荧光黄的高帮匡威鞋。她的头发散落在肩，眼皮上涂着浓重的黑色、紫色和银色眼影。

当她带着她的凤凰和那三个笨拙胆怯的少年登台时，除了我，没人看她。她只是一名成功打入学校晚会的唱歌少女。手拿话筒的她，不会比一个准备唱卡拉OK的邻家小妹更引人注目。我想让大家闭嘴，听他们演奏。我会付钱给他们，让他们鼓掌。然而，有几个人看到了斯嘉丽，他们冲她喝倒彩，让她"卷铺盖走人，去找真正的乐队来"。

她并没有害怕，而是自信地笑着，坚信这里属于她。之后，她的手指拂过吉他的琴弦，开始弹奏。她演唱了绿洲乐队的《奇迹墙》，而后，一切都天翻地覆。我知道那天晚上，随着斯嘉丽温暖的声音在闪闪发光的花环下逐渐攀升，全场安静了下来，包括大人。我们感觉自己浑身起鸡皮疙瘩，兴奋了起来，仿佛这是超级杯之夜。一曲终了，他们大喊着让她继续唱，然而，作为回应，她既没有致意，也没

---

① 史密斯飞船：Aerosmith，一支具有传奇性的美国摇滚乐队。

有在尖叫声中转身,而是将话筒扔在脚下,像超级巨星一样傲慢地离开了舞台。我敢肯定她这么做并非因为她幼稚、心血来潮或是觉得返场对她来说是个遥不可及的梦想,而是因为她唯一信奉的真理、她的使命以及她永不接受备选方案。

黄昏时分,我们来到森林深处一个被原木包围起来的停车场。我从面包车上下来,鞋后跟踩进了湿土里。

"我不能开车把你们送到城堡,地上泥太多,不过前台就在那边。"司机告诉我们。

在车灯淡淡光亮的照射下,我们看到了一条没入夜色的林间小路,两旁种满了蕨类植物。大家取回了各自的行李,隐隐有些担心。

"又是你干的好事,克里斯多夫!"杰瑞米叹了口气。

"我确实没想到会这样。"克里斯多夫作为营地指导员的满腔热情受到了打击,他说,"不过既然我们都到这里了,退缩就意味着甘于平庸,所以往前走吧!"

他的脸被 K-way 雨衣的帽子紧紧包裹着,他的眼镜在滴水,他迈出了坚定的一步,踏上了这条泥泞路。基于这次研讨会的预算,我本来期待的是突尼斯的豪华水疗中心,而不是野外露营……淋成落汤鸡的我们别无选择,只能跟着他走,更何况小巴司机刚刚关上车门,发动了汽车。离开之前,他喊了一声"我周五来接你们"——鉴于当下的境况,这句话听起来有点像《厄夜丛林 4》[1]的开头。

我们默默走在小路上,艰难地拖着行李箱,轮子在树根和车辙上

---

[1] 《厄夜丛林 4》:*Projet Blair Witch* 4,一部美国恐怖电影。

来回滚动着。不久之后,我们看到一栋高大昏暗、轮廓因雨幕而模糊的建筑里闪烁着摇曳的烛光。这是一座林间深处的八窗玲珑城堡。克里斯多夫来到门口,抬起垂落在木门上的门环,敲出了一声低沉闷响。足足过了一分钟,正当我们开始妥协,准备夜宿野外,带着支气管肺炎返回巴黎时,门开了,一个50多岁的男人张开双臂拥抱我们,就仿佛我们是他的家人一般。

"欢迎来到普鲁德海克城堡生态小屋!"他欢呼,"我是勇敢者热昂·戴格勒蒙·德·蒙塔朗贝尔。"

"我不信这是您的真名。"一向敏锐的维克托瓦出言反驳。

勇敢者热昂·戴格勒蒙·德·蒙塔朗贝尔的打扮酷似绿色和平组织激进版的兰斯洛特①,颇有中世纪贵族的风范,只是他从头到脚都是绿的而已。他让我们进来,里面是宽敞的前厅,一副生锈的铠甲在宏伟的石阶脚下保持警戒。比萨兰雅的大开间还大的壁炉里燃着火,墙上挂满了泛黄的壁毯。

"这座城堡的历史可以追溯至12世纪。"主人解释说,并带着我们来到前台——一个桃木雕花柜台,"欢迎'永恒之梦'来到普鲁德海克!"

他告诉我们晚上卫成厅会在7:30供应晚餐(我们错过了,因为晚上9:00后停电),早上8:30在同一地点供应早餐,而我们的研讨会活动是早上10:00开始。

"有问题吗?"

"有!"杰瑞米、维克托瓦和瑞达异口同声地说。

---

① 兰斯洛特:《亚瑟王传奇》(*La Légende du Roi Arthur*)里亚瑟王领导的圆桌骑士中的传奇人物。

"Wi-Fi 密码是多少？"杰瑞米问。

"同问！"维克托瓦和瑞达赞同地说。

"普鲁德海克既没有 Wi-Fi 也没有网络。"热昂·戴格勒蒙非常自豪地回答，"这个地方是用来汲取灵感、专心做有价值的事的，如欣赏大自然。"

我觉得就算热昂·戴格勒蒙刚才和杰瑞米、维克托瓦解释说普鲁德海克会用黄油刀将小海豚斩首，他们的反应也还是一样。

"我和你们说过这里不一样。"克里斯多夫高兴地大喊。

"我打算刷新糖果消消乐的通关纪录，冲到第 4237 关！"维克托瓦生气地大喊。

"不过我们正在为客人们安装固定电话。"热昂·戴格勒蒙继续说，并用一个戏剧手势指了指供奉在前台柜台上的那部 20 世纪 60 年代的旋转号盘电话机，仿佛这台绞线设备能帮助维克托瓦在糖果消消乐中通关一样。

"中世纪真是一坨屎。"维克托瓦指出。

"我希望电视上能有点好看的。"瑞达叹了口气。

"帐篷里没有电视。"热昂·戴格勒蒙说，仿佛他刚刚在开一个根本就不好笑的滑稽玩笑。

"帐篷？"瑞达一脸担心地问。

没有人理他。我们正准备爬上巨大的楼梯时，热昂·戴格勒蒙再次哈哈大笑。

"不对！不对！不对！朋友们，是往这儿走！"

克里斯多夫一脸神神秘秘，没和我说过任何有价值的信息。城堡主人推开厚重的大门，咸风裹挟着雨水涌进了灰石大厅。

我们出门时,他给我们每人发了一盏装电池的马灯。我们再次冒雨出发,不过雨已经变成了烦人的毛毛雨。几分钟后,我们来到一棵树下,我注意到地上插着一块写有房间号的小木牌。

"7号房到了!"

"是我!"瑞达说,声音就像是被人召唤上电刑椅一样。

热昂·戴格勒蒙的光束指向一个通往树顶的木梯。瑞达呆住了。

"您是认真的?"

"树上是泡泡屋!"克里斯多夫再也无法抑制自己的兴奋,惊呼说,"我们将远离城市的喧嚣,与大自然和谐相处三天!"

"难以置信,这个家伙居然带我们来童子军露营。"维克托瓦吓呆了,大喊说。

半明半暗中,我似乎听到杰瑞米闷笑了一声。

"呃,外面太冷了!"我说,"你要是不去的话,我去。"

瑞达拖着极为沉重的行李箱,抱怨着爬上了梯子。

"我早说了要轻装上阵,"克里斯多夫指出,"要我帮你吗?"

"当然不要!"那位年轻人怒气冲冲地回答。

"泡泡屋里装了暖气,也有电。"热昂说,"不过一切都非常环保、原生态。我们自己用城堡屋顶上的太阳能电板发电,有淋浴,不过厕所是堆肥旱厕。"

"我甚至都不想知道这是什么意思。"维克托瓦叹了口气。

再走远一点,就到了我的房间。热昂·戴格勒蒙告诉我们,我的这棵橡树已有数百年历史,亚瑟王曾在树荫下睡过觉。这片森林肯定有500棵橡树,我都不知道他是怎么确定这一点的,不过现在也不是讨论植物的时候。

"我们明天早上8：30吃早饭的时候见！"克里斯多夫提醒我说，"要准时到，因为迟到意味着平庸。"

我没有回答。我觉得他本可提前将这个荒唐的计划告知我们。我爬上木梯，即便我完全遵照克里斯多夫的指示，只带了完全需要的物品，但我的行李箱依旧沉得像头死驴。我来到一个楔在橡树巨大枝条中间的木质平台，如释重负。我的右手边，是一个完全透明的圆形帐篷；我的左手边，是一个木质简陋棚——我推开门，是浴室。我打开灯，里面朴素干净。我关上灯，走进泡泡屋。的确有暖气，还有一张舒服的床垫——床垫直接铺在厚厚的地毯上，上面盖着一床柔软的羽绒被和一个放了几本书的矮架子——这个架子可以摆放私人物品。房间很小，却十分舒适，是豪华版的露营帐篷。我叹了口气，将湿透的西装摊开在架子上，穿上运动裤和T恤准备睡觉。

我小心翼翼地将一板安眠药、镇静剂以及一瓶水放在床头柜上。我将行李倒出来，把所有的衣服叠好，整整齐齐地放在架子上。我合上行李箱，将它塞进角落。

而后，我坐在床上无所事事。没有网络，无法在 Instagram 上闲逛，也无法在 Facebook 上和安吉拉聊天，我甚至都没想过要带一本书。距离熄灯还有45分钟，无奈之下，我打开电脑，开始处理"永恒之梦"的账目，然而，过了大约10分钟，它就自动关机了。我没充过电，泡泡屋里也没有插座。我叹了口气，躺在床上，十分紧张。马灯在地毯上勾勒出一圈黄色的光晕。我不知道自己还能做些什么。我既不喜欢无所事事，也不喜欢寂静无声，不然会胡思乱想。我下意识地抚摸着手链上的坠饰，奇怪的是，我既未感觉到危险，也未感觉到焦虑，仿佛这棵百年橡树在用巨大的枝条保护我。我瞥了一眼床头柜上的安眠药，犹豫了。我闭上眼睛，听着雨落的淅沥声、猫头鹰的叫声和风吹树枝的沙沙声。

爱丽丝日记

2012 年 3 月 12 日,伦敦

嗨,布鲁斯!

我有段时间没给你写信了……斯嘉丽被她自己的事(她正在实现自己的人生梦想,这似乎给了她前所未有的压力)吓坏了,她每天晚上都会给我打电话。她的专辑基本录制完毕,U 盘上的四首歌曲小样风靡全美,起源唱片公司决定力捧她。我原以为斯嘉丽总给我打电话会惹奥利弗生气,但你猜怎么着,他几天前对我说:"至少你妹妹成为明星之后,你不会再一直念叨怀孕的事了。"

妈妈根本不信,她觉得这张专辑只是昙花一现,而且把这个想法也告诉了斯嘉丽。就我而言,布鲁斯,我认为恰恰相反。如果你像我一样了解我妹妹的话,你会同意我的想法。你可别嫉妒,但我相信她很快就会比你更有名气。不管怎样,妈妈一直都觉得斯嘉丽会一事无成。

我此生难忘的那个晚上可以印证这一点。我当时正拿着全额奖学金（我是为数不多获得全额奖学金的学生）在著名的布朗大学读书。我暑假在波士顿的一家投资银行实习，赚了些钱。于是，回普罗维登斯布朗大学读大四之前，我决定请母亲和斯嘉丽去餐厅吃饭。那时，斯嘉丽在马不停蹄地工作，她早上7:00到下午4:00在皇后镇的塔吉特超市收银，晚上和周末则去做服务员。她经常熬夜弹吉他、表演和作曲。她比以往任何时候都更加坚定。我从春天起就没见过她。整个夏天，我自己也在努力工作，所以除了我从妈妈那里打听来的消息以外，就没怎么收到过她的消息。妈妈经常抱怨妹妹所造成的经济负担，抱怨她的梦想太远大，抱怨她是猪脾气，抱怨她总是带不同的男孩子（我们和这些男生的见面次数一般不会超过三次）回家。由于我联系不上斯嘉丽，所以我让妈妈转告她，我要回家和她们两个人一起吃晚饭，但妈妈告诉我斯嘉丽没空。

于是我决定不请我妹妹，转而邀请了艾什莉。艾什莉正在研究法国文学，她喜欢说法语，妈妈也喜欢给她纠错。因此，她们两个人十分投缘。我本来打算带她们去港口的意大利餐厅，然而在最后一刻，妈妈却特别想去鲍勃汉堡餐厅。我猜她是不想让我花太多钱，于是就照做了。

我们到达餐厅时，斯嘉丽刚刚清理完一张桌子，正在更换桌上纸巾盒旁边的番茄酱和芥末酱。

"我都不知道斯嘉丽在这里上班。"我惊讶地对妈妈说。

"我从来都不知道你妹妹在做什么，"母亲反驳说，"毕竟她不屑和我说。不管怎样，每次我刚记住她上班地方的名字，她就把工作搞丢了。"

斯嘉丽的双腿在超短制服裙下看起来十分消瘦。尽管粉底和黑色眼影让她的棕色眼睛看起来更大,却遮盖不住黑眼圈。她惊讶地看着我,之后稚嫩的脸庞上绽放出难得的灿烂笑容,啪的一声,她的眼睛瞬间亮了起来。

"爱丽丝!"

她扑到我身上,搂住我的脖子,手里还一直拿着湿抹布。她身上有热薯条的味道,我把头埋进她散开的发丝里,想找寻那股熟悉的洋甘菊洗发水气味。

"我很想你!"她松开我之后,看着我叫道。

她理了理衬衣胸前"鲍勃汉堡"刺绣下方的名牌,我注意到她乳沟处有一个新的文身。

"我也很想你,斯嘉丽。"

随后,我意识到我们不是独处的两人。一阵难以察觉的尴尬过后,艾什莉拥抱了斯嘉丽,说她们许久未见。然而,我注意到艾什莉的眼神十分困惑。我猜她根本没料到这一出,毕竟我和她说斯嘉丽还在继续坚持她的音乐事业。那时的我才明白,即使是对于从幼儿园开始就认识斯嘉丽的艾什莉而言,我妹妹所展现的形象也是一个略显可怜的失败者。

妈妈说:"你看,爱丽丝请我来餐厅吃饭,你就做不到这一点。"

我推断她们又吵架了,我甚至怀疑妈妈是否真的替我邀请了斯嘉丽。斯嘉丽一声不吭地将我们带到一张餐桌前,之后将菜单和一壶水放在我们面前。

"我5分钟后来取单。"一群男人进入餐厅后,她说。

我的视线一直跟着她,看着她将那群男人安置在离我们不远的一桌,其中一个身穿格纹衬衫、肩宽如伐木工人的大胡子男人正对她垂涎欲滴，但她却对这份猛烈攻势毫不理睬。一想到斯嘉丽要为我们端茶倒水却无法和我们一起吃饭，我就特别不舒服。然而，以前的我很开心自己可以回到老家，尝一尝独一无二的鲍勃汉堡酱和当地的啤酒。

"斯嘉丽笑起来真好看，"艾什莉指出，"她有一种与生俱来的优雅，还有……我不知道该怎么说，或许还有一种存在感……"

艾什莉看着身穿红色制服、性感得要命的斯嘉丽微笑地穿梭在桌子之间。她的这番夸赞虽然十分真诚，但却透露出一丝惊讶。我很了解艾什莉，知道她的言下之意是"虽然你妹妹妆容粗鄙、衣着丑陋，还弄了下作的穿刺和文身，但奇怪的是，她很漂亮"。

"是的，她很有魅力。"我略带自豪地附和道，"另外，你还没听过她唱歌。"

"她特别爱挑事，"妈妈反驳，"她会不择手段来引人注意。"

"别说了，妈妈！"我叹了口气。

"你知道的，我说的是实话。你不会让我操心，但是斯嘉丽……简直难以想象！我希望她找一份稳定的工作，我不会一辈子都收留她的。"

我耸了耸肩。

"她的事业起步还需要时间。再说，我明年就上班了，我可以帮你们。"

我和奥利弗在一起将近一年了。我们每隔一个周末才能见一次面，我很想他。我本来打算毕业后搬去纽约和他一起住。我知道，以我的学习成绩和履历，我可以轻轻松松地在华尔街任何一家投资银行当金融分析师。

"你总是这么随和，无论做什么都能成功。"妈妈叹了口气，"而斯嘉丽呢？她……"

"妈妈，她并没有那么难相处。"我打断了她。

我们的讨论到此结束，因为邻桌吵了起来。我回过头，正好看到斯嘉丽把整杯草莓奶昔倒在稍早前对她挤眉弄眼的胡子男头上。男人站起来骂她，她则狠狠地朝他两腿之间踢了过去，以示回应。

鲍勃从厨房出来，用力抓住斯嘉丽的胳膊。他生气地在她耳边低声说了些什么，她先是走了，而后又折返回来冷冷地对那个家伙——此时，鲍勃和另外一位女服务员正将纸巾递给男人，向他道歉——说：

"再有下次，我就把你的眼睛挖出来。"

妈妈和艾什莉看到这一幕后吓呆了。我腾地站了起来。

"我一会儿就回来！"

斯嘉丽消失在厨房，我趁乱溜了进去。她不在里面，我从应急出口走到外面，找到了她。她靠在水泥墙上，站在垃圾桶旁抽烟，双眼看向停车场。我把我的马甲披在她肩膀上。

"你会感冒的。"

"我无所谓。"她咬紧牙关，低声说。

"我以为你绝不会抽烟，对嗓子不好。"

她生气地耸耸肩，在墙上掐灭了刚抽的烟，然后扔进垃圾箱。

"我也就是在随手一放的烟盒里拿了一根而已。"

"出什么事了，斯嘉丽？"

她转头看向我，被画得漆黑的棕色眼睛呈现出前所未有的犀利。她正要开口，金属门砰的一声打开了，鲍勃冲进了后院。他做饭时戴着的白色厨师帽和白色围裙歪歪斜斜的，要不是他一米九的身体里的每一颗粒子都在散发着可怕的怒气，他的这副模样会显得十分可笑。

"斯嘉丽！"

这句话似乎根本没有吓到斯嘉丽。她冷冷地打断了鲍勃。

"他把手放在我的屁股上，鲍勃。你不应该给他擦花衬衫，应该把他撵出去。"

"我无所谓！他是客人，你不能把奶昔倒在客人头上。"

"那你想让我怎么做？"

"你应该像个有教养的女孩一样，沉着冷静地让他坐好。"

斯嘉丽猛地转过身直视他——他比她足足高一个头，正恶狠狠地盯着他。

"我不确定我有没有听懂你和我说的。是让我在你这个饭店里任由那些该死的老公猪乱摸，免得害你损失20美元的营业额？"

鲍勃其实不是个坏人，他也有个十八九岁的女儿。他叹了口气。

"当然不是，可是你为什么总会摊上这种麻烦？或许你打扮得不这么奔放……"

"奔放？！所以我活该被冒犯，都是我的错！"

"我不是这个意思。"鲍勃低声抱怨，"听着，下次你让别人去替你收拾桌子，别再打客人了，好吗？"

"不好！"

"怎么回事？这样也不行？"

斯嘉丽解开白围裙的带子，扯下小小的厨师帽，狠狠地扔在地上。

"我不干了，你给你'妓院'的那些色狼找另外一个女生吧！"

"斯嘉丽，别这么孩子气！你需要这份工作，"鲍勃平静地说，"你的确需要学会接受批评。"

斯嘉丽对他笑了笑，然后扯下我稍早前披在她肩膀上的马甲，递给了我——所以说，在她眼里，我从头到尾并不是一个完全透明的人。

"那你呢？你心知肚明，我带着你口中的'奔放'，"她边说，边解开制服衬衫的纽扣，然后在鲍勃惊愕的目光下，将衬衫从头顶脱了下来，然后再愤怒地扔在地上，"为你工作以后，你的生意好得不得了。你借口每周三晚上让我唱歌，所以少付我钱，但是，晚上恰恰是最忙的时候。鲍勃，我烦死你这种愚蠢的家长式做派了，我既不需要你，也不需要这份工作。"

她任由红色半身裙掉落在脚下，然后说："你才需要我，总有一天，你会后悔这么对我。"

她站在停车场，双臂交叉，抱在胸前——一副狂妄自大的形象。她穿着一条宽松的紫色内裤，是那种可以在沃尔玛花5美元买一包的内裤，还有一件和她内裤极为不搭的黑色蕾丝文胸。和上次见到她相比，她又新增了好几个文身。

鲍勃和我一样，沉默了几秒，然后一言不发地弯腰捡起制服，佝偻着肩膀消失在金属门后。

我把马甲重新披在斯嘉丽的肩膀上。

"你疯啦！你真的会病死的。"

"你应该回去找妈妈和艾什莉，"她说，脸上的表情令人捉摸不透，"我明天把马甲还给你。"

"你得把你的私人物品拿回来，你不能半裸着回家。"

"不去,我永远不会再踏足那个烂透的酒吧。"

"我去拿你的衣服,告诉我它们放在哪里。"我叹了口气。

她犹豫了一下,可能是在想,让姐姐去取私人物品会不会削弱她英雄壮举的气势。然而,物欲战胜了愤怒。按照斯嘉丽的指示,我在员工更衣室里取回了她的衣服和包,并顺道告知妈妈和艾什莉,我们得缩短吃晚饭的时间。妈妈十分恼火。

"好了,斯嘉丽即使没来,也成功地把我们的晚饭毁了。我还想吃苹果派呢!"

"如果您愿意的话,我们俩可以吃份甜点,之后我陪您回去,"艾什莉客气地说,"我不赶时间。"

我同意了,10分钟后,我一个人陪着斯嘉丽回到车里,开足了暖气。

"妈妈不回家吗?"她问。

"艾什莉会送她回家。"

随后发生了一件非同寻常的事——斯嘉丽哭了。看到她崩溃,我有些不知所措,因为斯嘉丽从来没有崩溃过。我开始恨鲍勃,恨他让我妹妹受了这份屈辱。我抱着她,像小时候那样温柔地哄着她,直至她平静下来。

我永远不会忘记她接下来对我说的话。她的嘴唇冻得发紫,脸上的妆也花了,她下意识地在暖气出风口前搓着双手。

"你可以答应我一件事吗,爱丽丝?"

"当然可以……"

"等我有一天真的成功了,即使我日日不停地奋斗了二三十年,人们也会说我是一夜成名。记者会说我是因为一首歌而一炮走红,或者说我运气不错,我会觉得很难过。今天所有鄙视我的人都会和那些一事无成的人一样,自欺欺人地说些'她运气好''她还挺顺利'之类的蠢话。可是,我希望你能记住我曾经拥有的,只有我的天赋和毅力;我希望这个世界上至少还有一个人知道我为了走到这一步都付出了什么。这些年我没日没夜地工作,我承担过风险,我牺牲了自己的学业和健康。这些年我不断历经失败,我不得不忍受像艾什莉和妈妈这种人的目光,他们认为我是个失败者,是个傻瓜。答应我,你会记住的!"

当时,我竭尽全力试图让她相信艾什莉没有评判过她,妈妈也从不认为她是个失败者。时至今日,我依然清楚地记得她的一言一语和说话时坚定的目光,仿佛我内心深处也意识到这番言辞很重要。布鲁斯,有趣的是,她很可能正在经历她说的这些事。

我惊醒了,花了几秒钟才意识到自己在哪里。透过满是雨滴的透明幕布,我看到头顶上的橡树虬枝。已经日上三竿了!我不知不觉在晚上9:00前睡着了,现在是……我瞥了一眼手机,8:12!早饭将在18分钟后开餐。

我赶忙起床,使劲拉开卡在幕布上的帐篷拉链,然后把自己扔进了淋浴间。我匆匆忙忙穿上一条牛仔裤、一件黑色高领羊毛衫和一双匡威鞋。在这种恶劣的环境中,我甚至都没必要去想穿不穿黑色西装。我把头发扎成马尾辫,快速从树上跑下去,险些摔死自己。虽然白日里的环境没那么可怕,但我也无暇欣赏风景。我气喘吁吁地冲进餐厅,只看到一群人安安静静地围着一张桌子进行讨论,却没见到"永恒之梦"的任何一个人。

一个身着长裙、梳着中世纪发髻的女人端着托盘来到我面前——她的身后留下了一股咖啡香气和热腾腾的甜酥面包的香气。她胸前的塑料名牌上写着"桂妮维亚"。

"您的同事都还没到,您的桌子在最里面。"她面带殷勤的笑容,对我说。

我小心翼翼地坐在一张雕花木椅上,她给我指的这张桌子旁边是一个巨大的石头壁炉,里面的烈火正在熊熊燃烧,噼啪作响。我焦急地看了一眼手机。8:37!我迟到了7分钟,比我过去4年累计的迟到时间还长。然而,我却是第一个到的,世界也并没有崩塌。蝴蝶振翅不一定会引发后果,至少这次不会。

克里斯多夫坐到我面前,一脸疲惫。我思忖着数码排毒[①]对他的功效也不过如此。

"嗨,爱丽丝!你昨晚睡得好吗?"

"很好!"我本能地回答,"我一口气睡了12个小时。"

当我说出这句话的那一刻,明白了这意味着什么。我睡得像个婴儿。连续睡了12个小时。没有吃安眠药,也没有惊醒,更没有失眠。我已经5年没这么睡过了。我的嘴角不禁浮现出一丝微笑。

"嗨!"杰瑞米拉开一把椅子说,"你好吗?爱丽丝!你今天早上看起来似乎……很放松。"

他似乎很惊讶,我不知道他指的是我的笑容还是我容光焕发的神情,抑或是我的装扮——牛仔裤配匡威鞋。我恢复了面无表情,克里斯多夫放声大笑起来。

---

① 数码排毒:指不使用智能手机、电脑等数字设备的时间段。

"都是大自然的功劳。"

"我睡了30秒,"维克托瓦瘫倒在椅子上说,"其间,我还梦见了《权力的游戏》中的异鬼将我五马分尸。后果就是,我看起来就像头上顶着一只死章鱼。"

《权力的游戏》和章鱼之间并没有明显的因果关系,但维克托瓦的确有了黑眼圈。她穿着运动裤,扎着无数个小辫——和往常一样,这些辫子漂漂亮亮地汇集在她头顶上,却又凄凄惨惨地垂挂在她脸颊两侧。

"我睡了18秒,"和维克托瓦一同出现的瑞达不甘落后地说,"有一些可怕的动物声音。我很焦虑。"

"烦死了!"维克托瓦说。

"是猫头鹰吗?"杰瑞米微微一笑说。

桂妮维亚打断了这场高级别辩论,往桌上放了一壶咖啡、一壶茶和一篮热腾腾的羊角面包——羊角面包的香气十分开胃,让我们这些童子军稍微安心了些。

"有人要吃可丽饼吗?"她问,"是现做的。"

"我们当然要可丽饼啦!"克里斯多夫惊呼,他看起来依旧激情满满。

"你呢?你睡得好吗?克里斯多夫!"

"超级好,"他回答说,"上不了网真是太爽了,不用看社交网络,也没有电子邮件,更不用想互联网的事⋯⋯"

他的语气中缺乏自信,我强忍着笑。早餐十分可口,我不掩开心地吃了一大堆果酱可丽饼,吃下的分量比我的胃容量要多出三倍。我抬起头,发现杰瑞米正一脸愉悦地看着我。

"比美国煎饼好吃?"他问我。

我想起我父亲偶尔会在周日早上做煎饼。黄油入锅时发出"嗞嗞"声;他将长柄勺中温热香甜的面糊倒出,在我们急得跺脚的时候,给我们制作失败的爱心,把我们逗得捧腹大笑。煎饼轻薄如云、金黄如日,淋的枫糖浆会粘在我们开怀大笑的下巴上。童年的味道一去不复返,不会再有如此美味了!

"各有千秋!"我挪开视线,略显悲伤地说。

上午10:00,我们如期前往一间由老旧军械库改造而成的会议室。里面有两套锃光发亮的铠甲,其中一套挥舞着一把利剑,另一套则挥舞着一根嵌满了铁钉的狼牙棒,它们中间则悬挂着一块超现代风的屏幕。至于投影仪,则悬挂在一个生锈的复杂刑具旁,刑具下方的牌子上写着"碎头机——11世纪"。

"你怎么看?是商界寓言,还是克里斯多夫在企图向我们传达什么信息?"我看着刑具,好奇到底该怎么操作的时候,瑞达在我耳边低语。

"在中世纪生态小屋举办商务研讨会,简直太棒了!"克里斯多夫惊叹地说。

虽然周遭环境十分另类,但各种设备却非常传统——桌面正中央有咖啡机、水和塑料杯,每把椅子前都有笔记本和铅笔,会议室的角落里立着一块写字板。不得不说这一切都安排得井井有条。

在接下来的5分钟里,克里斯多夫试图将他电脑里的演示文稿投影出来。

"你们坐!"他郑重其事地说,虽然我们已经坐下5分钟了,"我今天把你们召集在一起,是想讨论一下'永恒之梦'的未来。我非常高兴且荣幸地向大家正式宣布应用程序已经完成开发。今后，孤袜可以成双了！多亏了我们，这个世界可以不用再浪费数百万欧元的纺织布料了！"

大家都在为这个好消息鼓掌。

"下周一就可以开始下载了。现在，我们必须全力以赴地投放至市场。所以，这周早上我们都会组织反思研讨会以确定营销计划；下午，则将举办团建活动。"

"什么时候有 Wi-Fi？"维克托瓦问。

"同问。"瑞达补充说。

"我在思索要不要投放广告，"克里斯多夫打断说，"我想听听你们的意见。所以，请你们闭上眼睛，想象一下自己就是一只孤袜。"

我瞥了一眼其他人，想看看他们是否真的想将自己想象成一只孤袜。瑞达和维克托瓦看起来一脸麻木；杰瑞米双臂交叉，抱在胸前，奇怪的是，他看起来有点悲伤。

"闭上眼睛！"克里斯多夫又说，"现在想象一下屏幕上出现了一双袜子。"旁白声响起。"自从你在生产线上诞生以来，一直到今天，你这一生都在和你的灵魂伴侣出双入对。"

"袜子伴侣。"一向乐于助人的维克托瓦纠正说。

"对！很好！我喜欢'袜子伴侣'这个概念。"克里斯多夫大声说，并在写字板上写下了大大的"袜子伴侣"，"我接着往下说。所以你这一生都和你的袜子伴侣生活在一起，你们一起经历过洗衣机、烘干机、不公平的人字拖竞争，每到夏天也会被困在衣柜里……"

"还有臭烘烘的运动鞋？"瑞达提议说。

"也对……"克里斯多夫在写字板上写下"臭烘烘的运动鞋"，

"你们极为相似,或者更确切地说,你们完美互补。当然,随着洗衣机的转动,你们彼此之间会渐行渐远,你们会遇到障碍,会短暂分开……但这绝不会持续太久,你们总是会言归于好,因为你们只有一只袜子伴侣。多亏了袜子伴侣,你们在一生中没有感受过一天孤独。"

我睁开眼睛。为什么我的双手冰凉、后背发紧?我发现没有人在开玩笑打趣,所有人,甚至连杰瑞米都双目紧闭、全神贯注。

"有一天早上,"克里斯多夫继续轻声说,"你醒来后,出乎意料地发现你的袜子伴侣不见了。你没有收到任何预警,你无法提前做准备,甚至无法和它说声再见,因为没有人告诉过你那是你们的最后一次见面。分别时你们甚至都十分生气,你傻兮兮地告诉自己'我明天会道歉'。"

"他一直在说袜子吗?"瑞达低声问我,"我感觉他有点激动……"

我朝他做了个手势,表示不知道。我如鲠在喉,我的一只手贴在手腕上,紧紧抓着冰冷皮肤上的劣质手链。

克里斯多夫一拳砸在桌上,提高声音说:"没人和你说过袜子伴侣会彼此分开,你曾天真地以为这种桥段只会发生在别的袜子身上。你一夜之间成了孤袜,你变得一无是处、无人想要。你被孤零零地扔在烘干机的深处。"

一片寂静后,大家睁开眼睛,震惊地看着克里斯多夫。

"所以,你该怎么办呢?"克里斯多夫倏地恢复了热情的笑容,"下载'永恒之梦',这样的话,就算找不到你的袜子伴侣,你也可以找到另一只和你互补的袜子,或许它不如你那只独一无二的袜子伴侣完美，但你至少可以不用丢弃那只孤袜，在你力所能及的范围内，与孤袜所造成的巨大浪费相抗衡。这时，我们的商标和'永恒之梦让孤袜成双'的口号就会一起出现。"

他拿着记号笔站在写字板前，等待着我们的点评。我们面面相觑，一声不吭。

"所以呢？你们觉得怎么样？"

"营销不是我的领域，"杰瑞米说，"我就不发言了。"

"其实，这算转喻①吗？"瑞达询问道，"或许是我并没有真正地把自己代入一只袜子的生活里。所以，我完全没听懂。"

克里斯多夫在纸板上写下"转喻"。

"说实话，"虽然维克托瓦一向都是实话实说，但她还是强调了一下，"一开始，我以为你把楼梯上的地毯给嗑了。虽然这个营销计划很蠢，但也有点……可爱。"

"爱丽丝？"

所有目光都转向我。我的手紧紧抓着手腕上的链子。我看着面带亲切微笑的克里斯多夫，感觉胸口被重重地压着，要被压碎了。

"我得出去一下。"

我说得如此轻声细语，甚至不确定他们是否听见了。我站起身来，跑了出去。

---

① 转喻：指甲事物与乙事物两者实质上并不相似，但凭借社会生活中的联想将二者联系起来的关系。

爱丽丝日记

2012 年 3 月 26 日，伦敦

布鲁斯！

对不起，我有段时间没理你了，我也没理任何人。就连妈妈和斯嘉丽给我打电话，我也没接。我只会回短信说我没空。我真的很累！你想象不到，我每天晚上都躺在床上，睡得和死人一样。然而，今晚，我不能睡，我要给你写信。

我们正处于体外受精的尾声阶段。我在这里快速地和你说说过去的两周——我觉得这两周漫长如五个半世纪。

具体细节我就不说了——在肚脐下方反复注射，好让我的卵母细胞工厂可以进入超量生产模式。我再也无法忍受德洛丽丝了，虽然这不是她的错，但我每次看到她都非常焦虑。我的小腹瘀青，满是紫色斑点，仿佛我因为子宫无法独自运行而被痛打了一顿，以示惩戒。我肿得像个气球，连脚踝都消失了。我的手指也肿得厉害，导致我不得不摘下所有戒指。德洛丽丝反复在说激素的事。我的日常就是不停地抽血、做超声检查。我的生殖器比高峰时期的高速公路还要繁忙，而我的肘弯就像即将走到生命终点的瘾君子的肘弯。我习惯了在搁脚架上分开双腿，习惯到我在周一抽血的时候都脱下了内裤。我惊慌失措地和护士说我是条件反射。

"尽量不要在地铁上脱内裤。"德洛丽丝就像老师一样，用教条式的语气说。

我本应该笑的，但我却哭了起来。不得不说，现在哪怕是简单地看一眼锁骨，我都可能会哭得泪流满面。

德洛丽丝说这是激素导致的。

今天早上，为了采集卵母细胞，他们对我进行了局部麻醉。德洛丽丝将其形容为"摘熟苹果"。除了这个小细节之外，"摘苹果"的时候将一根仿佛一公里长的针伸进阴道里也是相当罕见。布鲁斯，值得注意的是，我越来越不喜欢德洛丽丝的幽默感了。或许是激素的缘故！不过，我们有一段时间是在聊天，另一段时间则是分开双腿等待采集卵母细胞。我已经整整半年没有踏足过美容店了，德洛丽丝居然没拿这件事来打趣，这着实令我惊讶。

周二的时候，他们已经冷冻了奥利弗的精子（布鲁斯，你会发现他的这个过程比我的要稍微简单一点）。在过去的四天里，德洛丽丝让我们不要进行性生活。正好！毕竟鉴于我的状况，做爱就好比往我的眼睛里插内窥镜。

这一切都发生在昨天。之后，德洛丽丝给我打了3次电话。昨天下午4:10，告诉我我有8个可用的胚胎；今天早上9:00，告诉我可用胚胎减至5个；今天晚上8:00，告诉我胚胎只存活下来3个。

"3个不算多。"她失望地补充说。

我为自己无法产生胚胎而感到抱歉。我挂断电话,号啕大哭起来,泪水足以装满一个水池。

即使在这段艰难岁月中,我还有一件重要的事要记住,我一定要将其写下来,那就是奥利弗全程都表现得非常完美。他默默地握着我的手,他在过去48小时里拥抱了我大约1300次,他一直和我并肩相处,从未瞥向我的腿间,仿佛这一切再正常不过。他和我说了8500次他爱我,还在他每个口袋里都存放了纸巾,以防我哭泣。他笑着回应我那些不合时宜的玩笑话,却从未理会德洛丽丝的。我们从医院回家以后,他从冰箱里拿出一瓶香槟,还给我拿了一个高脚杯,以及一包特醇万宝路和一个打火机。

"两天后,你就喝不着、抽不了了。"他说。

我喝了一口酒,抽了一口烟。我太害怕把一切搞砸。我们整晚都在沙发上紧紧相拥,像结婚第一天一样甜蜜。

我问勇敢者热昂·戴格勒蒙·德·蒙塔朗贝尔(他的妻子桂妮维亚——又名杰奎琳——向我透露,他其实叫托马斯)大海离得远不远。他给我指了一条林间小路,需要走两公里,于是我出发了。天阴沉沉的,我却没想起带伞,一路朝海边走去。仔细想想,只要凭借海盐的气味、海风裹挟的海鸥声以及回荡至林下灌木丛根部的海浪旋律,我甚至不需要热昂·戴格勒蒙给我指路也能找到大海。

走到小路尽头时,我感觉自己仿佛是从隧道里钻出来的。眼前绵延着一片被深海流搅动的大西洋,仿佛有一只愤怒的动物躲藏在暗涛黑浪下喘气。我比坐在小巴里时更受震撼。

我下意识地从口袋里掏出手机看时间。我没有去参加头脑风暴,但至少应该回去吃午饭。手机没有反应，没电了。我没戴手表，也不知道现在具体是几点。然而，出乎意料的是，胸口的巨压消失了，空气倏地涌入肺部。我吸着气，仿佛这是今生第一次吸气。我解开马尾辫，任由含碘的海风吹乱我的发丝。我继续前行，悬崖上飞舞的茂草发出了沙沙声。没有海滩，只有黑如煤炭的锋岩。大海方才用浪沫粗暴地撞击着这些岩石，退去时犹如王者一般庄严而缓慢。我就像被催眠了一样，死死地盯着脚下翻腾的洋流。在洋流的作用下，潮湿岩石间的海水也由蓝变白。

而后，我就像小时候一样，面朝大海坐了下来，我甚至都没有感觉到干草划过了脚踝。回忆第一次涌上心头。克里斯多夫的演说扯开了一个豁口，我坠入其中。他的演说振聋发聩，仿佛在说我的真实经历，仿佛说的就是我，是我自己的故事，而不是一个荒唐应用程序的白痴广告。无论我怎么挣扎，怎么坚强，现实总是会步步紧逼，总是会在一天又一天、一次又一次的焦虑发作中将我慢慢吞噬，就像海浪用浪沫旋涡将坚不可摧的岩石侵蚀一样。我感觉在不久的将来，我以及真实的我将不复存在。

我喜欢大海胜过一切。大海就像生活一样，它不关心浮游生物、藻类、鹅卵石，以及被它偶然间用浪花吞噬后却又任其随波逐流的数百万动物。它吞没、摇晃、运送着这些生物。它前一天还滋养着它们，第二天却又将它们淹死。大海不在乎，它给予又索取，它极其冷漠地随意拍打。它的目标过于远大，以至于不会去关心那些躺在浅滩坟墓里的断贝残壳。

虽然我不知道现在是几点，虽然我没有服用安眠药便睡着了，虽然我没有去开会，但是，奇怪的是，至少在这一刻，地平线上没有焦虑，甚至连一丝紧张也没有。有的只是一望无际的大海和咸风所带来的自由气息。我的潜力如同蓝色大海一样广阔无垠。这么多年以来，我第一次感到心情舒畅。

我必须回去了。我最后看了一眼大海，扎起头发，瑟瑟发抖地裹紧马甲，踏上返回普鲁德海克的路，莫名感到有些头晕。

爱丽丝日记

2012 年 3 月 28 日，伦敦

在过去的两周里，斯嘉丽给我打了好几次电话。我必须给她回电话，但我完全沉浸在自己的卵子和胚胎里，无心和任何人说话，奥利弗除外。

上一次，我分开了双腿。

上一次，我插了一根导管。

感觉甚至还不错！

他们抽出导管，让孩子在我暖和的肚子里待着。

我什么都不记得了。什么都不重要了。

我怀孕了，布鲁斯。

没有人问我任何问题，甚至连维克托瓦都没问。等我回来的时候，午饭已经开餐。我在沙滩上待了两个多小时。两个多小时！我完全没有意识到时间在消逝、在流失。

"烤鸡还是狼鲈①？"别名托马斯的热昂问我，"我推荐狼鲈，很新鲜，用盐壳煮的，十分美味。"

我瞥了一眼同事们的盘子，他们都点了鱼。

"麻烦给我烤鸡！"

他走开了，大家还在继续交谈，仿佛我在开会途中跑出去三小时后，顶着一头像是把两根手指插进了插座里的头发出现是再正常不过的一件事。我本想拥抱、亲吻他们每一个人，但我忍住了这股冲动。我感觉自己兴奋起来了，我想冲破枷锁、想狂奔、想全力以赴、想忘记自己的铁丝网、想改变、想做一些不同寻常的事，可是做什么呢？

吃甜品的时候，我们享用了一份手工制作的安曼黄油酥饼。酥饼在我的舌面上融化，我丝毫不觉内疚地想到，万一安吉拉知道我住在法国以后都吃了些什么，她会杀了我的。

"太神奇了！这玩意儿里面的黄油怎么吃都吃不完。"瑞达说完又在继续吃。

我站了起来，随后转身看向同事。

"有人喝咖啡吗？我要去拿一杯。"

"有！我！"维克托瓦、瑞达和克里斯多夫异口同声地说。

"我帮你。"杰瑞米说。我从海滩回来以后他还一句话都未说过。

我们朝木质茶歇台走去。

"你还好吗？爱丽丝。"杰瑞米问。

这一次，我倒不觉得这是一句客套话，我可以回答"不好"，

---

① 狼鲈：鱼类，身体较长，梭形，线条流畅，体态优美且刚劲有力。

甚至觉得他在等着我回答"不好",所以他才会特意这么问。他看着我,目光清澈而敏锐,我心生异样,感觉他看穿了我的灵魂。

"挺好!"我说,"克里斯多夫的演说……让我觉得心烦意乱。"

他默默地将 5 个纸杯放在冷餐台上,摆成一条直线,随后拿起咖啡壶;我则从一个平底大口杯里拿了一些糖和塑料勺。

"我只是想告诉你,克里斯多夫……"

他不再往杯子里倒咖啡,仿佛在犹豫要不要说下去。我不禁十分好奇。

"克里斯多夫怎么了?"

"克里斯多夫 20 岁的时候失去了女朋友,是滑板车事故……他关于离别的那番话,以及孤袜的事,都是他对女朋友的臆想。我知道这听起来很荒谬,但这是他……修复自己的一种方式。"

"好吧……但你为什么要告诉我这些?"

他倒完了最后一个杯子,抬头看向我。

"因为你的反应太过强烈,我希望你明白他为什么会说这些。"

我反应强烈!我久久地回应着他的目光,久到他的脸上浮现出一丝疑惑的神情。

"如果你需要聊一聊……"他继续说。

"我明白了,谢谢!不过我没事。"

有那么一瞬间,我感觉他在犹豫要不要继续说点什么,但随后他端起摆满了纸杯的托盘。

"杰瑞米?"我脱口而出。

他停了下来,诧异地转过身。我直直地看着他的眼睛。

"排灯节那天晚上的提议还有效吗?"

"提议?"

他似乎不太明白我在说什么,也许那天晚上他醉得比我想象中还要厉害。我拿着袋装糖,觉得自己很蠢,于是我懦弱地退缩了。

"没什么,算了!"

爱丽丝日记

2012 年 3 月 31 日，伦敦

我和你已经一起生活三天了！

我不敢咳嗽，甚至不敢上厕所，我太害怕你掉进马桶里。我每次脱下内裤时，都会用放大镜仔细观察，害怕在上面发现一丝血迹。我喝了好几升似乎有助于胚胎着床的菠萝汁。我每天都做血液检查，仅仅是为了确保你平安无事。在实验室的时候，他们都觉得我是个疯子。

务实的德洛丽丝反复和我说体外受精的成功率是 25%，不过不用担心，在最坏的情况下，我们依然还有两个冷冻在 -196℃ 液氮中的可用胚胎。奥利弗让我不要激动，像以前那样生活就好。

像以前那样。

他们不明白。

你来了，一切都不复往昔，整个世界都变了。虽然你还不到 1 毫米，但我把手放在肚子上的时候，可以感觉到你的存在。你的存在是如此强烈，如此璀璨，仿佛我将太阳咽进了肚子里。

我偷偷给你取了一个小名,奥利弗不在的时候,我会时不时地轻声呼喊你的小名。只有我和你知道这个名字,别人都不知道。我每天晚上睡 10 个小时,我吃得很健康,我对每个人都报以微笑,我甚至送花给德洛丽丝。我会带着你去格林公园呼吸新鲜空气,我会让你听碧昂斯的歌。我告诉你要坚强、要长大、要坚持下去。我上周日在卡姆登小镇的集市上买了一双小袜子。你应该在 12 月出生,但我却永远都会不知道你的小脚是否会感觉冰凉。

下午的团建是室外体能活动,由勇敢者热昂·戴格勒蒙·德·蒙塔朗贝尔担当监督者。维克托瓦像一尊 2.0 版本的自由女神像,一直将她的笔记本电脑举向天空,搜寻网络,却未果。她太专注于搜寻网络,以至于忘记将安全绳的弹簧钩挂到吊索上。热昂并不像他的名字所暗示的那么勇敢,他在维克托瓦险些摔下去的时候惊恐到大叫,幸运的是,克里斯多夫反应迅速,抓住了她。瑞达头晕目眩,在高空飞索上大喊他有读写困难症,没办法往下冲;他要以谋杀未遂的理由告到劳资调解法庭。克里斯多夫因为害怕撞碎眼镜便没戴,他第一次尝试的时候,头被一根树枝卡住了,额头上撞了一个大包。至于杰瑞米,他明智地溜走了,借口还有件事要完成,不然应用程序周一上不了线。

回去时,我们浑身是泥、全身酸痛、筋疲力尽,热昂向我们讲述着森林的历史,他似乎对林中的每一棵树都了如指掌。他太过热情,带着我们绕路两公里去看一棵山毛榉。这棵山毛榉和普鲁德海克那株橡树一样,和亚瑟王有过交集。他走到树下,开始给我们讲述当地现存的各种传说。维克托瓦最终爆发了。

"可是我们完全不感兴趣!这就是一棵树,又不会动,没有任何意思!"

热昂目瞪口呆地看着她。

"完全不感兴趣?"他气到说话结巴,"小姐,您知道吗?植物先于人类存在,如果我们稍加注意,它们之后也可以继续存在。您知道我们80%的药物都是由植物制成的吗?知道树木是我们对抗全球变暖的最佳资源吗?知道树木和人类完全不同,它们不死不朽,冬天的时候会停止生长,激活自身基因,所以才长生不老吗?要知道,塔斯马尼亚①的国王冬青已经有43000年历史,和尼安德特人有过交集!这是您不感兴趣的东西,是您有Wi-Fi也学不到的东西。"

"从技术层面来讲,的确如此。"维克托瓦喃喃地说,"我承认这比我想象中的要更有意思。"

她皱着眉头,走近那棵山毛榉,怀疑地端详着树干;热昂则生气地跑回了普鲁德海克。

由于被带去参观普鲁德海克森林,我们的进度也因此被耽搁了,团建和晚餐之间的空闲时间减少至17分钟。我快速地洗了个热水澡,然后去了卫戍厅。

所有的桌子都坐满了,谈话声在石头穹顶下被放大了。他们似乎和我们一样也在开商务研讨会,所以说,热昂和桂妮维亚的中世纪主题生态小屋概念也没那么荒谬。火焰在高高的石头壁炉里燃烧,我们的那张桌子还没人。晚餐是拉克雷特奶酪,我还没吃过。桌上摆满了一盘盘奶酪和熟猪肉,盘子和酒瓶中间的器皿已经烧热了。

同事们到达的时候,我正把玩着平底锅,眼神迷离地看着火焰在壁炉里跳动。

杯子倒满了,就连瑞达也被诱惑得想喝点酒。

---

① 塔斯马尼亚:澳大利亚唯一的岛洲。

"爱丽丝真的不喝吗?"克里斯多夫问。

我笑着摇摇头,继续吃火腿。

"我不知道中世纪就有拉克雷特奶酪。"瑞达在维克托瓦耳边低声说。

"当然没有。众所周知,这是一道布列塔尼特色菜。"她哈哈大笑,回答说。

"这是我第一次吃。"我说。

"你法语说得真好,我有时都会忘记你是美国人。"克里斯多夫补充说,"你喜欢吃吗?"

我点了点头,嘴里塞满了食物。奶酪在平底锅中发出"嗞嗞"声,一群吟游诗人开始表演。桂妮维亚打扮成一名吟游诗人,弹奏着鲁特琴;热昂则打着铃鼓伴奏。然后,一位说书人穿梭在桌子中间,讲述着梅林和布劳赛良德森林的传说;另一位杂耍演员则将三个球里的一个扔到了离他最近的那张桌子上的盘子里,他的杂耍水平有待提高。大厅里太吵,我听不清对面的杰瑞米和克里斯多夫在说什么。太热了,我脱下毛衣,倾听着瑞达和维克托瓦的谈话。

"我在考虑是否要去文身。"瑞达说。

"哦,是吗?文什么?"

"一只信天翁。我找到了一幅很棒的画,是我喜欢的一位连环画作者画的,不过我害怕会后悔。你不后悔文身吗?"

维克托瓦端详着她手腕上文的那一堆看不懂的符号。

"我不知道,我没想过这个问题。"

瑞达转身看向我。

"你怎么看?爱丽丝。"

"我不知道……"我猝不及防地说,"最坏的情况也不过是用激光洗掉。如果没有上色的话,会洗得挺干净。"

"我觉得信天翁这个主意还挺酷。"维克托瓦继续说,"我相信会很适合你。"

瑞达被夸得羞红了脸,然后在他的平底锅上放满了奶酪。吟游诗人弹着鲁特琴,穿梭在桌子之间,大家都拍手鼓掌。吟游诗人试图将我们拖入狂乱的法兰多拉舞蹈中。

"不要!我不行!"维克托瓦推开一位紫鼻子吟游诗人的手,惊呼道,"接下来呢?他们要给我们讲什么?讲帕特里克·塞巴斯蒂安[①]吗?"

我放声大笑,任由瑞达和杰瑞米一人牵着我的一只手,拖我去跳舞。我们在大厅里旋转,其他人依旧坐着拍手(维克托瓦除外,她似乎在搜寻网络)。还有一些人则齐声唱着一段我不熟悉的副歌。几分钟后,我们回到座位上,杰瑞米拉住了我的手,他那湛蓝的眼睛正直直地看着我。

"我想回答你刚才那个关于提议的问题,如果你想的话,我就住在9号帐篷……"

他温热的气息喷洒在我耳边,我浑身战栗,头有点晕,仿佛喝醉了一般。我微微一笑。

"纠正一下,其实是你的提议……"

他笑了笑。

"你说是就是……"

---

① 帕特里克·塞巴斯蒂安:法国男演员、编剧。

爱丽丝日记

2012 年 5 月 4 日，伦敦

和你在一起 5 周了！

我每晚睡 13 个小时。

今天，我听见了你的心跳声，我的阳光宝贝。在我的记忆中，我这一生还从未听过如此美妙的声音。这种快速、规律的微弱跳动声，就像麻雀的心脏在脆弱地颤动一般。我握着你爸爸的手，握得太用力，险些把他的手捏碎。

这是我第一次看到奥利弗激动得流泪。

我听见雨滴滴落在头顶的幕布上。远处的音乐声穿过寂静的森林，传到我耳边时已十分沉闷。我一直都不知道具体的时间，不过粗略估算，我离开晚宴貌似已经一个多小时了。我本可以在城堡里给手机充电，但我不想。感受不到时间的流逝可以让我拥有一种微弱的自由感。

我不知道该做些什么。从理论上来说，很简单，我只需要去杰瑞米的帐篷找他就行，毕竟这是我客观上想做的。但实际上却更为复杂，甚至危险。危险让我不寒而栗，它就像黑夜中的灯塔一样吸引着我，让我情不自禁。我安分了太长时间，这是我这么久以来第一次想要感受活着的感觉。

我起身穿上黑色羊毛衫，走出帐篷。我咬着手电筒，顺着梯子滑下来，朝9号帐篷走去。天色漆黑，午后暴雨残留的几滴雨水从树叶上滑落下来。我来到9号帐篷前，里面亮着灯，透过透明的幕布，我看见杰瑞米正躺在床上，敲打着iPad。我有一种不舒服的感觉，我在窥视他，于是便清了清嗓子。

"杰瑞米？"

他立即起身，走向门口，伴随着拉链的沙沙声，门开了。我们对视了几秒钟，彼此都在犹豫。

"进来吧！"他说。

我弯腰钻过门洞，门洞在我身后合上，沉默再次袭来。我决定坦诚相待。

"最好由你掌控全局，因为我对这些事还不太熟……"

他十分真诚地笑了笑，不带一丝嘲讽。

"我想请你喝一杯。不过，一方面，我知道你不喝酒；另一方面，我这儿也没什么可喝的……"

他一只手抚过了自己棕色的头发。

"如果你愿意的话，我们可以放音乐，我黑了隔壁城堡的Wi-Fi。"

"不要，千万别放音乐！"

他没有回答，我慢慢地拉近了我们之间的距离。我握住他的手，抬头看向他。我们的嘴离得如此之近，我都能感受到他的气息喷洒在我唇上。他留了几天的胡子把他的下颌线条衬托得更加不羁，我惊讶地发现还从未有一个男人如此吸引我。

"如果我们做的话，"我低声说，"不要牵扯任何承诺。我不想谈恋爱、不想结婚，我真的不擅长这些。"

"好！"他简单地回答了一句。

于是，我闭上眼睛，将嘴唇贴上他的嘴唇。他将双手放在我腰间，就算隔着衣服，我也能感受到他掌心的滚烫。他先是温柔地吻我，接着激烈地吻。他抚摸着我的脖颈，将我拉向他。我把手伸进他的T恤，他的手也滑进了我的羊毛衫，抚摸着我的肚子，然后一路往上，抚摸着我薄薄的内衣。我的羊毛衫穿过头顶，坠落在地，紧接着是他的T恤，我们都不知道是谁脱了谁的哪件衣服。之后，他牵着我的手，带我朝床边走去。

"过来！"他说。

于是，我过去了。

他的手指掠过我的腰间，将我的裤子往下拉。他抬头看向我，凝视着我。欲望让他的眼睛蒙上了一层暴风雨前的暗黑海洋色。他灼热的目光和双手同时滑过我的肌肤。我倒在床上，躺在羽绒被上，他俯身压向我。他的唇再次吻上我的唇，一股热浪将我吞噬。热浪如此猛烈，如此突然，我的胸廓紧缩，仿佛体内吸进了空气一样。我喘不过气了。他一定是感觉到了我身体的紧绷，所以才突然起身。我觉得很冷。

"你还好吗？"

他的声音十分嘶哑。

"我……对不起……我需要透透气。"

我推开他，冲到帐篷门口，拉开拉链。我穿着内衣走到木质平台上。吸气！我感觉到泪水在脸颊上流淌。我再也无权过正常的生活。吸气！我的心脏在胸腔内剧烈地跳动。而后，一条被子轻轻盖在我的肩膀上，我这才意识到很冷。杰瑞米没有碰我，而是极其温柔地裹紧了我身上的鸭绒压脚被。

"我们不一定要做，"他说，"没事的。"

他的声音低沉而又治愈人心。我点了点头，却又哭了起来。我就像一张被划伤的唱片，用惊慌失措的声音不停地重复："对不起，对不起……"

"你不用感到抱歉，没什么。"

他犹豫了一下，然后轻轻地把我拉向他，环上手臂搂住我。空气以激流冲垮大坝之势猛然冲进我的胸膛，我再次恢复了呼吸。我一直拖着被子、穿着内衣内裤，靠在他的肩膀上哭泣。他抚摸着我的头发，不停地在我耳边说"没事的"。骗人！大家哄伤心小孩的时候也会这么说。

不管怎样，我感觉背部肌肉上的千千结一个接一个地解开了，我的呼吸也变得更加规律。他的怀抱居然能给予我如此多的安慰，我深感惊讶。毕竟，他有的时候看起来很冷淡。许久之后，杰瑞米再次开口。

"你会生大病的，要么你回里面去，要么我陪你回你的帐篷……"

继这出荒唐的闹剧之后，我根本不想一个人待在自己的帐篷里。

"我们可以进去了。"

"裹好被子！"他说着便拉上幕布门，"你会被冻僵的。"

依然只穿着内衣的我钻到了鸭绒被下，并将被子往上拉，拉到了下巴位置。我冻得牙齿打战。他坐在床上，面无表情地看着我。我好奇他在想什么。大概是觉得我疯了，觉得自己甩不掉我了。

"你想聊天吗？"他问。

"聊什么？"

"我不知道……你是失去过至亲吗？"

他的直白坦率让我措手不及。我不想和他聊——也许在其他情况下，我可以和他聊——因为他看起来是认真的，他似乎很诚实，而这也是一种难能可贵的优点。但我不能和他聊，因为如果他知道了我的所作所为，就不会再同情我，不会再对我感兴趣。我真的不知道为什么，但我不忍心让他失望。

我的声音比预想中的要尖锐。

"没有。我只是偶尔焦虑发作，仅此而已！很抱歉毁了你的夜晚。"

他点点头，然后套上 T 恤，扣上牛仔裤。

"你根本没有毁掉任何东西。想看电影吗？"

我目瞪口呆了好一会儿，完全没想到他会提议来个电影之夜，然而，他提议时所表现出的那份平静莫名地令我心安。

"这里没有电视机……"

"在我的 iPad 上看。"

我犹豫了片刻才回答。

"那要看你有什么电影了！"

他拿起床上的平板电脑，滑动着他保存的电影。他似乎完全恢复了常态，他的气息也恢复了正常的节奏。我将膝盖顶在胸前。无论我从哪个方面去观察他，都无法猜透他真正的想法。他虽然话不多，但我却莫名地觉得放心。

"我已经下载了《梦之安魂曲》、全套《黑客帝国》，以及《灵异第六感》和《冰雪奇缘》。"

我挑了挑眉。

"《冰雪奇缘》？"

"有些父母不带玩偶或奶嘴就出不了门。而佐伊呢？她有的时候必须要看10分钟的《冰雪奇缘》。"

"不是我说你，你没必要责怪你女儿，毕竟你也有权成为《冰雪奇缘》的粉丝。"我略带嘲讽地说。

他扯出一丝微笑。

"如果你想看别的，我们可以下载。"

"不能非法下载。创意需要付费，不然，很快就没电影、书籍或音乐可以盗版了……"

"遵命，蒙面女侠！那我放什么？"

"《冰雪奇缘》，另外几部要么太悲伤，要么太吓人。"

"确定？"

"确定！"

他的眼底闪烁着玩味的光芒。他点击了一下，将iPad递给我，然后躺在羽绒被上。他在我们之间预留了10厘米的安全距离，这让我备感放心。我的颈背放松了下来，我将头埋入枕头中。

"我很喜欢这部电影。"半小时后，我打着呵欠说，"她们比《白雪公主》和《灰姑娘》里面的那些笨女孩要机灵。"

"没错！我觉得这也正是小女孩们和佐伊一直都喜欢看的原因。"

不知道是不是他叫女儿名字时的那份温柔打动了我，反正我悄悄地越过了隔离我们的10厘米，将头靠在他肩上。他什么也没说，将胳膊放在我的颈背，而后又将我身上的被子往上拉了拉。最后，我闻着他颈间马赛皂和雪松木的味道睡了过去。

醒来时，我依旧穿着内衣，紧紧地裹在羽绒被里。床头柜上的iPad黑着屏，杰瑞米睡在我身旁。他穿着衣服，背对着我。我看着头顶帐篷屋顶上的透明露珠和沙沙作响的橡树叶。这是第二个既没有失眠也没有吃安眠药的晚上，我感觉出奇地放松。杰瑞米的气息平稳又有规律。我张开被子，均匀地盖在我们两个人身上。我犹豫了，我连续两晚都睡得格外安稳，我既不知道现在几点，也不知道会不会有更加难以克服的事情出现。我深吸一口气，然后脱掉内裤和内衣，轻轻贴向他。我把手伸进他的T恤，抚摸着白色棉布下的滚烫肌肤。他一动不动。我继续缓慢地摸索，我的手往下滑去，伸向他的腹部，触碰到了他牛仔裤的皮带，他抖了一下。

"如果你是为了弥补昨晚偷走了我的被子，那我完全不接受。"他在半梦半醒间咕哝说。

我没有理他，而是继续摸索。于是，他转过身，却发现我赤身裸体。欲望的火花给他的眼睛蒙上了一层阴影。然而，他没有动，他看着我，脸庞离我只有几厘米远。我第一次注意到他瞳孔四周略带浅灰，而这片浅灰方才也融化在了那片能令我想起夏日山湖的清澈湛蓝中。荒唐的是，这个小小的发现让我很想笑，就仿佛杰瑞米刚刚向我倾诉了一些极其私密的事，一个只有他自己知道的秘密。我将他的

T恤拉过头顶，然后解开他的牛仔裤。他任由我折腾，没有碰我，但视线却未曾从我身上挪开，可能是在等待我的紧张发作。我听见鸟儿的歌声、树木的沙沙声和杰瑞米急促的呼吸声。他小心翼翼地将一只手放在我的腰间，我吓了一跳。于是，他立马想收回手，却被我拦住了，我将他的手放在我的肌肤上。

"我们有的是时间，"他轻声说，"不用强迫自己做任何事。"

我没有回答，闭上眼睛亲吻他。我脑海深处的警钟开启了"危险"模式，命令我重新装上铁丝网，警钟闪烁得越来越快，但我却将其熄灭了。我告诉自己："就这一次。"我想做一个正常的、没有问题的女孩，一个从未发生过任何事的女孩，一个本年度最疯狂记忆就发生在此刻的女孩。他回吻我，抱紧我，却不像昨天那么急切，而是十分小心，仿佛我是他手心中易碎的瓷娃娃。我浑身滚烫。外面下起了雨，帐篷里充斥着雨点滴落在屋顶上的噼啪声。我脑海中的警钟声逐渐模糊，直至彻底无声无息。

爱丽丝日记

2012年5月5日，伦敦

我昨晚抽筋疼醒了。今天早上，我的内裤上有两块栗色污渍，一大一小。大的那块我觉得像土耳其的形状。

去医院的路上，我一直在哭。奥利弗让我冷静，德洛丽丝告诉过我们可能会出血，或许也没事。

她肯定和他说了三四次，你的麻雀心脏不跳了。我呢？我一声不吭。我内心深处早就知道了。

昨天，我第一次听见了你的心跳。现在，我才知道那只是你在和我告别。你默默地走了。我的阳光宝贝，除了我，没人会知道你。我讨厌这具身体，它都不知道该怎么留住你。

务实的奥利弗问我们什么时候可以再试试。

我沉默不语。虽然我找不到言语来形容我的悲伤，但还是找了。

他们和我说过无数次，25%的孕妇无法到达终点。但现在，我只想知道这25%的女性是否和我感受一样——我把你那个无人知晓的姓名刻在了我内心的一角，自你离开后，这个角落便会尘封起来，从此以后，这里便没有阳光，一直冷冷冰冰。

我睁开眼睛。这是最后一天，是离开的日子。研讨会期间，我和杰瑞米一起度过了三个夜晚。这次荒谬的研讨会临近尾声，我感觉很遗憾，也意识到自己错得多离谱。本来一晚就足矣，可是无论是性、内啡肽，还是他简简单单的存在，每次都能让我在他怀里沉沉睡去。我猛地回过神来，研讨会期间发生的事只能停留在研讨会。这就是一个摆放在假日相册和塑料埃菲尔铁塔中间的美丽纪念品。

我起身，悄悄穿上衣服，尽量不吵醒他。我踮着脚尖，胆怯地朝门口走去。

"在你像小偷一样溜走之前，你确定你不想谈谈这件事吗？"

我吓了一跳。逃跑失败！杰瑞米撑着手肘，看着我企图逃跑，神情令人捉摸不透。我别无选择，只能停下，我们静静地看着对方。他那双探究的蓝眼睛似乎想读懂我。

"你来决定。"他说，"你希望我们怎么做？"

我深吸一口气，我多么希望事情能像这个问题一样简单。不幸的是，事情远非如此。

"和你在一起的感觉特别棒……"我说。

幸好我们是在帐篷里，否则我可能会因为自己对他说了这种蠢话而用头撞墙。

"但是？"

"但是我不想谈恋爱。"

"随你。如果你哪天晚上无聊了，你有我的号码……"

我的内心一阵刺痛，因为我在他潇洒的语气中听出了一丝落寞。

"或者……"我说。

我思索着要不要妥协，他挑了挑眉。

"你是隔一周见一次女儿，对吧？"

"我看不出这有什么太大的联系，不过的确如此。"

"我们可以隔一周见一次，等佐伊不在的时候，每周四。"

"单周周四，确定？"他玩味地说。

"如果你喜欢别的日子，也可以，前提是之后不能再改，也不能违反规则。"

在我看来，这似乎既合逻辑又合情理，但或许还缺点自主性，于是我大声补充说："还有一点，我们可以随时结束。不需要解释，只需要发条短信，说'到此结束'就行。"

他没有立刻回答。他张了张嘴，仿佛要说些什么，而后又改变了主意。他躺回床上，双手枕在脑后。

"所以是隔一周的周四。"

"对，单周。"

他笑了笑，笑意却未达眼底。

2019
-年-

春

> 有些时候我觉得很累,我想放弃,
> 　早晨如此阴郁,我甚至无法醒来,
> 而后,我听见一些声音,是一曲旋律,
> 　但他们说那不是音乐,
> 　　只是风吹过一棵树。
> 可是他们错了,我能听见,
> 　这曲旋律只为我而奏。
>
> 　　　　　《别放弃我》(*Don't Give up on Me*)
> 　　　　——斯嘉丽·史密斯·里维埃 / 蓝凤凰乐队

发件人:艾莉卡·斯宾塞
收件人:爱丽丝·史密斯
日期:2019 年 3 月 2 日
主题:
您好!爱丽丝。

我调查了一下，现在我知道您在巴黎一家名为"永恒之梦"的初创公司上班。

　　请回复我！我的耐心有限，而您已经触碰到了极限。

艾莉卡·斯宾塞

爱丽丝日记

2012 年 5 月 8 日，伦敦

亲爱的布鲁斯。

我正在走出阴霾，我觉得我好多了。德洛丽丝说我死心了。

妈妈每天给我打三次电话。她由于身体原因不能来看我，不过斯嘉丽昨天来了。

她和奥利弗达成一致，想给我一个惊喜。我不知道是他们中的哪一个人想出的这个计划，但是不得不承认，能在这一生中同时和他们两个人在一起，我觉得很幸运。她将她的猫——大卫·鲍伊托付给一位女性朋友（她和亚历杭德罗分手了），然后坐上了第一班飞机——很明显，她坚决不让奥利弗为她买机票。

我打开公寓门时，她就穿着她那双荧光黄的匡威鞋和破洞牛仔裤站在那里。她张开双臂，我扑了过去。我不知道我们两个人中是谁先哭的。

我坐在沙发上哭泣，她给我泡了杯茶，将纸巾递给我，不停地表示遗憾，说这并不公平。她抱着我，哄着我。她并没有试图搜寻合理的论据，将我破碎的心粘起来。她没有和我聊"25%的女性都会流产""体外受精的成功率是多少""我们怀孕这么久，有权悲伤，毕竟宝宝真的存在过"这些话。她甚至都没和我说这不是我的错，因为她知道这么说的话，会让我反向推定自己是个罪人。

她哼着歌，抚摸着我的头发。这首歌是她在飞往伦敦的飞机上专门为我写的，开头轻缓，充满了爱意和甜蜜，随即，节奏越来越紧凑，越来越强烈，最后则如烟花般绚烂结束。起初，我觉得这首歌不太像她的风格，但她用"凤凰"给我弹奏了几次，随着她不停地修改，我想起她小时候在纳拉甘塞特海滩上和我说过，她想写一些前奏舒缓、后期急促的歌。布鲁斯，这首歌正是这个风格。她太棒了！你想象不到我有多么为我妹妹感到骄傲。

她一直等到今天早上才和我聊了剩下的两个胚胎，她小心翼翼地问我是否真的想放弃。或许是奥利弗告诉了她我拒绝讨论此事，又或许她只是在担心我。我们在格林公园散步，人不多，有一位老人坐在长椅上看报纸，还有一些松鼠在迎接春天的到来。

"我非常害怕再次失败，我太累了……另外，只剩下两个胚胎，德洛丽丝说我们最好一次性把两个都放进去，但万一失败了，我不觉得我还有力气再经历一次希望、失望、心力交瘁……"

"也可能是双胞胎。"她温柔地说，"你会给他们取什么名字？"

我摇了摇头："我不想再继续纠缠下去。给他们取名字，知道他们的存在，只会让事情变得更复杂。"

"哦，好吧。"

她看起来有点伤心。我想知道有哪位母亲会不想给自己未来的孩子取名字。

"或许可以叫弗雷德和乔治。"我随口一说。

"弗雷德和乔治？"

"对啊，你知道的，就像《哈利·波特》里的那对双胞胎。"

"我没看过《哈利·波特》……所以会是两个男孩？"

"我莫名觉得是。"

就像我觉得我的阳光宝贝是个女孩一样。她应该和她爸爸一样，有一双蓝眼睛。然而，我还没有勇气说出此事，即使是对斯嘉丽。

我在键盘上沮丧地研究着"永恒之梦"的下载量。我抬起头，4周下载了39次。一想到要将这个数字告诉克里斯多夫，我就觉得很郁闷。

我们回来4周了。我见了杰瑞米两次，是严格按照计划在周四见的面。通常来说，这种规则让我十分安心，但说实话，在和他分开的时间里，我一直在等待单周周四的到来。我想了300万次要给他发短信，告诉他再约一个晚上，但我忍住了。我心房四周的铁丝网在一次又一次的挪动中不知不觉地变得松松垮垮，我将其重新调整了一下。欲望太过强烈的时候，我就会吃一片安眠药，然后躺下睡觉，这样我就不用再去想了。

我们在走廊上擦肩而过时，他会若无其事地和我打招呼，他在咖啡机前和维克托瓦聊天，和克里斯多夫在办公室里吵架——毕竟太阳底下没有新鲜事。在办公室的时候，他恢复了他那无法参透的疏离神情。他的行为举止就好像什么事都没发生过一样，单周周四除外。我们看过一次电影，吃过一次饭。第二天早上，我会借口要照顾大卫，在黎明时分离开他的公寓。他也不会对此表示质疑。

周二，我和维克托瓦、瑞达一起吃午饭。维克托瓦说杰瑞米心情不好，因为佐伊放假去了妈妈家。我不禁失望至极，因为他都没和我说过这件事，我们本来可以连续两个周四见面的，可他既没有给我发短信，也没有和我说他这周要做什么。我每隔10秒看一眼手机，每次收到短信时，都满怀希望，激动到发抖，与此同时，我也埋怨自己这种幼稚的行为。而后，我眼看着周五到了，就认命了。杰瑞米只是在遵守我为他制定的规则，我不能责怪他。

就在我收拾东西准备下班过周末的时候，手机振动了。我下意识地拿了起来，当我看到发信人的姓名时，内心微微一颤。

杰瑞米·米勒：嗨！你星期六晚上要做什么？

我难以置信地盯着屏幕。虽然杰瑞米的留言十分清晰、直白、简洁，但我还是忍不住看了三次，我想知道他是出于真心还是冷漠而为之，是经过了深思熟虑还是一时冲动。一番深思花了我足足一刻钟的时间，之后我才意识到自己必须要回复了。似乎一牵涉到杰瑞米，我就十分苦恼，我又一次做出了错误的决定。

爱丽丝·史密斯：没有安排。你呢？
杰瑞米·米勒：我打算看《狮子王》（在视频点播上合法付费收看）。我需要一位女伴帮助我熬过木法沙之死。佐伊这周末和她妈妈在一起……

我没有立刻回复。然而，我整整一周都在等这条短信。我很害怕，这不在计划之内，有可能让一切失常。我害怕依赖，害怕做一些无法收尾的事，害怕让他相信我们之间有未来。随后，我想起安吉拉一直和我说的一句话——生活中充满了意外。于是，我深吸一口气，决定破例接受这场意外。

　　爱丽丝·史密斯：好！

爱丽丝日记

2012 年 5 月 10 日，伦敦

你好，布鲁斯！

抱歉冷落了你一段时间。不过，斯嘉丽明天就要走了，我想你会原谅我的——将时间花在我妹妹身上，而不是你身上，虽然你是布鲁斯·威利斯。

斯嘉丽把多年来欠我们的钱都还清了。说实话，我从来没有记录自己到底借给她多少钱，但她记了。她拿出了一张 Excel 表格，上面写着每笔借款的日期和金额。奥利弗大吃一惊，谁能想到斯嘉丽居然会做 Excel 表格？！就算我突然发现奥利弗是个中国书法专家也不至于这么惊讶。我试图拒绝，但她却执意要还。

"我发过誓的，现在我有钱还你了，我拿到了新专辑的钱。"

我好一会儿都说不出话来。

"他们给了你很多钱吗？"

"是的，可以说是特别多。"

我突然意识到，斯嘉丽在和我相处的这三天里，从未提过自己。我太专注于我自己的悲伤、我自己的事，都没有过问她的生活。

"那你到哪一步了？你什么都没和我说。"

"从技术层面来讲，专辑已经制作完成了。但我决定再把飞机上写的那首歌加进去，我已经知会了起源唱片公司，等我回去就录制。我希望这是我的单曲。"

"你为我写的那首歌吗？"

我是如此受宠若惊。布鲁斯，这就有点像你将一部电影题献给我，这可能不会发生，但我们依然可以做做梦。

"除非你介意。当然了，我是真心为你写的，而且……"

"我不介意，当然不介意。恰恰相反，我很感动。你准备取什么名字？"

"《姐妹》。"她回答说。

几周过去了。我按响杰瑞米家的对讲机，意识到自己在利用不受控制的小偏差违反规则，而且频率越来越高。我感觉自己在结冰的湖面上摸索前进，我知道冰面太薄，无法支撑起我的重量，但我还是一路向前。我每走一步，都会对自己说"到目前为止，一切顺利"。于是，我又往前走了一步。尽管我内心深处有一个小小的声音在叫喊："每一步、每一个动作都会产生后果，你怎么能蠢到好了伤疤忘了疼？"

临近傍晚，我给杰瑞米发了一条短信。我从维克托瓦那里得知佐伊今晚不睡在他家。这已经不是我们第一次打破隔周周四见的规则了。上次周六晚上的约会一直延续到了周日下午，自此之后，这几周都出现了多次违反规则的现象。其中有一次，我们两个人一起度过了一个阳光明媚的周末，我们制订了一个计划，想让那个从11岁开始便梦想来巴黎看看的小女孩眼里充满光——在塞纳河畔骑自行车、在卢森堡公园野餐、在可以看见先贤祠的拉丁区浪漫地吃晚餐，但杰瑞米看不上我所喜欢的这些旅游套路。他牵着我的手，带我去了蒙马特高地。他甚至单膝跪地，十分隆重地——他充满笑意的眼睛出卖了他那一本正经的表情——送了我一个可以挂在钥匙链上的迷你塑料埃菲尔铁塔，就像大家展示订婚戒指那样。我疯狂大笑，引得行人在通往圣心大教堂的路上驻足，他们微笑地看着我们。

那是这么久以来，最美好的一个周末！

简言之，棒极了！

他周日晚上送我回家时，有那么一瞬间，我差点就将自己完全付出了。但最终，我被我们之间所建立的亲密关系吓住了，我选择了十天不见他，可最后焦虑、失眠伴随着孤独再次折返，于是我又屈服了。

他对我来说越来越重要，单周见一次和佐伊不在的每一周都见一次这条规则已经变得越来越脆弱。自从见到他后，我几乎再也不需要安眠药。每当我睡不着时，重读他的短信便能抚慰我的内心。我不知道这是怎么回事，他话虽不多，却能推倒我的铁丝网。每一次我内心的那个小小声音和我说没有什么会比沉迷于舒适、危险又上瘾的互诉隐私更糟糕的时候，我便会将那个声音掐灭，然后继续在冰上前行。

大门开着，我推了一下。灯亮着，玄关空无一人。我听见一阵说话声，走廊上散发着烤奶酪的味道，我走了进去。到厨房的时候，我看到佐伊嘴里正叼着毛驴玩偶的一只耳朵，坐在一盘热气腾腾的烤奶酪火腿贝壳面面前。我后退了一下。桌子布置成了三人位。我没有预料到这一点。

"Fuck,爱丽丝!"佐伊看到我,说道。

"嗨!佐伊。"

杰瑞米走了过来,想亲吻我的唇,但我将头偏了一下,亲吻了他的脸颊。我既感觉自己掉进了陷阱,十分不舒服,又觉得这顿家常便饭给予了我安慰,一时左右为难。我下意识地关掉了广播。

"爱丽丝!"佐伊开始问,"我想问你,如果你是美国人,那你为什么会说法语?"

"因为我既是美国人,又是法国人。"

我的声音很轻,小心翼翼地坐在一个高脚凳上。

"所以就像冰雪女王那样,她也是美国人。"

"我已经和你解释过了,"杰瑞米拿起她的盘子替她盛菜,"冰雪女王不是美国人,这个故事起源于丹麦。"

"我又不知道,"佐伊说,"我宁愿她是美国人。"

杰瑞米笑了笑,给她舀了一大勺烤奶酪火腿贝壳面。尽管我觉得越来越不自在,但奶酪丝和贝夏美沙司的香甜气味让我垂涎欲滴。不管怎样,处于这种由奶酪面和穿着睡衣的小孩所组成的简简单单的氛围中,我内心深处还是觉得很幸福。小女孩似乎完全不介意我的存在,她继续提问。

"那你喜欢汉堡吗?"

"喜欢。"

"可乐呢?"

"喜欢。"

"唐纳德·特朗普呢？"

"不喜欢。"

在将勺子塞进嘴里之前，她对着这满满的一勺子奶酪面用力地吹了一口气，导致她的鼻子上沾了一点奶酪。

"唐老鸭！"她嘴里塞满食物，突然大喊起来，"我很喜欢唐老鸭，因为它很好，它不像唐纳德·特朗普，是只坏鸭子。"

我端起杰瑞米递给我的那盘烤奶酪火腿贝壳面，不禁放声大笑。

"你说得对，我也一样，很喜欢唐老鸭。"

我看见杰瑞米正若有所思地看着我。

"你为什么这么看着我？"

"没什么，"他温柔地说，"你应该经常笑一笑，你很适合笑。"

他的话让我的心微微一颤，我尴尬地收起笑容。吃晚饭的时候，佐伊一直在说话，还时不时地让她的毛驴玩偶参与进来。我偶尔会撞上烤奶酪火腿贝壳面上方杰瑞米那玩味的眼神。随后，他收拾了一下，准备哄佐伊睡觉。

我坐在客厅的沙发上，听着他给佐伊讲故事，她问他答。和女儿在一起时的他和平时完全不一样，他的笑容更多，有时候甚至会开怀大笑。我双手捧着脸，一想到能待在他身边，我就感觉十分舒适、惬意。但这是不对的，必须结束了！

他回来时，手里拿着一罐零度可乐和一杯青柠气泡水，他把气泡水递给我，然后坐在我身旁。这种饮料不是所有超市都能找到的，他费了些功夫去买，因为他知道我喜欢。杰瑞米身上这份内敛的体贴，让我既感动又害怕。

"你应该告诉我佐伊在这里。"

"这周她本来就会来,而且是你问我能不能过来……"

"维克托瓦和我说她在她妈妈家。"

他挑起一边眉毛,将罐子递到嘴边,喝了一口。沉默仍在继续,气氛压抑得可怕。

"你到底想怎样?"他平静地问。

"我希望我们能尊重我们制定的规则。"

"是你制定的规则。"他纠正说。

"你当时也同意了。我们说了不来真的,不谈恋爱、不吵架、不在雨下海誓山盟。"

他耸了耸肩,生气地绷紧满是棕色络腮胡的下巴。随后起身,朝点唱机旁边的烈酒酒柜走去。他拿出一瓶威士忌,给自己倒了一杯。杰瑞米在我面前从不喝酒——他在小细节上对我所表现出的关心,如给我买蓝莓果酱或是在我到之前关掉音乐等,都让我在他身边备感安全。他喝了一口,凝视着金褐色的液体,淡淡地笑了笑,却没有一丝笑意。

"你知道吗?你的计划无须承诺、无须牵挂,丝毫不会影响我和我女儿的生活,或许,最初的时候,这个计划很合我意……但现在不是了。这一次,我要把我想说的都说出来,那就是我还想得到更多。我希望你每天都出现在我的生活中,真的!我希望醒来和睡觉的时候都有你在身旁,我希望佐伊能够认识你,我希望我们在周末可以一起出门,我希望我们可以因为我忘记倒垃圾或者忘了买齐东西而吵架,我希望我们周日的时候可以一起躺在沙发上看无聊的电视剧……这就是我想要的。"

他生气了,他的眼神和南极冰川一样湛蓝、冰冷,让我想起了我们的初次相遇。我无法承受他的目光。我低下头，不去看他。我盯着手腕上的手链以及我那紧张地扯着坠饰的手指。

"实际上，你不了解我，你对我一无所知。"

他突然生气地耸了耸肩。

"我知道你不喜欢作者电影，不喜欢海鲜，也不喜欢谈论你的童年；我知道温度低于20摄氏度的时候，你会觉得冷；我知道你洗澡的时候会唱歌；我知道你喜欢趴着睡觉，累的时候会打鼾；我知道你表面上想拼命疏远他人，但背后却十分敏感、大度；我知道你会花好几个小时教瑞达这个全世界最差劲的学生学英语；我知道你接受真实的维克托瓦，从来不会对她的坦率直白心生恨意；我知道你为了哄克里斯多夫开心，就放任他胡言乱语；我知道你虽然极力克制，却依旧容易心生眷恋。你没必要去费力隐藏，虽然你的言辞间体现不出来，但通过你的行为，我知道你是个正直、真诚的人，我只是希望你放下戒备，信任我，因为我知道你的内心深处也想这么做。"

他列举的一个个细节让我不知所措，我的指尖开始微微颤抖。

"我说得还不够多吗？"面对我的沉默，他问，"要我继续？我知道你偶尔会服用镇静剂或其他药物；我知道你有时会焦虑发作，唯一能让你平静下来的方法就是触摸你手腕上的手链；我知道你会做噩梦；我知道你偶尔会在睡梦中哭泣；我知道你紧张的时候，会有一些奇怪的强迫症，你必须将一切整理好，摆放整齐，摆放完美，不过你最终会缓过来；我知道你不喝酒，可能是因为你曾经酗酒；我知道家人于你而言是一个敏感甚至禁忌的话题，因为你看《冰雪奇缘》的时候会哭，每次或远或近地聊到家人时，你都会转移话题；我知道音乐，尤其是摇滚乐会让你爆发；我知道有些歌会让你感到难过。我并没有蠢到家,所以我知道你失去过至亲。"

"杰瑞米,相信我,你不会想和我在一起。"

尽管我的声音有些颤抖,但我还是略显镇定地说了出来。他一口气将酒喝见底,然后啪的一声放回桌上。

"如果你告诉我你和我在一起时并不开心,你喜欢上了别人,或者我惹你生气了,这些我都能理解,但是不要再揣测我想要什么,我不想要什么!我唯一想要的就是你。我知道你需要和过去和解,但如果你想心里好受一些,我可以帮你,我们一起会更……"

我冷冷地打断了他。

"如果我想心里好受一些?你在暗示什么?暗示是我自己不希望一切变得简单吗?就像你说的,我要和过去和解,但你根本不知道我要和解什么、要承受什么,直到生命的尽头。"

"我是不知道,因为你不肯和我说。"他很生气,"更可笑的是,我早就弄明白了你拼命想隐瞒的是什么!"

我紧紧地抓着金属坠饰,紧到我感觉它嵌入了我的掌心。我像个木头人一样,不停地说:"不,不可能……"

"你还记得你在'永恒之梦'面试的那一天吗?"

他恢复了平静,语气十分沉稳、镇定自如,丝毫没有泄露任何情绪。我不由得摇了摇头,但内心深处知道为时已晚。我脚下的冰面出现了裂缝,我回不去了。我本该提防,本该在感觉他能懂我的时候将他推开,而不是依赖他。

"别说了,求你了……"

"我问过你,你的姓史密斯·里维埃和斯嘉丽·史密斯·里维埃有没有关系。"他沉默了一会儿,"你和我说从统计学来看,美国有很多史密斯·里维埃，你还说你从幼儿园起就有人问你这个问题，这一点真的很奇怪，因为你还在上幼儿园的时候，还没人认识斯嘉丽·史密斯·里维埃，毕竟根据她的维基百科页面显示，你们是同一年出生的。"

"那只是一种表达方式。"我的声音苍白、颤抖、悲怆。

他继续平静地说，眼睛却未从我身上挪开。

"承认吧！你知道斯嘉丽·史密斯·里维埃的维基百科页面还说了些什么吗？她和你一样，出生于罗得岛海边的一个穷乡僻壤。她还有一个关系非常亲密的姐姐，她的成名曲《姐妹》就是献给她的……我想不需要我告诉你她姐姐叫爱丽丝吧？……所以就是这样。你不想谈论你的过去，我尊重你。不过说实话，你一刻都没想过要信任我，这让我难以接受。"

我摇了摇头，呼吸困难。是我让他想通了这一切，我无情地、一步一步地背叛了自己上千次。我很难过，很难过自己不得不离开他，很难过他让一切重浮水面。

我深吸一口气。我已经没有什么可失去的了，于是便孤注一掷，冷冷地说："你不要给我进行心理治疗，好吗？你想要怎样？想让我为你的夏洛克·福尔摩斯杰作鼓掌吗？任何人都可以去查维基百科，可以由此推断出我妹妹很有名气，而我却悲惨地失去了她……不过老实说，我看不出这和你我之间的事有什么关系。很显然，我们分道扬镳了！"

他又给自己倒了一杯酒，喝了一口，却未将清澈的眼眸从我身上移开，我明白我输了。我早该知道，他从一开始就知道，他比其他人都更懂我。我早该知道，这就是我如此依赖他的原因。

"我推断出来的东西远不止于此。"他平静地说。

他起身,走到地上的黑胶唱片箱前开始翻找。他朝我折返时,我血管中的血液凝固了。他把33转唱片放在我面前的茶几上,我的肺部猛然收缩。

"你第一次来这里的时候,看过这张唱片,我和你说过我是忠粉。"

封面上那双浓妆艳抹的眼睛正傲慢地盯着我。

我不认识她,我不认识她了。

吸气!

我没有回答,我的身体不允许,我的食道里打了一个结,喉咙里满是泥土,仿佛我身陷流沙一般。杰瑞米的眼中闪过一丝担忧,我的身体摇摇晃晃,他抓住了我。我从头到脚都在发抖,我的双手紧紧地抓着他的胳膊,我不知道我是想抓着他还是想推开他。

我结结巴巴地说:"你弄错了……"

他打断了我。他低沉的嗓音在平时可以令我安心,但这一次却彻底击垮了我。

"排灯节那天晚上……你把眼周涂满了黑色,头发披散下来后,与她惊人地相似……"

一想到今晚过后我可能再也不会见他,我就十分心痛,我僵住了。我应该逃走,现在还来得及。可是我的四肢不听使唤,我甚至都无法做出回应。

"……还有一些小细节……你从来不愿意听音乐;你在研讨会期间和瑞达讨论激光去文身效果的谈话着实令人惊讶;你无法弄明白摄氏度,这对于一个像你这么聪明而且还可能在伦敦生活过的女孩而言，实在难以理解……"

他重复的这些简单短句看似无伤大雅，却早已让我心寒，让这五年来我精心建造的所有堡垒以及精心堆砌的重重谎言分崩离析。正当我思忖着蝴蝶在何时何处扇动了翅膀，让我的世界天塌地陷时，我脚下的冰面已经碎了，我坠入了现实的无底深渊。

"即使没有这些事，你第一次睡在我家的时候，我也知道你是谁了。我和你说过，你洗澡的时候会唱歌，斯嘉丽。"

爱丽丝日记

2012 年 5 月 15 日，伦敦

好啦！布鲁斯，斯嘉丽走了。我当然很难过、很沮丧。刚才我陪她去了希思罗机场。过安检前，我给了她一个我匆忙包好的小盒子。

"我有个礼物给你。"

她打开了，是一个手链，上面挂着三个小坠饰——一个是鱼的形状，一个是船，另一个则是迷你灯塔。不得不说，极其庸俗。这是我前天在卡姆登小镇的集市上淘到的，它让我想起了皇后镇。

"我想给你买一些东西，让你成为明星以后可以想起我们的童年和罗得岛。"

"很可爱。"她撒谎了。

我放声大笑。

"我的小可怜，我认识你这么久，你觉得我难道会不知道你在撒谎吗？"

她笑了笑，将这条手链系在手腕上——她的手腕上戴着许多条纵横交错的手链，连文身都被遮住了。

"如果你觉得难过或孤独，有它在，就相当于我一直和你在一起。"

斯嘉丽紧紧地抱着我。

"谢谢你，爱丽丝！"她低声说，"这份礼物很棒。"

我把脸埋进她那粉色和铂金色相间的头发中，将自己湿润的眼眶藏起来。她的头发和我们小时候一样，闻着有股洋甘菊的味道。我想等斯嘉丽成名以后，我将是世界上唯一一个知晓这个细节的人。

"我知道很丑，"我继续笑着说，"你可以在想我的时候再戴。"

"我会一直戴着，因为我一直都很想你。"她回答说。

她对我笑了笑，她的笑容就像12月的阳光，稀有、明亮却温暖人心。她的笑容遗传自我们的父亲，妈妈从来都没有真正地接受过她的笑容。她的笑容瞬间照亮了出发大厅。而后，她消失在自动扶梯的顶端，飞向了大西洋的另一端，并录制了一首关于我的歌。我要到圣诞节才能见到她，还有六个多月……她打算和妈妈一起来伦敦看我们。布鲁斯，或许下次我再见到我妹妹时，她已经成了摇滚明星，谁知道呢？会很有意思的，对吧？

我不再哭泣、不再颤抖。我推开了杰瑞米一直紧紧抱着我的胳膊，向后退了一步。他在和我说话，但我听不见。我们对视了几秒，却仿若一眼万年。我可以否认，可以假装没听懂，但为时已晚。我一言不发地朝玄关走去，穿上大衣。

"你要去哪里？"

我拉上外套拉链，手指微微颤抖着，我还处于震惊之中。我相信再过几分钟，等我的焦虑真正意识到发生了什么事的时候，它就要发作了。但也可能不会发作，也许真相没有永远的谎言那么令人焦虑。我从未如此清醒过。

"我要走了。"我简单说了一句。

"你不觉得我们需要谈谈吗？"

"不觉得。"

"听我说！我……"

"我们说过我们可以随时终止关系而无须解释，所以我不想再和你见面了。"

我冷冷地打断他，声音波澜不惊。我直直地看着他的眼睛，又解释了一次。

"再也不想。"

我知道我伤害了他。正常情况下，我会觉得心痛，但奇怪的是我什么感觉都没有，只是觉得无比寒冷。我想留下，但却打开了门。我本可以和杰瑞米这种忠实、可靠的人分享秘密。可是，他再次说出了我不想听到的那个名字，我的名字，我真正的名字。一记冰拳击碎了我的心，就仿佛爱丽丝因我而死了第二次一样。我没有回头，我知道他不会跟出来，他不能把佐伊一个人留在公寓里。我甚至不用跑下楼梯，我只需要对他那回荡在楼层里的声音充耳不闻就行。既没有我逃他追，也没有雨中和解的戏码。又一次翻篇了！

我打开大楼的门时，外面正下着倾盆大雨。雨滴落在柏油路上，发出噼啪声，掩盖了城市里的其他声响。我觉得我的焦虑现在就要发作了，而我将一个人走在街上。没关系，最坏的情况也不过是我被人送进急诊室。也可能我会停止呼吸，但这也不算最坏的结果。

然而，焦虑并未发作。我站在雨中，等着被焦虑压垮。但什么都没发生。于是，我步行回家，全然没有注意到雨水流进了我的脖子。我感觉手机在手提包里振动了好几次，可能是杰瑞米，我再也见不到的杰瑞米。一想到这儿，我便如鲠在喉。

而后，我在圣马丁运河河畔和佳音地铁站中间的某个地方停了下来。在某个隐蔽的角落里，有一个男人在弹吉他。上天在嘲笑我，在对我进行终极嘲讽，因为我从来没有遵守过它的规则。那是一首柔和且悲伤的旋律，我对其中的每个音符都了如指掌。这首旋律在为它提供荫蔽的拱廊下升起，就像一首宗教歌曲在大教堂的穹顶下升起一般。是绿洲乐队的《奇迹墙》。我驻足不前，我的嘴唇下意识地轻轻哼唱出熟悉的歌词，仿佛将它们唱出来就和呼吸一样自然。

> 现在你才终于意识到，
> 自己该有些行动了，
> 我总是觉得，
> 没人能与我感同身受，那种对于你的感应。

吉他手应该在 50 岁左右，他抬头看向我，长着花白胡子的他冲我笑了笑，但并未停止演奏。

某件事发生了，某件多年未发生的事发生了。雨滴落在水坑里充满韵律的哗啦声、汽车的轰鸣声、偶尔响起的刺耳喇叭声，以及路人在湿漉漉的人行道上的脚步声，在我的周遭形成了一首生动的管弦乐奏鸣曲。这首笼罩着我的音乐，我以前听过，却于 2012 年 12 月 22 日飞走了——那天，我的姐姐，我的爱丽丝，我的灵魂伴侣，把我一个人留在了这个黑白世界。

我一直待到一曲终了。这个男人结束演奏后，将吉他放回盒子里。我在手提包里翻找了一下，钱包里只有一张50欧元的纸钞，我给了他。他目瞪口呆地看着我，向我表示感谢。

"谢谢你！"我说。

而后，我条件反射般地将手放在手腕上。我将手指伸进大衣，摩挲着坠饰。什么都没找到！我卷起毛衣袖子，想看看它在不在里面。我就像一个疯子一样在雨中脱完大衣，再脱毛衣，我抓了手腕20次，我用颤抖的双手卷起每件衣服的袖子，全然不顾雨水将我薄薄的棉质衬衣浸湿。我环顾四周，却什么都没找到！手链掉了。什么时候掉的？我不知道。自从那天爱丽丝在机场将它送给我，作为我旅居伦敦的纪念，我就从未摘下过它。我目光呆滞、浑身湿透，我在路灯闪烁的灯光下，盯着自己光秃秃的手腕，我都不知道它丢了多长时间。这是一个信号吗？一个它彻底离我远去的信号，一个我背叛它太多，它不想原谅我的信号？我现在真的很孤单。而后，我被现实打醒。被发现的好处就是不用再躲藏，不用再遵守规则，不用再以他人的身份而活。我终于可以变回我自己了。

于是，我缓缓地捡起了丢在地上的毛衣和大衣，并没有将上面脏兮兮的水和泥放在心上，直接重新穿上，然后继续往前走。

我在我家楼下的福兰普利超市停了一下，直接朝收银台走去。

"绝对伏特加。"我指了指收银员身后的橱窗，说道。

他瞥了一眼我湿透的衣服，我看起来一定很像疯子。然后，他转过身去，打开挂锁，推开橱窗，取出了一瓶伏特加放在传送带上，随后准备将橱窗关上。

"我全都要。"我说。

他猛地停下来,看着我。他应该20多岁,依旧圆润的脸上满是痘印。

"全要哪些?"

"所有的绝对伏特加。"

他看着我,目瞪口呆,涨红了脸,没有回答。

我叹了口气:"这里是超市还是博物馆?"

"超……超市。"他结结巴巴地说。

"那我想买你身后橱窗里所有的绝对伏特加,麻烦你了!8瓶。"

我数学一直很好。这是父亲唯一夸过我的事。

而后,我从钱包里掏出信用卡,放在传送带上。他沉默了一会儿,转身背对我,抓起酒瓶。他把酒放进两个大塑料袋,告诉我说每瓶30生丁。我付完钱便走了,他没有和我说再见。

我把家里所有的灯都打开,将一瓶酒放在客厅的茶几上。我清空了冰箱,把冷冻食品扔进水槽,然后将剩余7瓶酒并排放在之前冷冻蔬菜的位置。

大卫·鲍伊在厨房的角落里看着我,它细长的眼睛里满是疑问。我吻了吻它的脑袋,它发出一声喵叫,以示询问。

"说来话长,小猫咪。"

我在浴室里就着一大杯水,吞下两片溴西泮,而后回到客厅。我跪趴在沙发后面,将中介一直未取走的音响重新插上。我扯下纸箱上面的非洲花布——纸箱从美国运来以后就一直没有打开过。我将箱子分开,翻转过来,直到找到我要找的那件东西。它就在上面,仔仔细细地封着口,侧面除了暗示"易碎"的红色胶带以外,只有一个用黑色记号笔写的字母"P"。我扯下胶带,俯下身。我浑身战栗,就像发烧了一样。我静静地等了几秒,不敢触碰。随后,我缓缓将吉他从箱子里拿了出来,坐在沙发上,将满是贴纸的吉他盒打开。我用双手深情地抚摸着那些劣质的亮片,而后用手指抚过琴背上的那七个字母。字母虽被岁月擦去了一点痕迹,但依旧清晰可见。

凤凰。

我不害怕情绪汹涌,我不再害怕焦虑发作。我没有窒息,恰恰相反,我的呼吸从未如此顺畅。我拿起桌上的伏特加,将瓶塞扔在地上,对着瓶嘴猛喝三口才放下。酒是温的,我龇牙咧嘴,浑身热了起来。我已经多年没喝过酒,没感受过劣质酒精的后劲在我血管中蔓延。我很清楚,这是最懦弱的逃避行为。而后,我在走音的吉他上弹奏了一个音符,是音最低的第一根弦。纯白的客厅里回荡着这个完全跑调的音符。我含着泪,微笑着低声说:

"宝贝,欢迎回来!"

斯嘉丽·史密斯·里维埃采访节选

《摇滚精选》(*Rock Collections*)，2012年9月

——你从哪里找到的灵感？

斯嘉丽·史密斯·里维埃：（笑声）如果我实话实说的话，大家会说我疯了……

——你试着说一下，我们不发表评论……

斯嘉丽·史密斯·里维埃：好吧……我遭遇世界末日后，偶尔会去一个地方，一个类似海滩的地方，不过那里一切都是黑色的，沙子、天空和海洋都是黑色的……我不太清楚天空是从哪里开始，大地又到哪里结束。我独自一人，我很冷。（沉默）我不会想任何事，不会想任何人……随后，我听见一片海浪在咆哮，天空都为之一颤……是一片黑色巨浪。我看不见，但能感受到。它冰冷的气息直击我的灵魂深处。那是一种闻所未闻的暴力，是我所有的愤怒，是我一直以来反感的所有事物，是我生活中所遭受的所有屈辱……（沉默）不仅有我的痛苦，还有其他人的痛苦……说实话，我从来都没

有真正明白过为什么艺术会产生如此多的愤怒和阴暗，不过我知道美也从此中来。我必须战斗。如果我不惧怕，如果我不说谎，那我就能驯服这片黑浪，将其转变成好物，转变成音乐，转变成诗歌。但是，如果有一天，我坐以待毙，任其将我淹没……

——就会？

斯嘉丽·史密斯·里维埃：（笑声）我就会被黑暗吞噬……剩下的就只有沉默。

发件人：萨兰雅·戈德瓦尼
收件人：爱丽丝·史密斯
日期：2019年4月3日
主题：跑步
你好！
今天早上我在杜乐丽花园的栅栏门前等你。我给你打了四次电话，但都转到了语音信箱。
给我回电话！
吻你！

发件人：安吉拉·斯瑞尼瓦桑
收件人：爱丽丝·史密斯
日期：2019年4月4日
主题：近况
喂！仙境，这里是地球……
我上次的邮件你收到了吗？你还没回我。

告诉我你的近况,你甚至都没上 Whats App[①]……

希望你一切都好!

爱你!

安吉拉

发件人:简·汤普森

收件人:爱丽丝·史密斯

日期:2019 年 4 月 6 日

主题:房租

您好,史密斯女士。

我还未收到您 4 月的房租转账。您一向是每月 1 日付房租,所以我冒昧地催催您。

衷心的祝愿!

简·汤普森

---

① Whats App:一款用于智能手机之间通信的应用程序。

2019
−年−

夏

> 我唯一能做的就是让自己平安喜乐，
> 我不能输，我不能失败，我不能迷失自己，也不能孤单一人，
> 有你在我身边，我无所畏惧，
> 因为我知道每次我跌倒，你都会救我。

> 《姐妹》
> ——斯嘉丽·史密斯·里维埃／蓝凤凰乐队

我睁开眼，看见了天空。不是壁炉的一角，不是巴黎的一片石板屋顶，不是混凝土碎块，也不是天竺葵花盆的边缘，只是一片湛蓝无比的夏日天空，和纳拉甘塞特8月的天空一样清澈。

我死了吗？我的偏头疼发作得厉害，感觉脑子融化在了颅骨里，恶心得要命。或许地狱也不过如此。这是我到目前为止，最糟糕的宿醉。

我张开双臂，感觉着手心羽绒被的厚度。我躺在自己的床上，天气似乎很好，这是我唯一掌握的有关外部世界的信息。我不知道今天几

号，不知道照在我头顶天窗上的阳光是晨光还是落日，不知道在我将自己和8瓶伏特加关起来之后是否发动过战争。我能问自己这些问题就证明我太过清醒。大卫跳上床，哀怨地叫着，我抚摸着它的皮毛。

"你好，我的宝贝。"

我的嗓子哑了。我将手伸向床头柜，随便拿了一瓶药，第一个瓶子是空的。我再次摸索，塑料瓶滚到了地上。我心烦意乱，从羽绒被下钻了出来，将倒在床头柜和地毯上的药瓶全部捡起。我一瓶瓶地翻转过来，惊恐地发现瓶子都是空的。我下床，跪趴在地上，摸向床底的地毯，想找到一片滚落在地的药片，只需要一片就好。但我什么都没找到。我抓起一瓶伏特加，也是空的。我缓缓坐回床上，小心翼翼地在床头柜上将塑料药瓶摆成一排。我第一次环顾四周。打开的瓶子散落一地；一罐吃了一半的饺子罐头滚到衣柜旁，在地毯上留下了血红色的番茄酱；两盏床头灯中的一盏灯罩破了，躺在地上。一片狼藉！然而，我的内心没有丝毫波澜。我曾经经历过。我回到了五年前。我发过誓再也不会让这一切发生。我答应过爱丽丝我会戒酒。我太过清醒了。我起身来到浴室，把药箱打翻在浴缸里，里面什么都没有，除了一盒多利潘。我费了九牛二虎之力挪到厨房，打开冰箱，也是空的。我呆呆地看着冷冻室的抽屉。

一声猫叫吓了我一跳。大卫啃食着从盒子破口处散落在瓷砖上的可乐饼。幸运的是，虽然我神志不清，但并没有忘记投喂这只我唯一可以真心信赖的活物。

它虽然一直在叫喊，却任由我紧紧地抱着。我倒了一碗牛奶和一碗水，放在瓷砖上。它挣脱出我的怀抱去喝水。

时间过了多久？我将手贴在额头上，额头上满是汗水，但我却觉得很冷。我的双手在颤抖。越过美式厨房的吧台,我看到凤凰被遗弃在沙发上,茶几上有两个空瓶。我揉了揉眼睛,感觉神经元像被洗衣机洗过了一样。我头疼得无法思考。我怎么就没有惊恐发作呢?就连呼吸不畅都没有,什么都没有。

而后,我听到有人在敲玄关门,听到有人在楼里说话。我突然想起了其他门铃声,想起了一次又一次呼唤我的声音,想起了拳头砸门的声音。可能发生在昨天,也可能发生在两周前,我完全不知道。我没有开门。有人在开锁。我叹了一口气,他们要进来了。随后,我的脑海中闪过一个荒谬的想法,就像一道稍纵即逝的电光忽然间照亮了黑暗的房间。

也许是爱丽丝。

很明显,我还醉着。然而,我还是摇摇晃晃地朝玄关门走去。我看到了镜中自己的倒影,吓了一跳。我想起自己化了妆,像从前那样将眼周涂黑,涂得乌漆墨黑……右眼下面的黑色花了。我将头歪向一侧,惊讶地发现自己既没有感到厌恶,也没有感到愤怒,恰恰相反,我就像和老友久别重逢一样,体会到一种如释重负的感觉。门后传来新的响动,我砰的一声打开了门。跪在门前的锁匠险些摔倒在我脚边。我一定是死了,所以才能在家门口看见天使。但随后我才意识到,一方面,如果我死了,我会下地狱,不会有天使;另一方面,不太可能在地狱遇到锁匠。

一片沉默。安吉拉穿着一条与凉鞋相配的蓝色连衣裙,显得格外优雅。她的嘴巴微张,既宽慰又惊讶地看着我。随后,她似乎回过了神,迈着坚定的步伐绕过一直跪在地上的锁匠,将我拥入怀中。

"爱丽丝,你吓死我了。"她低声说。

刚开始的时候，我对她的怀抱无动于衷。但是，当我把头靠在她肩膀上，闭上眼睛的那一刻，她那柑橘混杂着香草的熟悉酸气抚慰了我的内心。我似乎吃了太多的阿普唑仑，喝了太多的伏特加，完全丧失了时间概念，所以我不太确定我们在楼道里相拥了多长时间。锁匠清了清嗓子，将我们拉回现实。

"对不起！"安吉拉用她那温暖且威严的声音说道，"我会付您钱。"

她走进公寓，一只手拖着滚轮行李箱，另一只手将我推进走廊。她掏出钱包，将钱付给那个男人，并表示感谢，随后便关上了门。

她将一只冰凉的手放在我的额头上，她那浓密的眉毛皱了起来，棕色的大眼睛里满是担忧。

"你发烧了。"她说。

她穿过客厅，我紧随其后，害怕她再一次离我而去。她在我卧室门口停了半秒钟，满地的伏特加酒瓶和脏污狼藉让我羞愧不已。

"从摆放层面和怪癖层面来讲，我觉得还行。"她绷着脸说笑。

随后，她发出一声轻微的叹息。

"好吧，一件一件来吧！"

她走进浴室，我听见壁柜打开又合上的声音，以及水冲浴缸的声音。几分钟后，她拿着一杯水和一瓶多利潘回来了，并递给了我。我吃完药后，她带我去了浴室。

"我替你放好了洗澡水，你不用谢我，我这么做并不是为了你，而是为了我自己，你闻着就像一个从自来水发明之后就没洗过澡的人。"

她留下我独自一人，我脱下满是汗水的背心，将牛仔裤扔在地上。我打了个寒战，钻进热水中——很明显，安吉拉往里面倒了整整一管慕斯。我闭上眼睛，酸痛的肌肉因为热气而有些许舒缓。我听见安吉拉在隔壁坐立不安地打电话。

她敲了两下门："我可以进去吗？"

她在我卧室衣橱里找到了一条干净的毛巾，把它放在了洗脸池上。她耳朵里塞着耳机，继续讲着电话。

"艾比说亲亲你。"她说完便关上门，仿佛此情此景再正常不过。

我在浴缸里待到水变凉，随后便裹上浴袍去了卧室。酒瓶、药瓶和开封的罐头都不见了踪影。安吉拉换了床单，拿出了一件睡衣。她戴着我粉色的洗碗手套，穿着剪裁得体的连衣裙，跪在地上用力擦拭着地毯上的番茄酱污渍。大卫饶有兴致地看着她，它一直都很喜欢安吉拉。不过，又有谁会不喜欢安吉拉呢？

"你饿了？"她问我，"你有多久没吃东西了？"

我摇了摇头："老实说，我不知道。"

"好吧！你去睡觉吧！我去给你买点东西。"

我穿上睡衣，钻进带肥皂味的被窝。我在床上调整了姿势，想再次看见那一方清澈的蓝天。我注意到天越来越暗。现在肯定是晚上了。15分钟后，安吉拉回来了，将一个纸袋放在我面前。

我张口结舌地看着："你，你去给我买麦当劳了？"

"我感觉街角熟食店的素菜汤不足以治好你的宿醉。如果你告诉艾比我去了麦当劳，我就拧掉你的头。"

这么久以来，我终于有力气去绽放笑容。我从袋子中拿出一个巨无霸汉堡，这才意识到自己已经饿得前胸贴后背。我将巨无霸超值套餐里的最后一根薯条吃完。安吉拉打开我头顶的天窗，驱散油炸的气味,之后将包装袋收起来,扔进了垃圾桶里。

她回来后坐在床上,坐在我身旁,轻抚着我的头发。

"试着睡吧!"她说,"明天我们去看医生。"

"你可以留下吗?"

"可以,我哪里也不去。"

"你怎么知道的?"

"你男朋友杰瑞米给萨兰雅打电话,萨兰雅最后又给我打了个电话。我已经两个星期没有收到你的消息了,所以我很慌,坐了第一班飞机。"

与世隔绝了两周……这才是摇滚!

"我要'凤凰'。"

"谁?"

"我的吉他。"

她什么也没说,起身去客厅取来了吉他,放在我身旁。我把手放在琴颈上。

安吉拉困惑地摇了摇头:"亲爱的,我从来没有问过你任何问题,但我们总有一天还是得谈谈。"

我还有点晕晕乎乎的,甚至都没力气摇头。

"明天吧……另外……杰瑞米不是我的男朋友了。"我低声说,随后陷入沉睡中。

"很高兴再次见到您,爱丽丝!"

"谢谢!"

"我想您这次来这里不是为了开处方吧?"

"不是!"

"好的,说说吧!您想聊什么?"

"我姐姐。"

"您说吧!"

"我不知道从何说起。"

"就像讲故事那样,从头说起。您姐姐叫什么名字?"

"爱丽丝。"

心理医生不解地眯起了眼睛,她瞥了一眼自己的日程本,想确认她有没有搞错患者姓名。

"我姐姐叫爱丽丝。"我轻声解释说,"我是斯嘉丽。"

这个简短的句子曾将全世界的罪恶感都压在我的心头,现在却让我如释重负,我才意识到我等了许多年。

"斯嘉丽,好吧……可是……"她看起来一脸迷茫。

"2012年12月22日,我……爱丽丝……"

我无法继续说下去,开始哭泣。她递给我一盒纸巾,虽然她尽力让自己面无表情,但我还是看出她什么都没明白。

"2012年12月22日发生了什么事,斯嘉丽?"

"我姐姐死了,"我抽泣着说,"都怪我。"

"怎么回事……为什么会这样?"

我大声擤鼻涕,浑身疲惫不已。上次我来这里时,还纳闷为什么会有人在心理医生面前哭泣,而现在,我知道了。虽然我很想余生都消失在羽绒被下,但我必须撑下去。如果不说出真相,我就会被真相憋死。我回答了她,声音却小到听不见。

"因为我迟到了。"

爱丽丝日记

2012年12月12日，皇后镇

布鲁斯，我回家了！

妈妈和斯嘉丽本来应该来伦敦过圣诞节，但我和奥利弗不得不匆忙赶回美国处理他父亲理查德的后事。他父亲是心脏病发作猝死。我可怜的奥利弗非常不开心，不过，能和他的姐妹们重逢，让他稍感安慰。

他和艾什莉、凯丽一起待在加利福尼亚，处理有关他们父亲遗产的问题。他多番坚持，贴心地让我顺道回趟皇后镇。斯嘉丽前几天回家了，而他也知道我很关心我妹妹。我曾和他说过，我很遗憾没有按照惯例在海滩咖啡馆用吉米提供的热巧克力为她庆祝27岁生日。

我们本来决定改变计划，在皇后镇欢庆岁末，但是妈妈这几个月一直在为她的伦敦之旅做准备，她肯定想在圣诞节去伦敦看看。

很显然，我们是在最后一刻处理这件事的，我就不和你说买机票的艰辛了。临近假期，机票的价格飞涨。当然是由我来应付这些事，斯嘉丽整天就穿着睡衣在电视机前闲逛,一听到厨房里的收音机在播放她的歌曲(大约每小时播放一次),她就会关掉,这让妈妈十分生气,因为妈妈一直喜将收音机开着作为背景乐。斯嘉丽的唱片很受欢迎,她也拥有了她一直梦寐以求的一切,可是……她却一直板着脸,真是奇怪!我永远都理解不了艺术家们,布鲁斯……

鉴于从波士顿出发的机票价格很贵,我们将从纽约出发。可即便如此,我还是无法让所有人都搭乘同一班飞机。我凑巧在12月22日从洛杉矶出发、经停纽约的航班上为斯嘉丽找到了一个空位,奥利弗也在这趟航班上。我和妈妈将于第二日出发,妈妈不同意出行途中没有我,因此和斯嘉丽吵了无数次,你可以猜到的。这样也挺好,我可以和达科塔在纽约待一天。想着斯嘉丽和奥利弗肩并肩在一起飞7个小时也很有意思,也许他们可以趁此机会开诚布公地谈一次……

简言之,后勤琐事并不重要,这也不是我重写这本日记的原因。

我好几个月没写了,希望你不要责怪我,布鲁斯。老实说,你是好莱坞演员,是万事皆成的千万富翁,包括成功地没有了头发,如果你为这点小事而责怪我,那我会觉得很可笑。我将你装进我的行李箱,是因为我希望继续写作,我感觉好多了。斯嘉丽赌赢了,虽然她还不像利亚姆·加拉格尔那么出名,但她正走在康庄大道上,成为她梦寐以求的摇滚明星。现在,我知道我该和你说另一件喜事了——奥利弗和我决定圣诞节之后用剩余两个胚胎再尝试一次体外受精。

这一次,我确信会成功。理由很简单,即使身处千里之外,我也已经感受到了他们的存在和生存的意志。这是一种信念,我无法解释。奇怪的是,奥利弗这么一个笛卡尔主义者也深有同感。

自从我在伦敦和斯嘉丽一起散步的时候给弗雷德和乔治取了名字

之后，他们就成了我们生活中的一部分。我终于明白，这一整个历程以及所有灰心绝望的时刻，都只是我们迎接子女的必经之路。正如这本日记本封面上保尔·艾吕雅的格言所说："一切偶然，都是冥冥中的必然。"

这段时间，我一直都在和弗雷德、乔治接触，只是不自知而已。我的小宝贝们，你们是我存在的理由，我和爸爸等不及要见你们了。

安吉拉双手捧着一杯热气腾腾的茶，端正地坐在沙发上，她的背挺得那么直，仿佛绷紧了一般。

"所以你是斯嘉丽·史密斯·里维埃。"这是她第三次重复。

我点了点头。她尽可能地坐得离我远一些，她满脸迟疑，仿佛她根本就不认识我，仿佛这些年的谎言让我变成了一个彻头彻尾的陌生人。我清楚地看出自己伤害了她，我背叛了我最好的朋友，自爱丽丝离我而去之后，世上唯一一个一直支持我的人。我深吸一口气。面对这出诓骗她的把戏，她本可以起身、离开、关门，再也不想听到有关我的任何消息。但不管怎样，她还是留了下来。她泡了茶，在沙发上坐下。或许，我什么都没有失去。

"唱《姐妹》的那个斯嘉丽·史密斯·里维埃？那个刚刚成为摇滚传奇就悲惨死去，并且死后还获得了10个格莱美奖的人？"

"4个，不是10个。"

"啊，好吧。"

她看着我，表情有点困惑。她张了张嘴，想说些什么，随后又合上嘴。她皱着眉头，注视着她的茶，或许是希望能从盘旋在她脑海中的数千个问题中找到答案。

我曾郑重其事地和安吉拉说过我妹妹去世了,最后还向她坦白了部分事实,并让她承诺不会再提起这个话题。看着她黑色的眼眸中夹杂着不解和悲伤,我意识到我应该从一开始就信任她。

"可是……那爱丽丝是怎么回事?"沉默后,她问,"是化名,还是你真的有一个姐姐?"

我听见尖锐的铃声响起,操场上的课间休息时间结束了。先是一片喧哗声、几声孩童的尖叫声,随后鸦雀无声。我又想起了爱丽丝,她跑向沙滩时,马尾辫总是左摇右晃。

"是的,我有一个姐姐,她叫爱丽丝,她真的去世了。"

我的声音微微颤抖。安吉拉脸上的困惑顿时变成了无限柔情,她一声不吭,将杯子放在茶几上,越过横亘在我和她之间的距离,握住了我的双手。

"好吧……你和我说说!"她又变得亲切了。

我点了点头,喝了一口茶,缓了缓。随后,低头看了看我们紧握在一起的双手,最后,我和她说了真相,关于我在 2012 年 12 月失去爱丽丝,失去这个世上我最爱之人的真相。

我的第一张专辑在当年 6 月底发行。哈利特别兴奋——他是起源唱片公司任命给我的新经纪人。我的歌曲《姐妹》一经发布,就被当时最会炒作的主持人推广了一把,成为广播里的循环歌曲。几周之内,大家都开始在洗澡时哼唱《姐妹》,而我则被派往美国各地巡回演出。时至今日,我对那段日子的记忆也依旧模糊不清。为了撑下去,我喝了很多酒,太多酒。但我坚信自己没问题,我在电话里也一直这么和爱丽丝说。所有的音乐厅都座无虚席,然而,我却感受到了前所未有的孤独。

一件看似无足轻重的微小事件扭转了局面。我巡回演出了好几周,回到纽约时已筋疲力尽。但是,哈利不停地和我说,我目前只有一首歌曲大卖,不管是距离成为传奇,还是距离一夜之间销声匿迹,都还差一次"蝴蝶振翅"。只需要出现一件逸事、一次小小的战绩或是一个细节让媒体争抢,我便能一炮而红,或彻底被人遗忘。

即使我回到家,也经常喝酒。正如我在 Skype 上向我姐姐解释的那样,事态没那么严重,我只在外出的时候才喝酒,但我却没和她说我每晚都外出聚会。酒精可以让我不用再去思考,能帮助我入睡——我和爱丽丝不一样,我一直都很容易失眠。

收到唱片预付款后,我在格林威治村租了一套公寓。搬进去以后,我每天 12:30 左右,都会下楼去街角的咖啡店买贝果和拿铁。这里的贝果和拿铁让我想起了纳拉甘塞特海滩咖啡馆的贝果和拿铁,我从未点过别的。我从不在意规则、束缚和义务,但我总能在常规生活中找到一些令我心安的东西,前提是这些东西能够固定出现在我的日常生活中。我会边走边吃早餐,在华盛顿广场公园散步半个小时,一般来说,我在白天剩余的时间就不会再出门。我会瘫倒在凌乱的床上,没有注入丝毫灵魂地弹着吉他,烦恼着困扰了我一段时间的问题——那现在呢,我要做什么?

而后有一天,我穿着再低调不过的老旧牛仔裤和匡威鞋,从咖啡店前往公园。我既没有登台演出,也不在演唱会现场,而是在第四街和默瑟街的拐角处。可是有人认出了我。纽约深秋的阳光特别明媚,当我听见一个陌生的声音呼喊着我名字的时候,我正兴奋地咬着贝果。我还记得那位少女钦佩的笑容。她的鼻子上有一个鼻环,敞开的夹克下是一件牛仔衬衣。她和我聊了"凤凰"。她怎么会知道我的"凤凰"？我嘴里的贝果尝起来味同嚼蜡。随后，她掏出手机，问都没问就拍了我的照片，就仿佛我不是人，而是一座该死的战争纪念碑、一盘发到Instagram上的薯条。2012年11月，一个阳光明媚的早晨，我站在默瑟街中央，感觉自己刚刚被人扒了内裤。

之后，这一幕发生得越来越频繁。从贝果店老板到全食超市的收银员，每个人都知道了我是谁。我开始觉得很不舒服，每次有人盯着我看时，我都感觉自己的喉咙被老虎钳钳住了一样。这种持续的不适感紧贴着我的肌肤，散发出一种难闻的气味，我费了一点时间才说出一句话——我害怕。这些年，我一直都有一个目标，一个唯一的目标。我埋头苦干，我牺牲了一切，付出了一切。自从那天听到利亚姆·加拉格尔演唱《奇迹墙》之后，我的整个生命、身体和灵魂都在追求一个唯一的目标——成为爱丽丝口中说的"摇滚明星"。我此前一直觉得我和她口中的这一说法十分幼稚，即便如此，这一说法却能相当精准地概括当时的情况。今朝与往昔、艰难岁月与功成名就被一条细长的分界线隔开，这几个月来，我一直像走钢丝一样游走在这条分界线上。我就像落水者紧紧抓住救生圈那样，紧紧地钩住这条分界线，努力不让自己随波逐流。我丝毫不想从黑暗走向光明。起源唱片公司正在冉冉升起，一群目光贪婪之徒开始围在我身边，这群阿谀奉承的人就像一群闻到了蜜脾的蜜蜂——而"这一切"还将再次上演。老实说，我从未怀疑过自己的天赋和才能，也未曾怀疑过自己是否可以为了成功而付出努力。我从不会假装谦虚，我一直觉得这很虚伪。然而，到了这一步，我才发现我远没有预料到我会不在乎成功，甚至比不在乎更进一步——我不想成功。我弄错了目标，我不想成为摇滚明星了，我想做音乐。而这一目标，在多年来的每一天里都已经实现了。自从我在纸板键盘上开始学习音符名称起,自从汉密尔顿老师用呼吸训练法教我发声起,这一目标就已经实现了。我的整个人生只有乐谱、音符和旋律。若是将我的日常生活概括起来,就只有音乐。实际上,我从未想要过其他东西,尤其是成功,更不用说名气。我再也无法心无旁骛,我身边有太多的人、太多的事、太多的灯光。那现在呢?这四个字就像刀割喉咙一样让我惶恐不安,我开始在脑海里不停地思索这个问题。无论我走到哪里,这四只秃鹫的身影就跟我到哪里。那现在呢?

对于这个问题,我的经纪人哈利只给了我一个非常明智的答案。

"现在,你可以写第二张专辑了。"

他还说了一些有关第二张专辑如何盈利以及该何时写完的建议。而后,我明白了,除了人格以外,我方才还失去了创作的自由,这让我非常害怕。不管怎样,我还能再写歌吗?大家会不会不喜欢我的音乐了?我会不会让他们失望?

我毫无头绪,灵感飞走了,我吓呆了。我一向只会埋头苦干,只会每天早上起床后全身心地投入我唯一在乎的音乐中。现在我连一小节曲子都弹奏不了,演唱不了,更不用说写歌了。哈利带我去看心理医生,给我开了一些抗抑郁的药。世界又恢复了些许矫揉造作的暗淡色彩。我觉得自己好多了。我写了两首歌,大家都说这两首歌与众不同、妙不可言、超凡脱俗,说我才华横溢、空前绝后。我很开心自己并没有江郎才尽,便把这两首歌发给了爱丽丝。一个小时后,她给我打了个电话。

"这些都是什么鬼东西?不要和我说这是你写的。"

我直接挂断了她的电话,我知道她说得对,但我还是很生气。这两首歌狗屁不通！现在我成了一台印钞机，再也没人会和我说实话。这一认知让我十分沮丧，我又去看了心理医生。我用抗抑郁药和酒来麻痹自己。

那年 12 月，《姐妹》依旧稳居畅销榜单前 50 名。哈利每天给我打电话，他和我说了一些我听都不敢听的金额。我挂断电话，感觉自己要被活埋在钱堆里。我呼吸困难。也正是在这个时候，我第一次焦虑发作。

我必须重新掌控自己的人生，于是我决定远离曼哈顿的喧嚣和躁动，回到皇后镇。我想重拾平静，想在沙滩上漫步，想坐在海滩咖啡馆的露台上看着海鸥，喝着铺满了迷你棉花糖的热巧克力。如有必要，我可以等上 10 年，等到海风的呢喃声和布洛克岛客轮下的轻缓海浪声将我的欲望和灵感再次送回。

回到故乡后，我将头发染回原本的发色——栗色，我卸去妆容，脱下皮夹克，除去自少女时期便一直随身携带的独特标志物。街上的陌生人不会再找我攀谈。不过，我认识的那些人会向我索要签名，之后，他们会告诉我说，我和爱丽丝长得特别像，这句话我和爱丽丝从小就经常听，但自从我穿了皮衣、画了眼线和深色眼影、文了文身之后就再也没人说过。

奥利弗的父亲去世了，爱丽丝在葬礼结束后回到皇后镇，她想给我个惊喜，更大的可能是因为她担心我。在功成名就这片惊涛骇浪中，突然之间，人人都试图抓住我，但这也意味着我会被淹死，只有我姐姐才是我唯一的救生圈。她也很清楚这一点。

在这难得的两周里，我们又重回 12 岁。我们在海滩咖啡馆用一杯巧克力庆祝了我的 27 岁生日。我记得爱丽丝很开心、很振奋，甚至很安详——这是这么多年来头一次。她和奥利弗决定2013年1月回伦敦之后再尝试一次体外受精。流产之后，他们变得更加亲密了。奥利弗一直陪在她身边……这是我第一次听她聊孩子，就像在聊一个合作项目一样。这不再是她一个人的失败，她已经明白在这件事情里，他们两个人是在并肩作战。

她一直在聊她的冷冻胚胎，她给它们起了名字，叫弗雷德和……我不记得第二个叫什么名字了。她也会叫它们"双胞胎"，就好像它们已经在体内，就好像手术不可能失败两次。她不停地说双胞胎是她生命的意义，是她存在的理由……根据网上论坛的说法，爱丽丝不停在说的这些话完完全全就不是她应该去思考的内容，否则，一旦失败，她会变得痛苦不堪。

12月21日，我受邀参加《滚石》①杂志的采访。哈利特别兴奋，他说我将进入畅销榜单前10名。他在黎明时分给我打了个电话——对于当时的我而言，下午1:00前的任何一个时间点都是一样的。我穿着睡衣，看着《绝望的主妇》，喝着一升咖啡，想缓解过去几天的连续宿醉。我筋疲力尽，瘦了许多，我越来越不能承受新生活所带来的压力。但是，我向哈利保证我会到场。

在我出发前往伦敦的前一天，我从皇后镇坐火车去纽约接受采访。我姐姐要去宾夕法尼亚车站和她的朋友们会合。我妈妈不想照看大卫，哪怕一个晚上都不想，所以我不得不回趟公寓安置小猫。我还有时间，因为采访是在傍晚。我不太记得这一连串的事情，我喝了一瓶啤酒，弹了弹吉他，收拾了行李，准备第二天的远行……我从不

---

① 《滚石》：*Rolling stone*，美国一本半月刊杂志，主要关注流行文化。

看时间，我一个半小时后才姗姗来迟地闯进了《滚石》杂志位于第六大道的办公室。我已经数不清我对自己说过多少次，我一生只需要努力一次让自己准时到达，便能扭转乾坤。

哈利疯了。他试着给我打了十次电话，可是我的手机没电了。那时，我的手机从来都处于电量耗光的状态，我一直觉得务实会扼杀创造力。哈利一直都是我的良师益友，他理解我、尊重我，现在他却说我是个不负责任的傻瓜。另外，这个新发色是怎么回事？是一流的新风格吗？我不会是想穿着西装去吧？那可是《滚石》，不是《今日心理学》①。该死的！粉色头发可是我的标志，我明天最好去趟理发店。

我让哈利滚开，然后回了家。我在公寓里见到了爱丽丝，她很开心明天可以见到达科塔。我则很抱歉地让哈利失望了。因此，当我午夜时分看到手机屏幕上出现他的名字时，我居然如释重负，真是可笑！他奇迹般地将采访推迟到了明天下午5:00。他会在下午4:00来我家接我，我最好收拾好，穿得像个艺术家，而不是像一个要忏悔的初领圣体者，谢谢！

可是我明天下午5:00不能去参加《滚石》的采访，因为我之后要赶飞机。虽然我的时间感不是很准，但我也知道我有50%的概率会误机。爱丽丝说无法改签，她之前就想尽了办法也无法让我们搭乘同一个航班。我没有回复哈利，我知道他可能不会再原谅我的第二次背叛。

我们去睡觉了，然而，静夜出馊主意，我醒来后想出了这一辈子最糟糕的一个主意。

---

① 《今日心理学》：*Psychology Today*，1967年创立的美国杂志。

爱丽丝日记

2012 年 12 月 22 日，皇后镇

你好，布鲁斯！

好吧，虽然我下定决心要改邪归正，但最后还是冷落了你。今天是我在纽约的最后一天。你知道吗？今天早上，我在喝咖啡，斯嘉丽穿着内裤和金属乐队 T 恤扑到我身上。

"爱丽丝，我有一个 fucking good plan！"她就像 8 岁半时一样大喊。

"我觉得大事不妙……"

"今天你坐我的飞机，明天我坐你的飞机。"

我放声大笑，结果被咖啡呛住了。

"好的，当然没问题……我知道你飞机坐得不多，但是有安检，你不能随随便便就把票给别人。"

"听着！不是你想的这样，不是你想的这样。另外，让我和奥利弗一起飞，太可笑了！你穿上我的皮夹克，眼睛再画上一千克的眼

线,而且我护照上的头发是栗色的,所以……这次采访对我来说是一次巨大的机会。明天我会低调行事,我会和妈妈一起坐你那趟航班,这样我们就可以如期相聚在伦敦过圣诞。拜托了,爱丽丝,如果我错过这次采访的话,我就得自己过节了……"

这个主意让她欣喜若狂,她又在违反规则,在给麻木的自己——她自成功以来,似乎一直都很麻木——注射些许兴奋剂。她恳求我,不让我喝咖啡,直到我翻了个白眼、叹了口气。

"好吧!但有一个条件。"

"什么条件?"

"我希望你可以少喝酒,少吃镇静剂之类的……我不喜欢你这样,我很担心你。"

"好的,我保证。"

她把她的护照和衣服给了我。我们去苏豪区的一家乔装用品店买了一瓶粉色喷雾。我们整晚都在笑着弄头发——她是为了接受《滚石》采访时看起来不像初领圣体者,我则是为了去机场冒充她。

布鲁斯,我知道你会觉得这个主意很蠢,但是我很开心可以给奥利弗一个惊喜,他应该会很高兴看到我代替斯嘉丽上飞机。再说了,也不会出什么大事。

茶几上,安吉拉的茶已经凉了许久。我住口了,没有再解释,我要缓缓,因为我知道最难的部分还没到来。这是我第一次要将这部分大声讲出来。我深吸一口气,开始讲述故事的结局,讲述我和我姐姐一起生活的最后一段旅程。

当我采访结束回到家时,爱丽丝已经走了。她在床上留下了一条黑色连衣裙、一双长靴、她的大衣以及护照。护照上面贴着一张粉色便笺纸，便笺纸上面用圆珠笔匆忙地画了一颗爱心。我将便笺纸小心翼翼地放进钱包，无论走到哪里，我都一直带着。

我洗了个澡。收拾行李的时候，我在床角发现了一本厚厚的笔记本。笔记本封面是绿松石色，还配有黄色波点。上面印着一句格言："一切偶然，都是冥冥中的必然。——保尔·艾吕雅"。我翻开笔记本，看着爱丽丝紧凑、工整的字迹出现在一页又一页的纸张上。是她的日记。我没有看，而是直接放进了我的行李箱里，打算明天带给她。

晚上 7：00 左右，我收到了一条短信。

爱丽丝·史密斯：天哪！成功了！他们完全把我当成了你，还给我们升级到了商务舱！！！！

我回复了一个竖起的大拇指和一个笑脸。
她则发了一颗爱心给我。
这颗爱心也一样，我一直将它保存在手机里。
我破天荒地在晚上 10：00 左右去睡觉了。我记得没过多久，我就满头大汗地醒了过来，心脏一直狂跳。我梦游似的起了床，喝了一杯伏特加，吃了一粒溴西泮，随后，我的心脏平静下来，我又继续睡去。

当天晚上 11：56，从肯尼迪机场飞往希思罗机场的航班坠入大西洋。时至今日，事故原因仍未确定。我唯一的安慰就是知道爱丽丝是和她从高中起就相恋的人奥利弗（尽管他们的感情起起伏伏，但他是她唯一爱过的男人）待在一起，他们应该是手牵手一起离开的。没有找到任何飞机残骸！第二天，所有的报纸都刊登了失踪乘客的名单。我的名字代替姐姐的名字出现了。

这就是我的官方死法，我就像詹尼斯·乔普林、吉米·亨德里克斯、吉姆·莫里森和科特·唐纳德·柯本一样死在了 27 岁。死在了错误的时间、错误的地点。这就是哈利一直所希望的、著名的"蝴蝶振翅"。报纸争相报道了这个事故。就在我的指尖刚刚触及梦想时，就这么惨死了，于是我只能成为传奇，而这一幕也正在发生。在"我"去世的那一周，《姐妹》荣登销售榜第一名。而后，在接下来的几个月里，"我"斩获了四个格莱美奖，赚了数百万美元，成为摇滚传奇。而这一切，都是身后追授。

正如艾拉妮丝·莫莉塞特所说，讽刺！

安吉拉认真地听我说着，表情十分专注。她也始终攥着我的手，没有松开过。我没有再说话了，我们之间弥漫着一片沉默，几秒钟后，她说："我深感抱歉。"

然后，她毫无征兆地拥抱了我。她温暖的怀抱和气味让我热泪盈眶，我意识到这是第一次有人为我姐姐的去世向我表示慰问。

"可是你就没想过……"她继续说，"报警？我不知道这么说对不对。"

我耸了耸肩，试图让安吉拉明白我的荒谬处境。悲伤就像黏稠的泥浆，渗入了我大脑的每一个角落。我失去了这个世界上我最在乎的人，其他都变得不那么重要了。我浑浑噩噩地在家里躲了好几天，一直在想自己都做了些什么，我出门也只是为了给大卫买吃的，给自己买了一袋生啃的麦片，免得饿死。都是我的错，我姐姐的死都怪我。

剩下的就只有一些行政工作细节了。乘客名单上出现人名错误，不要紧！直到我看到自己的脸登上了《人物》杂志的头版，我才想起这个细节——全世界都以为我死了。

"可是……你的家人呢？"

"我去看了妈妈，她悲痛欲绝，她和我说……说……"

我咽了咽唾沫，试图将喉咙里那个快要爆炸的肿块清理干净。很显然，我母亲并没有在事故发生后的第二天飞往伦敦。几天来，她一直在给爱丽丝打电话，最后，我出现了。向她解释真相是我这辈子做过的最难的事。看到我还活着，她先是如释重负，随后才意识到这对爱丽丝而言意味着什么，便又感到恐惧。我明白，她更希望飞机上的那个人是我，而不是她最爱的女儿。

我用微弱的声音继续说："她和我说，都是我的错……我只会给这个家带来麻烦，她……她再也不想听到我的消息。"

如果说姐姐死后，我还剩下一块残心，那我母亲就在那天将它给打碎了。

安吉拉惊恐的眼睛里充满了泪水。我想起了她和艾比照顾孩子的方式——永远充满耐心，会和孩子亲热，会给予孩子温情，每晚都会讲故事。安吉拉无法理解我的遭遇，我很早就意识到对于母亲而言，我的存在就是时刻提醒她，她深爱的那个男人在厨房餐桌上留下一封信后便抛弃了她。她在电话里和她的闺密说"两个孩子隔这么近，会破坏夫妻感情"……无须哈佛学位也能理解其中的深层含义。

"那你认识的人呢？你姐夫的家人呢？"

我耸了耸肩。

"我搬家了，换了电话号码，关闭了Facebook账户，切断了和所有人的联系。爱丽丝的一些朋友每年都会给她发一封生日邮件，我没有回复过任何人，他们最后都放弃了。至于奥利弗的家人，他们在短短几周之内失去了父亲和儿子，或许爱丽丝的沉默对他们来说是一种解脱，他们不需要再去承受更多的伤痛。此外，我等待着有人能明白事情的真相，揭发我、认出我来，然而什么都没发生。由于我内心的一角并不是真的想让死人复活，所以我什么都没说，于是我就变成了我姐姐。"

"之后呢？"

"之后我就给伦敦打电话，将爱丽丝和奥利弗的公寓退租。新闻头条说我悲惨地失去了丈夫，所以房东同意将我姐姐的私人物品归还给我，我让他保留了所有剩余的东西。我把'凤凰'放进了一个纸盒里，我开始憎恨音乐。如果没有那次采访和我的远大理想，爱丽丝就不会死。"

"然后你就开始涉足金融行业……"安吉拉补充说。

"是的……那一年，我把自己关在家里，只学金融。奇怪的是，严谨的数字以及那些可以预测结果的、干净清晰的公式拯救了我。随后，我找到了一份金融工作，遇到了你。也就是从那一刻起，我在这个荒谬谎言的基础上重建了像模像样的正常生活。"

安吉拉不得不返回纽约，要知道她的直属上司安德鲁能给她两周假期就已经是奇迹了，毕竟他因为我焦虑发作，当天还是第二天就把我开除了。然而，她每天晚上都会打电话给我，强迫我打开摄像头，以确认我吃的是不是她让第八区的一位素食熟食店老板给我送的有机菜。有时，我会想，是不是爱丽丝在天上派安吉拉替她来照顾我。安吉拉命令萨兰雅每周来看我三四次，甚至连萨兰雅都至少有两次没迟到，这表明万事混乱的她在担心我。每个人都在担心我。一想到不用再撒谎，我既愧疚又如释重负。我也把真相告诉了萨兰雅，我以为她要中风了，她震惊得至少有四分钟没有说话。随后，她在 Spotify 上下载了我的专辑，并和我说她以后要循环播放。

我再次推开公司办公室的玻璃门，我已经三周没来上班了，不过，我每天都去看心理医生，因为我答应过安吉拉。我似乎还有一些事情要解决。维克托瓦和瑞达已经到了，他们热情地欢迎我，想知道发生了什么，并和我说，如果我需要帮助的话，可以直接找他们。

"我挺好的，就是太累了。"我说，我被他们的关心感动到了。

瑞达将一个纸袋递给我，我诧异地向他表示感谢。我小心翼翼地打开纸袋，里面是一个肉桂葡萄干贝果。

"和纽约的一样，是水煮的。"他说，"千真万确，我黎明时分去十八区一家偏远的面包店买的，据说是巴黎最好吃的贝果。"

"我给你买了一些奶油芝士。"维克托瓦补充说。

她说到做到，从军用背包里拿出一盒奶油芝士和一把黄油刀。我感动得喉咙发紧，如鲠在喉，我咽下了那根骨鲠，结结巴巴地说了声"谢谢"。

"我们一起去喝咖啡，然后再回来。"瑞达看着情难自抑的我，说道。

"不用，你明明看到她快哭了。"维克托瓦说。

"完全正确。"瑞达翻了个白眼。

维克托瓦跟在他身后，小声抱怨着说她永远无法理解这个荒谬社会的荒诞规则。我则用贝果袋子里的一张纸巾悄悄地擦拭着眼泪。

贝果香甜可口，里面的肉桂和情义与纳拉甘塞特海滩咖啡馆的如出一辙。和瑞达、维克托瓦一起喝的这杯咖啡也让我感受到了甜意。或许我现在可以停止挣扎，可以一劳永逸地将环绕在我心房的铁丝网全部拆除，可以承认这些铁丝网对我的伤害多过保护。

我把塑料杯扔进垃圾桶，漫不经心地问："杰瑞米不在吗？"

只见维克托瓦用手肘顶了顶瑞达，导致瑞达趔趄了一下。即便如此，也只能由他来回答这个问题，毕竟维克托瓦闭口不言。

"他带佐伊休长假去了，后天才回来。"

我们回到办公室。随后，我就像过去三周从未发生过什么一样，专心研究公司账目。

片刻过后，我敲了敲克里斯多夫办公室的门。透过那扇横亘在我们之间的玻璃，我发现他完全没有反应。几缕阳光为石板屋顶带来了暖意，透过眼镜，他的眼神迷离，似乎在盯着屋顶之外的一个圆点。我犹豫了一下，随后轻轻推开他办公室的门。

"克里斯多夫？"

他转头看向我，虽然他穿着精致的羊绒衫和崭新的斯坦·史密斯运动鞋，但看起来就像个迷路的孩子。他好几天没有刮胡子了，几根蓬乱的胡须遮盖着他那苍白的脸颊。我为他感到心痛，但我越早将消息告诉他，他便能越快采取行动。我关上身后的门，在他对面坐下。

"爱丽丝，你还好吗？"

"好多了。很抱歉突然消失了三周，我……"

"你朋友和我说过你生病了，你不用担心。"他亲切地说，看起来依旧有点心不在焉。

他的办公桌上一片狼藉，一个空咖啡杯倒在一个热带木材制成的图腾旁——他曾和我说过这个图腾产自危地马拉，会给他带来好运。写着潦草字迹的便笺纸就像褪色的花冠一样，将熄灭的电脑屏幕给圈了起来。在这片杂乱中，一张相框里的照片吸引了我的目光，我此前从未注意过这张照片。岁月褪去了照片的颜色，上面有三个20世纪90年代的少年。虽然当时克里斯多夫和杰瑞米的脸蛋更加圆润，也没有长胡须，但我还是认出了他们，那时的他们应该是15岁左右。第三个人是一位有着浅绿双眸、乌黑秀发的少女，她的穿着略显垃圾摇滚风。她的一只胳膊亲密地搂着杰瑞米的脖子，头则靠在克里斯多夫的肩膀上，克里斯多夫紧紧地搂着她。

克里斯多夫顺着我的目光看去。

"她是桑德拉，"他解释说，"是杰瑞米最好的朋友，也是我高中时的女朋友。她17岁的时候死于一场滑板车事故。"

我一时沉默不语，心头一紧。虽然杰瑞米和我说过桑德拉，也说过她和克里斯多夫之间的关系，但他却从未提过自己和桑德拉是如此亲密。

"她只让我们穿孤袜，"克里斯多夫解释说，"因为所有相爱的人都是出双入对的，她不想冷落任何人，就连袜子也不行。正是为了她，我才创办了'永恒之梦'。"

现在，我至少知道杰瑞米为什么不信任"永恒之梦"这个项目却又投资了，他不仅仅是为了支持克里斯多夫，也是为了纪念儿时那位想让孤袜成双的绿眸好友。克里斯多夫小心翼翼地将照片放在屏幕旁边。

"我猜你是来找我谈账目的吧？"

我将特意打印出来的上月财务收益表递给他。

"我今天早上给你发了邮件……"

"我看见了。"

他给我指了指个人发展书堆上面的一张纸。这一次,克里斯多夫看了我的邮件,他甚至还打印了附件。我低下头,深吸一口气。

"对不起,克里斯多夫,可是考虑到程序发布以来的下载量,我们必须……"

"57 次!"他打断了我,"57 次下载量!其中有 4 次是我母亲为了支持我,申请了邮箱下载的,剩余的是公司员工和朋友下载的。"

他看起来备受打击,我试图安慰他。

"至少你的家人支持你。"

"我们还能撑多久?"

"我们要付工资、租金和外部承包商未结清的账单,最多 10 天就得关门。之后,你就没钱再给'永恒之梦'的员工付工资了。"

他闭上眼睛,双手抱头,将本就凌乱的浓密头发揉得更乱。

"10 天……"他说。

我为他感到难过,我条件反射般地想将手放在他的手臂上安慰他,但我忍住了。

"我不知道该和你说些什么,也许市场不是……"

"没什么好说的。反正也就是个没人相信的蠢主意,大家完全不在乎孤袜。我们曾找过一个银行家投钱,但你知道他和我说了什么吗?"

"不知道……"

"他说他只买一模一样的黑色袜子,他甚至都不用成双成对地摆好,这样,他就永远不会遇到孤袜的问题……就是这么简单!这是我听过最悲伤的事!我就是一个失败者,仅此而已,我从来就不会成功。"

我下意识地抚摸着手腕处——那里的手链不见了——的肌肤，轻声回答："不，你是一个艺术家，所有的艺术家在成功之前都是失败者。你知道的，媒体总是给我们讲一些一夜成名的故事、现代童话故事，无须丰功伟绩，也不用努力奋斗就可以偶然间取得成功。这个谎言再差劲不过了！无论在哪个领域，第一次就能成功的人十分罕见。也正因如此，所以大家才会谈论他们，毕竟他们的故事堪比童话故事。"

他沮丧地叹了口气。

"你不知道我创办过的所有公司都……没人愿意再在我身上投资。我就是平庸之人，我可笑至极。"

"你知道的，在美国硅谷，企业家失败的次数越多，就越有机会找到投资人。"

"荒谬！"他咕哝道。

"不，这是合乎逻辑的。首先，你承担的项目越多，积累的经验就越多，任何一个人在某一天决定这辈子要闯出个名堂，或者决定去冒险、去投身未知领域，肯定都知道成功，尤其是随随便便的成功，是无法教会我们任何东西的，然而，失败却是最好的学校。此外，所有的失败都能表明你的性格中存在许多积极的因素……"

"没错，我就是一个失败者。"

看着他如此垂头丧气，我莫名觉得心碎。我需要他振作起来，我需要他向我证明并非一切都注定要失败，并非一切都注定要接受宿命的安排，事情偶尔会出现转机。于是，我站了起来，坚定地和他说："不，这证明你没有放弃，证明你满怀激情、坚韧不拔、刻苦努力、坚决果敢，证明你能够在跌倒后爬起来。克里斯多夫，你必须继续前行,你天生就适合创造,适合开办企业……你等着吧,你总有一天会成功的,你……"

"这些都是纸上谈兵而已,都是美式个人发展书上的胡说八道。我每一天、每时每刻都甘于平庸,我就是个废物!"

"不!不是纸上谈兵,是事实!失败者从来都不是没有成功过的人,而是那些没有尝试过的人。失败者是那些声称会做却从不去做的人,是那些一遇到困难就缴械投降的人,是那些将不顺之事视为宿命,且不停抱怨却从不行动、不去改变的人。这些人才是平庸之辈!可你不是,克里斯多夫,你拥有的不仅仅是优秀品质,你可以有很多种身份,但你不会是失败者。"

我说得异常激动。我双拳紧握,紧到我的指甲都嵌入了掌心。克里斯多夫看着我,既震惊又好奇,仿佛他刚刚发现了我完全不为人知的一面。

而后,他点了点头。沉默片刻后,他自言自语地低声说:"然而,不得不说,这个世界上没有那么多的诗情画意可以拯救孤袜……你能和其他人说一下吗?等杰瑞米周三回来的时候,我们一起在会议室开个总结会。如果可能的话,什么都别和他们说,我希望由我自己来宣布冒险结束。"

"好!如果有什么我能做的……"

他摇了摇头,再次转身看向窗外,看起来比我刚到的时候还要沮丧。我站了起来,垂头丧气地离开办公室。就在我准备关门的时候,他看着屏幕前的照片,对我说:"谢谢你!爱丽丝,谢谢你所做的一切。"

星期三来得太快,也来得太慢。我既害怕杰瑞米回来,又迫不及待地等着他回来。这场无休无止的矛盾芭蕾舞曲让我自己都心生厌倦。我早上和维克托瓦、瑞达一起喝咖啡,他们不停地争吵着,随后开始攻击我,想让我判断谁对谁错。我没有告诉他们,克里斯多夫一会儿要召集我们开会,宣布"永恒之梦"这场冒险结束。我为他们感到心痛,但我也尊重克里斯多夫想亲自向他们宣布的意愿。我若无其事地工作着,仿佛工作是一剂良药。

我们回到工位时,一个开心的声音从远处呼喊着我。

"Fuck,爱丽丝!"

我吓了一跳,迎面看到杰瑞米和胳膊下夹着一本厚书的佐伊。

"嗨!"杰瑞米喃喃地说,他显然和我一样不自在。

"嗨!"我轻声说。

他没有驻足停下,他的外套拂过我身旁,这简简单单的碰触,让我的灵魂深处为之一颤,我僵住了。

"喂!爱丽丝!"佐伊说,"我……"

"别打扰爱丽丝!"杰瑞米打断说,"她得工作。"

他牵着她的手,把她拖走了。

我深吸一口气,朝他的办公室走去。我有千言万语要和他说,以至于不知道该从何说起。或许可以先道歉。

"我可以和你谈谈吗?"

他给我指了指他对面的座位。他看起来精神不错——周末一定和佐伊过得很愉快。至于佐伊这个小女孩,则是喜气洋洋的。

"妈妈回家住了,爱丽丝!"她在办公室里跳来跳去,欢呼着说,"她不会再去日本了,她会回到我们身边。我们三个人一起过的周末,特别棒!"

我一时说不出话来,随后,我费尽了力气,终于笑了一下。

"真替你高兴,佐伊!"我说,"这是个好消息。"

杰瑞米从口袋里掏出1欧元,递给孩子。

"佐伊,去给你自己买瓶橙汁,然后去抱抱克里斯多夫叔叔。"

"好的,我知道了,因为他今天很伤心。"佐伊就像背课文一样不停地重复说,"不过没关系,虽然他现在很伤心,但之后就不会伤心了。就像我们一样,我们之前也很伤心,但现在我们很幸福,生活本来就是这样!"

"完全正确!"杰瑞米温柔地说。

我不确定自己是否同意这种分析,但我没有说话,反正我已经心痛到无法说话了。佐伊夹着书走了,留下我和他独处。我知道在办公室的玻璃墙外,瑞达和维克托瓦甚至都懒得假装忙碌,他们不会错过我们的谈话,一点一滴都不会错过。这两个人总是在观察办公室里的日常,所以才那么了解我的喜好,但我又无法责怪他们。

"我以为你再也不想见到我了。"杰瑞米指出。

我感觉很不自在,于是下意识地扯了扯袖子。他用他那双如山中湖泊一般清澈且平静的眼睛凝视着我。我再也无法从他的眼神中读出任何东西,我很是心痛。在此之前,他会让我从他的眼中读懂他内心的想法。我揪心般地回忆起了在那几周——所有的药物都是多余的,那是这么久以来,我的指尖第一次触碰到类似幸福的东西。

"我不知道……桑德拉……和你是朋友……克里斯多夫告诉我的。"

这句话脱口而出,却与我们的谈话毫无关系。既然我知道了杰瑞米的伤心往事,我就莫名地想安慰他,想告诉他我懂。我知道这种伤疤虽然表面上愈合了，但却会产生阵阵刺痛，愈合只是表象，它的下面隐藏着孤独的黑暗深渊。

"我想，我们彼此之间有许多话没有和对方说过。"他沉默了一会儿，回答说。

这一次，我从他的语气中听出了遗憾。我点了点头。我现在有数十亿件事想和他说，可以说上好几个月。我本想让他问我发生了什么事，我本想将头靠在他的肩膀上，让他像前几次那样安慰我。然而，他却没有任何表示。他绷紧了下巴，眼神中波澜不惊，他甚至都懒得脱下外套，这一切都说明他希望我们之间能保持距离。

终究还是太迟了。我曾经为了能让父亲回来，在皇后镇的卧室里对着阁楼天花板祈祷过太多次，以至于我不敢冒险将佐伊那因为母亲回来而露出的灿烂笑容浇灭。我努力微笑着，但却很想哭。我不禁在想，这个眼睛和利亚姆·加拉格尔的眼睛一样蔚蓝的男人是不是也是爱丽丝送到我身边的。

"我想道歉……我从未想过会走到这一步。和你一起度过的所有时光，对我而言都很重要，真的很重要。"

"好！"

这个词让我想起了我们的第一次谈话，那时我在为自己的面试道歉，而他也是用这种冷淡的语气，简单地回了一个"好"。

"'好'的意思是'我们和好了'？"

他笑了笑，但眼里却满是悲伤。

"'好'的意思是'即使人们的想法是错的，我也不会怪他们说出来'。"

我点了点头。

"谢谢!"我轻声说。

"至于你的秘密,我不会说出去的。"

我轻轻地关上身后的玻璃门,感觉自己的心也留在了里面。我在回工位的路上遇到了佐伊,她将她的书当成托盘,上面放着一罐橙汁。她小心翼翼地在办公室里走,斜眼看着掉落在自己鼻子上的刘海儿,自言自语地说着话。

"需要帮助吗,佐伊?"

"啊,不用,不过我有东西要给你。"

小女孩兴奋得差点把橙汁摔下来,我堪堪接住了。她打开书,我的心脏停止了跳动。我的坠饰手链像书签一样夹在这本小说的书页之间。

"你把它落在家里了,所以我替你收好了。"她将手链递给我,解释说。

光是用手指触碰这串金属,我就百感交集。"有它在,就相当于我一直和你在一起。"

"谢谢你,佐伊!它对我来说太重要了!"

我检查了这条金黄色的细链。搭钩坏了,但很容易修好。我小心翼翼地将它放进钱包。

"等等!"我和小女孩说,"我给你做一个新的书签。"我抓起一张纸和一把剪刀,剪出了一个书签。我将书签放在书页之间,眼睛却被一个短句吸引住了。准确来说,闯入我眼帘的是两个名字。

"你还好吗,爱丽丝?"佐伊问,"你脸色发白。是看《哈利·波特》看的吗?你也喜欢弗雷德和乔治这两个角色吗?"

一回到家,我就冲到床头柜的抽屉前,从里面拿出了爱丽丝的日记本。扉页上的格言正嘲笑着我。"一切偶然,都是冥冥中的必然。——保尔·艾吕雅"。为什么我姐姐会选择这句话?她说过,从统计学角度来看,巧合只是小概率事件。我翻阅着日记,找寻着那一页。大卫跳到我腿上,陷入沉思的我心不在焉地抚摸着它。

"你相信巧合吗?"

它喵喵叫,打了个哈欠,它才不在乎。虽然我晚上经常会把爱丽丝的日记拿出来,并抚摸那早已褪色的封面,但我已经好几年没读过了。我翻阅着日记,找到了我要找的那一页。弗雷德和乔治,就像《哈利·波特》里的一样。这是爱丽丝给她剩余的那两个冷冻胚胎所起的名字,她非常确定自己总有一天会"真真切切"地看见他们。可是她2013年1月未能返回伦敦如期接受体外受精,毕竟她从未抵达伦敦。我记得我刚搬到巴黎不久,便收到过医院的来信。手链放在了《哈利·波特》这本书里,还有那句格言……我们可以选择从中看到暗示,也可以选择只看到巧合。生活充满了足够多的意外,多到足以让人自行诠释。然而,这些巧合不仅多,还都指向了同一个方向——弗雷德和乔治。很显然,我有了一个想法,一个危险、不合法且荒谬十足的想法,这个想法可能会引发长时间的人神共愤。我认为爱丽丝一直在设法将这个想法告诉我。我姐姐唯一想要的东西,以及她对自己和奥利弗的唯一期盼,就是让弗雷德和乔治出世。最后,我明白自己可能有办法为姐姐的死而赎罪了。

发件人:艾莉卡·斯宾塞
收件人:爱丽丝·史密斯
日期:2019年4月22日
主题:

爱丽丝，

这封邮件是您最后的机会。如果您不回复，也不按照我的要求转账，我就会把您的真实身份透露给媒体。

考虑到转账的延迟性以及银行可能存在的一些必要的授权手续，我给您三周的时间，多一天都不行。

听不听由您！

艾莉卡·斯宾塞

我一夜未睡，一直在想那个或许可以让我赎罪的主意，然而，过程中的艰辛又让我犹豫了。谁会做如此疯狂的事呢？

我又读了一遍艾莉卡的邮件，我第一次不再害怕她的威胁。艾莉卡·斯宾塞勒索了我多年。真是奇怪，她以前可是我的粉丝，也是一名摇滚博主，后来转行当了记者。我死后，她曾想写一篇关于我的报道，所以她第一次联系我的时候以为我是姐姐。我曾试图避开她，但她一直骚扰我，最后我做了一个错误的决定，给了她一次见面的机会。那时，我还没有用激光洗掉文身，也没有养成扎头发和不再化妆（以防大家认出我）的习惯。艾莉卡迷恋了我好几个月，她是我的歌迷，会模仿我的风格，比我自己还了解我的一生。她采访过我以前的老师和同学，还专门开了一个博客，声称自己认识我。她就是一个疯子！当她终于见到我时，她很快就意识到我不是爱丽丝。

我结束了一年的休假——这一年我都把自己关在家里学习金融基础知识——刚刚找到一份工作。爱丽丝的简历征服了不止一名招聘官，我的收入很可观。我开始依赖安吉拉，我想让艾莉卡远离我正在构建的生活。于是，我很愚蠢地提出用支票换取她的沉默。她贪得无厌,一次、两次、十次,一次比一次要得多。

有一天,她尾随我来到我位于华尔街的办公室。在汇报中途,我在客户面前焦虑发作了,这件事让我丢了工作。我把账户里的积蓄全都取出来给了她,然后便逃到了法国,希望她不会再来找我。我早该知道她不会轻易放过我这只会下金蛋的母鸡。

我可以付她钱。《姐妹》的版权费每年都会打入我一直拒绝接触的那个银行账户。我的前任经纪人哈利和公证人都将我误认为爱丽丝,他们联系了我许多次,告诉我这笔钱是属于我的,但我从未回过电话。

我有三周的时间可以用来办理行政手续,将这笔钱取出来。三周后,艾莉卡就会揭发我,最终,我又会再次变成斯嘉丽。

我闭上眼睛,再次抚摸着手腕上的手链。我深吸一口气,然后做出了生命中最重要的决定。这个决定是唯一可行的方案,如果爱丽丝还活着,她也会希望我做出这个决定。我必须在艾莉卡揭发我之前、在全世界都得知斯嘉丽·史密斯·里维埃死而复生之前展开行动。多年来,这是我第一次有了一个 fucking good plan。要想执行这个计划,我就需要再当一段时间的爱丽丝。

我在欧洲之星的座位上惊醒了。车窗上的雨水模糊了风景,混凝土灰和砖红色在雨中混为一体。火车已经穿过伦敦郊区,很快就会抵达圣潘克拉斯。

我还能退缩。

被逼到无路可退的时候,我才发现我的计划似乎根本不是那么地 fucking good。然而,我不会半途而废,我亏欠了我姐姐。我在出站口叫了一辆黑色出租车。我第1000次从手提包里拿出了几个月前收到的医院来信,信已经变得皱皱巴巴了。

"到了!"司机用英语告诉我。

我吓了一跳,将信用卡递给他。雨停了。维多利亚女王私立医院就矗立在我面前,它的两侧紧邻着一座红砖教堂和一栋维多利亚式房屋。医院巨大的观景窗和超现代的建筑风格让它与周围有些格格不入。我深吸一口气,朝入口走去。我面前的门开了,洁白无瑕的大厅里放着一排舒适的等候椅、一张放有杂志的桌子和一棵绿植,穿着工作衫的医生在咖啡机前交谈。

前台处,一位盘着完美发髻的金发女郎冲我微笑了一下。我和她说我约了斯通博士,并把护照给了她。她检查了一下,随后在电脑上进行搜索。

"爱丽丝·史密斯·里维埃,下午2:15,在二楼体外受精部。祝您今日愉快!"

她带着灿烂的笑容将护照递给我,我向她表示感谢,随后朝电梯走去。我不知道是否应该相信巧合,我不知道是否一切都已板上钉钉,我不知道是否每个人都可以掌控自己的命运,我不知道是不是偶然和运气在主宰全宇宙以及我们脆弱生活的走向。我唯一知道的就是我和弗雷德、乔治必然会见面。而这一次,我不会迟到。

发件人:斯嘉丽·史密斯·里维埃

收件人:艾莉卡·斯宾塞

日期:2019年5月15日

主题:

亲爱的艾莉卡，

您看到了吗？我申请了一个新的邮箱地址。

因此，我会用这个邮箱回答您的上一个问题——没错，我拿回了我的钱（特别多的钱。成为一名已故的摇滚明星真是太划算了。您拿着这笔钱差不多可以给自己买一份良心）。没错，我意识到您还在等我转账，不过我却不打算这样做。

随便您怎么做，我不在乎！另外，下次您再找我的话，我就去告您。

衷心的祝愿。

斯嘉丽

另外，啊，对了，我忘了最重要的一件事——去你大爷！

我实际上才怀孕5个月，却感觉像过了5年半。我的体重大约为63.7千克，我一天中大部分的时间都是将双手放在肚子上，为双胞胎唱披头士的歌，感受着他们的一举一动。体外受精的过程远谈不上愉快，但一切都进展得异常顺利。每一个阶段，私立医院都会检查我的护照，但他们从来没想过这本护照可能不是我的。爱丽丝的妇科医生德洛丽丝已经退休了，所以没人会认出我来。

爱丽丝几乎每一点都说对了，如弗雷德和乔治与多年前已变成星星的姐姐不一样，他们会出生。然而，有一个小细节除外——弗雷德和乔治不是两个男孩，而是一男一女。不过没关系，毕竟弗雷德这个名字在法国可以变成阴性，所以他们会叫福德莉奇和乔治，这两个名字同样好听。

安吉拉、萨兰雅和瑞达——每个知晓我所做之事的人（维克托瓦除外，她觉得我十分务实、高效）都觉得我疯到了极点。尽管如此，他们还是答应陪我去医院，答应在我产后照顾我。现在，我知道要在"紧急联系人"那一栏里填哪些名字了。

艾莉卡·斯宾塞将威胁付诸行动。《人物》杂志报道了这则消息，我特意低调了一个月，我剪了头发、换了房子。这则消息引起了一点轰动，而后就像安吉拉做的素食舒芙蕾一样蔫了下去。是新闻，还是腥闻？没人知道。从那以后，我再也没有听到过艾莉卡的消息。哈利给我发了一封邮件，发到了爱丽丝的邮箱里。他不知道传言是否属实，但如果我还活着，他希望我快乐，希望我如果想重返音乐界的话，可以直接联系他。他还在期盼着第二张专辑。我没有回复。

我坐在圣马丁运河河畔的一家咖啡馆的阴凉露台上。萨兰雅要来找我。橘黄色的树叶倒映在碧绿的河面之上，一艘小艇在9月底冰冷阳光的照射下缓缓前行。我试着用我曾经作为美国小女孩的眼光来欣赏巴黎，我尽量不让自己看腻巴黎的美，以保持最初的那份美好。到目前为止，这个方法是可行的。

萨兰雅气喘吁吁地来了，她只迟到了12分钟，真是个奇迹。自从我怀孕后，她对我就像对一个6岁小孩一样，觉得我需要有人经常照顾。

"你一个人吗？"她环顾了四周，问道。

"是啊，怎么了？还有别人吗？"

服务员走了过来，问她想点点儿什么，她却摇了摇头。

"什么都不用，谢谢！"

她容光焕发，眼睛在发光。棕色的卷发将她的脸庞框了起来。

"你心情好像不错……"我笑着说。

"是的,你猜怎么着?杰瑞米把我介绍给了你的前任老板——克里斯多夫。"

萨兰雅会定期和杰瑞米见面,她每次提到他的时候,我都会心头一紧。虽然六个多月没有他的消息,但一想起他我还是会心痛。不过,这并不是我们谈话的主题,于是我惊讶得挑起了一边眉毛。

"你在和克里斯多夫约会?"

她目瞪口呆地看着我,随后放声大笑。

"当然没有,你怎么想的!他对我来说太能聊了。不过,你还记得我的问卷调查吗?就是给我的老可爱们找匹配对象那个。"

"记得……"

"呃,简单来说,我们要把它做成一款应用程序,这样的话,老年人就可以在同一片区找到志同道合的伴了。"

"老年人交友网站?"

萨兰雅隔了几秒钟才做出回应,她一边编辑着短信,一边继续环顾四周,仿佛在找人。

"没错,不过是一个结交普通朋友的网站,我们还会把大家彼此之间意气相投的程度考虑进去……"

"你打算和克里斯多夫一起创建这个网站吗?"

"没错,我们是合伙人!坐在你面前的就是未来杰出的女企业家,她将彻底改变老年人的日常生活。"

"你要辞去养老院的工作吗?"

"开玩笑!我热爱我的工作。你都不知道,我所有的老可爱一听到这个应用程序的想法就超级兴奋。他们所有人都投资了几欧元,还给了我许多建议,特别好!我感觉这个项目已经让他们多挣了十年的钱。"

我开怀大笑,我替克里斯多夫、萨兰雅以及养老院的老可爱们感到高兴。

"克里斯多夫还好吗?"

"好得不得了。他成功说服了我的领导让他来做一场名为'对抗平庸、重振旗鼓'的讲座,他甚至决定要写一本有关这个主题的书……他想法丰富、激情满满,总能给人以启发。说实话,我们需要更多像他这样的人。"

萨兰雅第三次转身看向人群。

"他到底在干什么?"她喃喃自语。

"谁啊?你约了别人?"

我话音刚落就被吓了一跳。一个熟悉得可怕的男人影子出现在了小小的咖啡桌前。

"啊,你来啦!"萨兰雅惊呼。

杰瑞米的一只手迟疑地抚过他棕色的头发,他震惊的目光停在我隆起的肚子上。我不让大家告诉他我怀孕了。很显然,他和我一样困惑。

萨兰雅从我对面的椅子上站了起来。

"坐!"她命令道。

他惊讶得忘记了反抗,乖乖坐下。我则沉默不语,什么都说不出来。

"好啦!"萨兰雅继续说,"我不需要给你们做问卷调查也知道你们是天生一对,我从来不会看走眼。我知道你们两个人都不爱说话,你们经常用眼神、沉默之类的东西进行交流，不过我们既需要含情脉脉地看着对方，也需要时间去向对方解释。杰瑞米再次恢复了单身，虽然他不想承认，但他很想你。爱丽丝怀了双胞胎，虽然她也不想承认，但她也不停地在想你，杰瑞米。我说完了，你们可以开始对话了！就现在，你们来聊聊吧！"

说教结束之后，萨兰雅将墨镜戴在鼻梁上，在我们诧异的注视下，迈着坚定的步伐转身离去。

杰瑞米和我静静地对视了漫长的几秒钟。他的眼眸依旧湛蓝清澈。他没有变，不过胡子可能变短了一些，只在下颌处留了一点点。他穿着一条牛仔裤和一件浅灰色的T恤，十分朴素。行人在我们面前鱼贯而过，邻桌的两个年轻女孩正在背诵电影台词，笑得前仰后翻。我们同时张开了嘴，想说些什么，却又立即合上嘴，想让对方先说。

"很高兴见到你！"他终于说话了。

他用低沉而稳重的声音说了六个字，我的心都化了。我点了点头。

"你怀孕多久了？"他指着我的肚子，小心翼翼地问。

我猜，在湛蓝目光的背后，他正计算着月份，想确定自己是不是孩子的父亲，如果不是，那我在离开他之后花了多长时间找别的男人。我知道这一次，如果我不说出真相，就无法脱身。于是，我深吸一口气，说："几年前，我失去了我姐姐。之后，你知道的，我有点崩溃……"

我的声音哽住了。邻桌的女孩开始聊排球，一对紧紧相拥的情侣从旁边经过，后面跟着一个小男孩，问他们什么时候到。杰瑞米俯身靠近我，温柔地、视若珍宝地握住我的双手。于是，我终于将真相从头到尾地告诉了他。

五年后

透过海滩咖啡馆的窗户,我看到客轮正缓缓地在蓝色大海上前行,我听见海鸥在啼叫、海浪在拍打堤坝。我将热巧克力递到唇边,呷了一口,回忆涌上心头。

瑞达在法国一家大型工业企业工作了三年后,成功调任美国。他住在得克萨斯州最偏远的敖德萨。我试图向他解释敖德萨和纽约毫无关系,但他却什么都不想听。他将洋基队棒球帽换成了牛仔帽,并乘坐第一班飞机前往休斯敦。出人意料的是,他很喜欢得克萨斯州人……由此我推断,他的英语水平从我们一起开始茶歇之后,就没怎么提高过。

维克托瓦创建了一种可以分析社会行为的算法,为任意类型的场景和文化提供合适的应答。不想口是心非的她从不使用这一算法,但她却借此大获成功,那些试图融入当地文化的移民是她的主要用户。

克里斯多夫和萨兰雅也推出了他们的应用程序。这款程序自推出以来,下载量已有数万次,但他们并没有挣到一毛钱,因为他们决定让大家免费使用。克里斯多夫就这款程序接受记者采访时说，这是另一种让孤袜成双的方式，惹得记者目瞪口呆。此外，他还在继续创办失败的企业。更重要的是，他凭借自己的书《为失败正言——我是如何为平庸所欺骗》（*Defending failure, or how mediocrity makes me fail*）成了百万富翁。该书在19个国家翻译出版，全球销售量高达数百万册。可惜的是，他拒绝写第二本。不得不说的是，他曾和出版商吵得天昏地暗，出版商借口原标题"孤单袜子的梦想生活"毫无意义，且与主题无关，不同意使用。可惜了一个好标题！

两年前，我用真名重新申请了一本法国护照。政府工作人员一直在报纸上关注我死而复生的故事，她很开心我又正式变回了斯嘉丽。我选择了随母姓，弃父姓。于是我第一次以法国人斯嘉丽·里维埃的身份回到了美国。过海关的时候，我屏住呼吸，为自己骗过系统而感到自豪，就像我少女时期总是想尽办法违反校规一样。

我去看望了母亲，希望福德莉奇和乔治可以认识一下他们的外祖母。我知道爱丽丝也希望我这么做。门廊下的房门就像小时候一样，没有上锁。我牵着双胞胎——他们的存在赋予了我勇气。我十分害怕。一切都未变，百年枫树的金黄叶子没有变，提拉窗前的泛黄窗帘没有变，门廊下吊床摇晃的咯吱声也没有变。只是近些年，美国国旗不再随风飘扬。我推开纱门，走进厨房。母亲一如既往地在电脑前工作。她抬头看向我，随后目光落在福德莉奇身上。福德莉奇两岁的时候就已经长得和爱丽丝一模一样，她的一颦一笑都能让我想起爱丽丝。母亲摘下眼镜，揉了揉因看屏幕而疲劳的眼睛，随后，她明白自己不是在做梦，放声大哭起来。我们的关系依旧很疏远，但随着岁月的流逝，我们会亲近起来的。每年秋天，我都会带她的外孙外孙女去看望她，她特别开心。

透过窗户，我看到杰瑞米在沙滩上奔跑，福德莉奇和乔治在后面追逐。海风将他们欢快的尖叫声吹到了我耳边。妈妈坐在石墙上，微笑地看着他们。

我解释完怀孕的事之后，杰瑞米十分震惊，他花了好几天时间才缓过来。准确来说，是两天半——我一生中最漫长的两天半。他敲响了我家的房门，和我说他不得不承认，没有我他活不下去。毕竟，生活中充满了意外，而且，他也已经有了一个女儿，我们将成为巴黎万千重组家庭之一。所以，是他陪我去的医院，我在产房里用美语大骂脏话时，也是他握住了我的手，是他在福德莉奇和乔治出生几分钟后，从不知情的助产士手里接过，再抱到怀里的。不到四分之一秒，他便忘记了我们不是他们的亲生父母。我们再也没有用过"重组家庭"这个词。我们是一家人，仅此而已。

我们住在第十八区一间横梁外露的复折式屋顶公寓，这里可以望见圣心大教堂。虽然我们第一次看房的时候，杰瑞米说这里"也就能骗骗美国游客"，但我们还是买了。双胞胎出生后的前两年，我们过得十分艰难。第一年，我们被尿布和脏衣服压得喘不过气，惊慌失措的眼睛下满是黑眼圈，我们的衣服上沾满了果泥和呕吐物；第二年，我们则试图补觉。如果只有我一个人的话，我不相信自己能够搞定。佐伊完全接受了这两个异父异母的妹妹和弟弟。她叫他们"异异"，甚至是"钳钳"——因为他们总是形影不离。佐伊还决定将所有能想到的蠢话蠢事全都教给双胞胎，以向《哈利·波特》里的同名英雄弗雷德和乔治致敬——要论 fucking good plan，他们的想象力太丰富了。要想出一个 fucking good plan 虽然很累，但也相当有趣。佐伊开始了她的青春叛逆期,她有望和曾经的我一样一点就炸。我不会说她,她越是大吼大叫,我就越是安抚她,因为我知道这种做法是为了拼命引起母亲的注意。

我常常想起爱丽丝。我知道我内心的一角将永远是失去姐姐的一角,就像克里斯多夫想收集的那些孤袜一样。我抚摸着手腕处的手链,感谢她将我生命中最美丽的礼物送给我——一个满是孤袜却又充满了爱(这份爱填补了她走后留下的巨大空虚)的家庭,一个完美的家庭(这个家庭是我的全世界)。我想让她知道孩子们有多棒、有多快乐,想让她知道佐伊这个细心的姐姐会像她小时候照顾我那样照顾双胞胎。我本来希望她第一个知道我又拿起了吉他,第一个知道我前天在布鲁克林的一家咖啡馆见了我的前任经纪人哈利,并给了他一个装有新小样的 U 盘——这是他期盼了十多年的第二张专辑。我想让她知道我不再害怕、我很幸福。如果有一天,我再次迷失自我,我会回到这里聆听海风的呢喃,眺望前往布洛克岛的客轮。现在,我知道只有纳拉甘塞特海滩咖啡馆的露台才能让我拥有回家的感觉,我和我姐姐曾经一起在这里喝热巧克力,我和她的名字也永远铭刻在这里的木头上。

金曲歌单

（前奏舒缓、后期急促）

（由 13 岁的斯嘉丽·史密斯·里维埃于罗得岛皇后镇菲尔德伍德路 76 号制作，邮编 02879）

蒂娜·特纳（Tina Turner）——《骄傲的玛丽》（*Proud Mary*）

皇后乐队（Queen）——《现在不要阻止我》（*Don't Stop Me Now*）

涅槃乐队（Nirvana）——《锂》（*Lithium*）

超级流浪汉乐队（Supertramp）——《是什么》（*C'est What*）

史密斯飞船乐队（Aerosmith）——《继续做梦》（*Dream On*）

艾拉妮丝·莫莉塞特（Alanis Morissette）——《讽刺》（*Ironic*）

比利·保罗（Billy Paul）——《你的歌》（*Your Song*）

妮娜·西蒙（Nina Simone）——《感觉很棒》（*Feeling Good*）

无疑乐队（No Doubt）——《别说话》（*Don't Speak*）

皇后乐队（Queen）——《波西米亚狂想曲》(Bohemian Rhapsody)

深紫乐队（Deep Purple）——《时间中的孩子》(Child in Time)

齐柏林飞艇乐队（Led Zeppelin）——《通往天堂的阶梯》(Stairway to Heaven)

林纳德·斯金纳德乐队（Lynyrd Skynyrd）——《自由的鸟》(Free Bird)

重金属乐队（Metallica）——《睡魔来袭》(Enter Sandman)

喷火战机乐队（Foo Fighters）——《呼唤》(This is a Call)

绿日乐队（Green Day）——《没有希望之人》(Basket Case)

比约克（Bjork）——《如此安静》(It's Oh So Quiet)

谁人乐队（The Who）——《忧郁眼神的背后》(Behind Blue Eyes)

纸浆乐队（Pulp）——《平民》(Common People)

布鲁斯·斯普林斯汀（Bruce Springsteen）——《雷霆之路》(Thunder Road)

模糊乐队（Blur）——《歌曲2》(Song 2)